有爱的青春陪伴者

二手情书

寒菽 著

贵州出版集团
贵州人民出版社

图书在版编目（CIP）数据

二手情书 / 寒菽著. -- 贵阳：贵州人民出
版社，2023.1
ISBN 978-7-221-17449-9

Ⅰ.①二… Ⅱ.①寒… Ⅲ.①长篇小说－中国－当
代
Ⅳ.①I247.5

中国版本图书馆CIP数据核字(2022)第206724号

二手情书
ERSHOU QINGSHU

寒菽/ 著

出版统筹：陈继光
选题策划：大鱼文化
责任编辑：严　娇
特约编辑：不　夏　年　年
装帧设计：刘　艳　姜　苗
封面绘制：Re°
出版发行：贵州人民出版社（贵阳市观山湖区会展东路SOHO办公区A座
　　　　　邮编：550081）
印　　刷：长沙鸿发印务实业有限公司
开　　本：880毫米×1230毫米　1/32
字　　数：240千字
印　　张：9
版　　次：2023年1月第1版
印　　次：2023年1月第1次印刷
书　　号：ISBN 978-7-221-17449-9
定　　价：45.80元

贵州人民出版社微信

CONTENTS

◆ Chapter 01...
重逢 /001

◆ Chapter 02...
旧梦 /041

◆ Chapter 03...
坠落 /090

◆ Chapter 04...
新生 /127

目录

C O N T E N T S

◆ **Chapter 05...**
盛夏/171

◆ **Chapter 06...**
泡沫/215

◆ **Extra 01...**
新年/271

◆ **Extra 02...**
小狗/276

目录

沈问秋没想到陆庸真的会来。

毕竟两人将近十年没见，而且当年最后一次见面闹得非常不愉快。他给民警这串电话号码纯属捣乱。他甚至不确定号码是不是陆庸的——就算是，冒昧打过去，也只会被当成骗子吧？说不定还会害民警被臭骂一顿。

但是，他没想到居然真的联系上了！不光如此，当天陆庸就赶来派出所，为他缴付被处以行政处罚的罚金，再之后又找了律师，与派出所方诚恳交涉，一番操作下来，他破天荒地仅需在拘留所蹲短短的五天。

临走时，陆庸与他约好，说他被释放的那天会亲自来接他，对此，沈问秋将信将疑。

那是在一个盛夏正午。

日光匝地，蝉鸣聒噪。

沈问秋迈步走出大门，一抬眸，就能看到停在马路对面的梅赛德斯E63S，深黑亚光。这款车又名"西装暴徒"，因车形优雅、配置暴力而得此外号，即便没有启动，也能瞧出其价值不菲，但是更显眼的是站在车旁的男人。

——车子的主人。

陆庸。

他的老同学，曾经最要好的朋友。

陆庸看上去比念书那会儿变了太多。沈问秋怔了一下。他对陆庸的印象还停留在高中，他记得高中那会儿陆庸性格特别阴沉，才高一就身高一米八七，因为帮家里干活，晒得黝黑，皮肤略微粗糙，一身腱子肉，兼之长手长脚、骨架粗大，像只格格不入的大型莽兽。而且还少一只手臂，嗯，应当说是残疾的莽兽。

陆庸少时家境贫困，两三件衣服洗到褪色还翻来覆去地穿，从磨损的衣袖到脱胶的鞋跟都透出寒酸气息。而现在呢，则是一身妥帖昂贵的西装革履，钢条一样挺拔俊朗。

大抵是出人头地、养尊处优久了，没以前那样黑得像炭一样，白了一些，成了健康匀净的小麦色，以前总是凶气腾腾的眉目之间也舒展许多，这才瞧出来他有一副端正的眉眼，只是仍冷，下垂眼角跟下撇嘴角都让他看上去生人不好接近。

和以前的另类氛围不同，如今却是上位者的气质。沈问秋隐约感觉眼下陆庸尽管毫无表情，但好像气氛有点焦躁锐利。

也是了，谁对上他这样的人都不会有好脸色。

但沈问秋一向不怕陆庸，如今更是历练到脸皮比城墙更厚，在警察面前也能笑嘻嘻，更何况一个老同学。他脚步轻快地走过去，脸上扬起个笑，仿佛跟陆庸很熟似的打招呼："哇，真来了啊？陆庸，你今天好帅啊。哦，不对，我是不是应该叫你'陆总'。"

总之，先夸了再说，伸手不打笑脸人嘛。

"这么巧？你刚来啊？"

"一个小时前我就来了。"

沈问秋笑笑："你是大忙人，真是耽搁你时间了。"

陆庸沉默须臾，说："我觉得我要是迟到了，大概就接不到你了。"

看来他在陆庸心中已是言而无信的人了，沈问秋像个无赖般地又笑了下，半真半假地说："怎么能呢，都跟你约好了嘛。"

他又去看陆庸的右手，曾经只有空荡荡袖管的地方现今真塞了一只手臂进去——金属的手臂，乍一看还看不出来，远看的话会误以为陆庸右手戴了只黑色的手套。他赞叹说："我上次看到就想问了，你装的这支义肢看上去真酷啊。"

陆庸抬起机械右手，摊开，沈问秋摸摸他的手心，观摩。

正是夏天，义肢被晒得发热，像人的体温，表面又做了增加摩擦力的磨砂处理，抚摸上去时，沈问秋觉得有点沙沙的触感，痒丝丝的。

沈问秋愣了下，问："手指还能这么灵巧地动啊？"

陆庸点头，说："用了最新研发的科技，接驳了部分肌肉神经，可以做到很多精细操作。"

沈问秋啧啧称奇："那一定很贵吧？"

陆庸又轻轻"嗯"一声，平淡地说："八十万。美金。"

这个数字让沈问秋抬起头，复杂地看了陆庸一眼。

这时，陆庸拉了一下沈问秋，说："先上车吧。"

沈问秋肚子应时地"咕噜"一声，他不好意思地笑了笑，缓解尴尬，反而把陆庸拉走了："我还没吃饭，好饿啊。旁边这家面馆又便宜又好吃，每次出来我都要在这吃饭，我带你去。"

他走了两步，像想起什么，回头冲陆庸讨好似的笑，理所当然地说："不好意思，你知道，我没有钱，帮我付一下钱吧，大庸。"

"大庸"这个称呼脱口而出时是如此自然，一下子把陆庸的思绪拉回少年时。他眼前的沈问秋看上去堕落憔悴，与当年截然不同，只有笑起来时还跟以前一样灿烂，仿佛全无阴霾。

竟然有那么一瞬间，他甚至觉得，他们这些年从未分别过，沈问秋一点也不讨厌他。

在陆庸印象里，开学报到那天太阳好大，热极了，像鞋底都要融掉。

爸爸亲自送他过去，因为还要办理住校，背了一个大蛇皮袋，里面装着棉被枕头凉席，还有一些必要生活用品，装在平时用来收废品的电动三轮车上。过来前，三轮车已经清洗过了，可总感觉还是有一股味道。

车开到半路，不小心跟一辆轿车剐蹭了。真是麻烦，那辆轿车一看就很名贵，值许多钱。

轿车车主下车，是个西装革履的中年男人，看了下刮痕，又看看他们父子俩，大抵是觉得他们衣着寒酸，叹了口气，很是大方地挥挥手说："算了，有车保，不用你们赔了。"

爸爸局促不安，老实巴交地说："不行，不行，这得赔的。但，但我现在身上没带可以赔你的钱，我给你先留个电话行不行？我改天去赔给你。明天吧，好吗，先生？"

这时，车后座的窗户降下来，陆庸看到探出来一颗脑袋，是个十五六岁的男孩子，催促说："爸，快点吧。去晚了，宿舍就抢不到好位置了。"

说着，男孩子望见陆庸，漫不经心地瞥了一眼。

两人视线相接。

轿车内的男孩子长得太好看了，细白的皮肤，眼眸清澈，睫毛又长又密，他浑身上下都透露出那种养尊处优的美好。陆庸第一次见到这么漂亮的人，无关乎男女，一下子看愣住了。

过了几秒，可能是半分钟，男孩子还看着他，露出些许犹豫的神色，好心地问："呃，你是不是中暑了啊？"

说着，又看了一眼他的右手臂位置，空无一物的袖管为了方便干活，扎成一个结。

陆庸脸更烫了，支支吾吾地摇了摇头。

于是，男孩子转身回去，从车上的小冰柜里取出一罐可乐，从车窗内伸出手，递给他："给你。"

陆庸偷偷把手在裤子上用力揩了一把，才伸手去接，说："谢谢。"

家长那边也交换好联系方式，于是各自出发，他们缀在后面。

陆庸坐在电动三轮车前座，一路上都能看见那个男孩子，对方似乎也注意到了这个巧合，回头从后窗口望去，看了好几眼。

明明都是在路上，他在被暴晒，而那个男孩子则舒舒服服地坐在空调车里。陆庸忍不住去看，又觉得不好，低下头，轻声嘟囔："少爷羔子。"

他以为没几步路应当就分开了，可没想到两人这一同路，竟然一直到学校外，在停车处终于分开了。

居然是同校吗？

陆庸满头是汗地找到教室门口，正巧看到那个少年正在讲台跟老师签到。他多看一眼教室门牌，确认自己没走错。

原来他们还是同班。

他本来晒得汗流浃背，一紧张，汗冒得更多了，那个少年看上去还是清爽干净的。他走过去，就站在少年身后，嗅到了对方身上的香气。

他又不自觉地尴尬起来。

他畏怯于接近，总觉得自己是个粗糙泥人，而对方则是云上的一颗清露。

他看见那少年的手，那手如兰叶一般，指尖薄粉，以隽秀字体写下名字：沈问秋。

沈问秋，沈问秋。

陆庸默念这三个字，想着，真好听。

沈问秋写完，回过头，猛然看见他，被吓了一跳："哇！"

怎么就把人给吓到了？他有那么可怕吗？陆庸浑身僵住。

.005.

然后他看见沈问秋敛起惊诧，见到他，十分惊喜，暖融融地笑："真巧！我们居然是同学啊！你好，我是沈问秋。"

陆庸当时完全蒙了，脑袋一片空白，不知怎么回事，竟然鬼使神差地脱口而出说："真好听。"

……

陆庸回过神。

沈问秋大概是饿坏了，还问老板加了一点免费的面。

他记忆里那个少年，跟眼前这个邋里邋遢、落魄潦倒的男人逐渐重叠在一起，变得清晰起来，他让老板加一份红烧排骨做浇头。

沈问秋不跟他客气，埋头吃："谢谢啊。"

吃饱喝足之后，沈问秋依然没个正形地坐着，问他："有纸笔吗？"

陆庸从兜里拿出支票簿和一支钢笔。

沈问秋撕了一张纸，在背面"唰唰唰"写下一份欠条，格式严谨。金额是陆庸代缴的罚金。写完，他把东西都推回陆庸面前："喏。"

陆庸没马上收下，看了眼欠条，问："你有地方落脚吗？"

沈问秋无所谓地耸肩，挠挠头，讪讪地说："没有。这个不碍事，随便吧，我哪儿都能睡，先睡公园吧。"

陆庸身上的感觉微微变了，仿佛略肃杀些。他双手放在桌上，皱起眉，出了一口长息，试探地问："你要不要先在我家安顿一下？"

沈问秋停顿了片刻，坐直了些，问他："你跟家人一起住？"

陆庸："没有。"

沈问秋："你交女朋友了吗？"

陆庸："没有。"

陆庸双手放在桌上，身体微微向他倾了倾："我一个人住。不收你房租。"

沈问秋"哦"了一声，笑了一笑，高高兴兴地答应下来："那好啊。有白住。"

活一天算一天。

他想，应该住不了太久。

就像之前曾收留过他的那些哥们儿一样，用不着两天，陆庸就会受不了他这个大麻烦，而把他扫地出门了吧。

车上高速公路以后，沈问秋开始隐约感到不妙。

他并不晕车，可这次的路程太长，长到他有点想吐，也可能是因为午饭吃得太油腻。

外面太阳都快下山，陆庸的梅赛德斯还在荒山夹道的公路和隧道间行驶，沈问秋才意识到，自己忘记询问一个问题——陆庸住哪儿？

正这时，手机"叮"一声响起提示音。

沈问秋低头看一眼短信：千年古都 H 城欢迎您！H 城文化旅游局温馨提醒……

等等，沈问秋傻眼了，这都出省了啊！

沈问秋问："你住在哪儿？"

陆庸跟机器人似的，开那么久车，也不见他疲惫。他如实回答："我现在在 H 城工作。"

沈问秋愣怔片刻，一言难尽地问："……你不会是特意开车从 H 城赶过来的？"

黑色轿车轧着昼与夜的交界线，风自玻璃窗外尖啸而过，两旁路灯如一颗颗白色流星，围拢而来，飞快被甩开。

"嗯。"陆庸轻描淡写地承认，说，"你困的话就睡一会儿吧。快到城区了，如果不堵车的话，大概还有两小时到家，后座上有毯子。你要是觉得晕车，我有晕车贴。"

沈问秋没太听进去，在想别的事。

五天前，他凌晨两点被抓，大概三点给了警察陆庸的联系方式，陆庸是那天早上八点左右到的。那么，他被抓那天，陆庸得一接到电话就开车动身，才能差不多在那个时间点赶到吧？

这个荒唐的猜测让他觉得头脑发晕，沈问秋嘴唇嗫嚅了一下，说："你倒是一点都没变，还跟以前一样细心能干。"

陆庸："还好。"

沈问秋如躲避什么一样，他放低靠椅，爬到后座，裹上毯子，说："那我先睡一会儿。"

过了小半个小时。

车驶入市区，窗外掠过霓虹灯火。

陆庸听见没什么动静了，才敢抬眸窥视一眼后视镜。

他伸手调整后视镜，使之能照见后座的沈问秋。沈问秋蜷缩在后座睡觉，毯子太小了，盖不全，露出脚踝，瘦骨嶙峋。

沈问秋看上去又脏又瘦，像只小流浪狗。

拘留所不是什么好地方，就算他已经被关过好几次了，也不可能习惯。这些天来都没有睡过一个好觉，但竟然在柔软的车座上睡沉了。

开学军训，必须住校一周，封闭式管理。

沈问秋打小娇生惯养，不情不愿地去了宿舍。虽然做足心理准备，但果然比他想的环境还要更差：摇摇晃晃的铁架子床，八人间，只有一个厕所两个盥洗台，没有浴室。最糟糕的是，他去得太晚，能吹得到风扇的好位置全被挑完了。

沈问秋看看硬邦邦的脏木板，又看看掉漆的旧木桌，地上墙上都脏，屋子里弥漫着灰尘和蟑螂的气味，他下意识地嘀咕："……这是人住的地方吗？"

话音刚落，他就听见那对穷酸父子的爸爸高兴地说："挺干净的房间啊！真不错！"

沈问秋一下子哽住，瞟了他们一眼，祈祷自己娇气的抱怨没有被听见，一回头，却又跟那个黑大高个对上视线。他顿时耳朵发烫，羞愧不已。羞得他一句话也不敢再说，默默地拿起自己的书包开始磨洋工装干活。

沈问秋见陆庸跟家长道别，把人送走。

两个孩子商量分床位。

就剩下两个床位，一上一下。

黑大高个问他："下铺给你吧，比较方便。"

沈问秋看看他仅有一只的手臂，摇摇头，佯作认真地说："算了吧，我睡上铺吧。这床看着不怎么牢，你长这么大只睡在上铺，塌下来砸到我怎么办？"

陆庸立即信了："你说得对。"慢吞吞涨红脸，他憋了憋，又说，"但应该不会塌吧，我不胖的，这个床看着也很牢固。"

沈问秋"扑哧"笑了："你怎么傻乎乎的？我开玩笑啊。"

陆庸从编织蛇皮袋里取出塑料脸盆跟抹布，犹豫了下，对着还站在床位边像是不知从何下手的沈问秋问："你好像不太擅长搞卫生？要我帮你吗？"

沈问秋还没来得及回答，正巧他爸爸带着人过来了，拎了大包小包，俨然一副要将他的床位尽量布置成豌豆公主能入睡的程度。

他一向觉得理所当然，但在这个傻里傻气的大黑高个的面前，突然不好意思地低声说："谢，谢谢啦，但我爸爸雇了阿姨打扫。"

沈爸爸也注意到了陆庸，惊奇地说："哎呀，你们是同学啊？你好你好。"说着，从给沈问秋准备的一大柜子零食水果里掏出一箱奶，递给陆庸，顺口说，"我家小咩从没在外面住过，可能住不惯，他被我宠坏了。你一看就是个能干的好孩子，还请你多照顾他一下……"

"小咩"这个称呼让同宿舍的其他同学纷纷侧头看过来。

沈问秋手指都要嵌进裤子缝里，羞臊地说："爸爸！别叫我'小咩'！

我不是小孩子了！"

沈爸爸哈哈笑起来，摸摸他的头，叮嘱道："住校别闹脾气，要是惹了人被打，爸爸可不管你啊，自己乖一点。"

……

"小咩。"

"小咩，到了，醒醒。"

自从爸爸死了以后，好多年没听到有人这么叫他，沈问秋一时间还有些不适应，以为自己回到了过去。

最好发现自己是做了一场过于漫长的噩梦，醒来时他还是备受宠爱的富家少爷，而不是无家可归的流浪汉。

沈问秋坐起身，灵魂像还沉浸在梦中没能脱离，仰着脸和站在车门外的陆庸说："我八百年没听见有人叫我'小咩'了，一下子还没反应过来是在叫我。还怪不好意思的……"

而且都十年没见了，为什么陆庸能这么态度自然地叫他的小名啊？

沈问秋凝视陆庸。

一，二，三，四，五——

沈问秋不自在地别开视线。

陆庸不尴尬，反而他尴尬。

沈问秋闻了一下毯子，讪讪地说："不好意思哦，我三天没洗澡，太臭了，把你的毯子也弄臭了。"

陆庸收起毛毯，说："没关系，洗一洗就好了。"

进电梯，陆庸刷了房卡，十九楼的电梯键亮起来。

沈问秋："你住这么高啊？"

陆庸："景致好。"

陆庸住的是一梯一户的大平层，非常宽敞，沈问秋打一眼看去，觉得起码有个三四百平方米。应该装了空气循环新风系统，即使出门一天紧闭门窗，也没有憋闷。这个屋子装修得很漂亮，是典型的地中海风格，以蓝白黄为基调，明亮干净，但莫名给他以冷清之感。就是跟陆庸的风格不太搭配。

沈问秋目光落在客厅的大沙发上，找到自己今晚睡觉的地点，说："你房子装修很好啊，费了很多心思吧。"

陆庸答："二手房。原房主是室内设计师，我直接接手的，没有改动。"

难怪呢。沈问秋："哦。"

他想，陆庸怎么还是老样子，完全不会接话，场面话随便应付几句就好了嘛，居然还这样一五一十全部说出来了。陆庸这样的人怎么当上陆总的？

陆庸带沈问秋到客厅的长桌，说："你先坐一会儿，要喝什么自己拿。我去做饭。"

陆庸脱了西装外套，解下领带，卷起衬衫袖子，在半开放式厨房做起饭来。沈问秋记得陆庸以前做饭就好吃，因为陆庸家里做过小吃摊，听说他还没上学，就能踩着小板凳切菜做饭了。

陆庸在做炒面，右手义肢握住炒锅颠锅，左手拿着筷子将面条滑散，有模有样。

这义肢居然连那么重的锅都能随意操作啊？沈问秋一手扶腮，身子斜着，好奇地旁观，说："你现在不都是陆总了吗？居然还要自己做饭？"

陆庸一边做饭，一边回答他："也不是每天都有空，如果回家休息就自己做饭，比较健康卫生。"

他把两盘香喷喷的炒面端上桌，并两杯橙汁，加了冰块。

沈问秋看看自己那一盘，感觉鸡蛋肉丝全在自己这份里了，问："这么大份吗？"

陆庸说："你太瘦了，多吃点吧。"

陆庸风卷残云地吃饭，沈问秋感到一丝压力。

陆庸说："你慢慢吃不着急。"

沈问秋不由得加快吃饭速度，刚吃完，打算自觉收碗筷，就见陆庸拿着两件干净衣服过来："放着，我来洗碗就好了。没有新衣服，先穿我的旧衣服凑合一下吧，干净的。毛巾用挂在墙上那条蓝白条纹的就好了。"

沈问秋依然没客气。

他舒舒服服地洗了个澡，吹干头发，觉得浑身上下舒服多了，倦怠一扫而空。

陆庸盥洗台空空荡荡，除了牙杯牙刷只有一瓶凡士林全身乳——一百块钱一升可以用到天荒地老的那种，已经用掉了小半瓶。这也太节约了。

陆庸坐在客厅等他，一见他从浴室里出来，立即站起来，说："跟我过来。"

沈问秋迷瞪地随陆庸去主卧，陆庸说："我换好了新的被单被套，都是前些天刚洗了晒过的。"

沈问秋："……"

他以为陆庸不嫌弃他脏就算了，这说辞好像怕被他嫌弃脏。怪怪的。

沈问秋站在门边，没走进去，搔搔头："我一个蹭住的，睡沙发就好了啊。"

陆庸说："我睡沙发。"

沈问秋一愣："啊？"

陆庸点头："这个房间坐北朝南，阳光最好。"

这都不是鸠占鹊巢了，这是鹊上赶着请鸠占巢。

沈问秋惊惶，退后半步，挥挥手，懒洋洋地说："我还是睡沙发就好了。在公园的长椅睡习惯了，这样软的床我睡不惯的。"

沈问秋给了一个温和的微笑："时间还早呢。我能在客厅看会儿电视吗？"

陆庸被拒绝，脸部和肩膀肌肉明显僵硬了些，但还是点了下头，说："好。"

他又说："我还有工作要处理，我在书房，有事可以叫我。"

沈问秋准备就这样赖在沙发上，直接赖到在这睡。陆庸从八点半进书房，就一直没出来，等到快一点，才从书房出来，和沈问秋道了一声晚安，去洗漱睡觉了。

"小咩晚安。"

"……晚安。大庸。"

屋子里安静下来。

沈问秋听见主卧室关门的声音，于是调低电视音量，过五分钟，才关闭电视。他手臂枕脑袋躺了半小时，还是睡不着。明明他平时在网吧的椅子、公园的花坛边上都能睡挺香啊。

沈问秋悄然起身，开门出去，按了下电梯，没反应。

他再按一下，还是没反应。

他去找了找楼梯间的门，也需要密码。

看来没房卡就无法离开。

所以沈问秋一晚上没睡好，猜测陆庸是不是要把他关起来报复他。

毕竟，当年他做了让陆庸很生气的事。他们从此关系破裂，连朋友也做不成，不欢而散，相当难堪。

陆庸收留他是出于什么心态呢？是还当他是朋友？还是因为年少时被他狠狠羞辱，所以要报复他？沈问秋辗转反侧，想不出个结果。

因为心神不宁，沈问秋睡得极浅。早上卧室门一开，他立即醒了，装睡看陆庸要做什么。

陆庸蹑手蹑脚地洗漱，然后离开了。

沈问秋起来，走到玄关处，站得累了就坐下来，他皱眉，像要把门板盯出个洞来——这么早去上班了？就这么把他关在这儿？

正想着，指纹密码锁"嘀"地响了声，沈问秋还没站起来，门就开了。陆庸提着一份楼下便利店买的盒饭回来，站在门口，发现他坐在地上，惊讶地站住脚步。

沈问秋愣了愣，深感丢人地涨红了脸——这样被陆庸俯视着，自己好像一只狗啊。

……他还以为自己早就没有无聊的自尊心了。

沈问秋站起来，手不知道该往哪儿放，拍拍莫须有的灰尘，说："你不是说自己做饭更健康吗？怎么去买速食？"

陆庸绕过他，走进客厅，把塑料袋放在桌上："我以为你还在睡觉，做饭会吵醒你。我以为你那么累，会睡到中午才起床，就干脆买饭了。既然你醒了，我就不留纸条了。"

沈问秋跟在陆庸身后，脑子莫名一热，略有点带刺地说："我试了一下，电梯没有门卡刷不了，我怎么下楼啊？你不在我就出不去？"

陆庸回头看他，顿了一下，说："呃，电梯右手边有一扇门，就是消防楼梯通道。"

"……"沈问秋抠起裤边。

沈问秋还在为自己的被害妄想尴尬不已时，陆庸径自进书房，一分钟后出来，找出备用房卡给他："你先拿着。我也只有两张房卡，小心不要弄丢。门的电子密码011118。"

沈问秋一下子认出了个这个密码，"0111"是指学校年级和班号，"18"是学号，当年陆庸就爱用这个密码，竟然现在也还是。但沈问秋没说出来，装成忘了，只默默地收起房卡。

陆庸真诚自然地问："你还要睡吗？起床了的话，我做个早饭吧。吃完我也得去上班了。"

既体贴，又疏远。就好像他们还是朋友似的。

然后陆庸真的蒸了一笼包子，吃掉一半，就换上西装出门去了。

留了沈问秋一个人在家，其余什么都没说。

等陆庸走了，沈问秋开门出去。他往右手边看，果然有楼道，门虚掩着，是没上锁的。他又拿房卡试电梯，亮了。

沈问秋不禁对自己翻个白眼："白痴。"

沈问秋下楼，逛了一圈。

这个小区环境非常好，草木扶疏，错落有致，一大早，已有许多阿姨奶奶带着小孩子出来晒太阳，小朋友无忧无虑地欢笑着。

他发呆地散着步。

走到一处观赏树林幽深处时，遇见一只狗。

是只小京巴，大概是被遗弃了，不知流浪了多久，身上没一块好皮，散发着一股臭味。

一人一狗对视一眼，沈问秋对它升起一丝宛如看到同类的恻隐之心。小京巴警惕地看他，对他龇牙咧嘴，喉咙里滚出"呜呜"的威胁声。

沈问秋嗤笑："干吗？我们这么像，你应该亲近我啊。"

小京巴"汪汪"吠两声，逃走了。

"无聊。"沈问秋低声说，折身回了陆庸家。

他走到落地窗边，只是接近，就让他感到眩晕发抖，后背冒冷汗。他闭着眼睛把窗帘拉上，再继续躺沙发看电视去，找了几个搞笑的综艺节目，又自顾自地拿了冰箱里的饮料和柜子里的零食，边吃边看，哈哈大笑。

一天又混过去了。

傍晚。

陆庸下班回家，问他："小咩，今天都做了什么？"

沈问秋说："去楼下散步，看电视。挺无聊的。"

陆庸若有所思。

第二天陆庸上班前跟他说有快递让他签收，是游戏机和游戏卡，并跟他说看电视太无聊的话就打游戏。

中午游戏机就送到了，然后沈问秋就沉迷打游戏去了。他这几年本来就过着类似的生活，要么在网吧打游戏，要么在街上荡，行尸走肉般过日子。

沈问秋并不是没有在别的朋友那里借住过，他以前人缘可好了，曾经在好几个人那儿借住过。这些人对待他的态度分成两类，要么是苦口婆心、痛心疾首地劝他改邪归正，振作起来，但是无果；要么是嘻嘻哈哈地跟他玩几天，发现他有长期赖住下来的意思之后，先是暗示，然后明示，最后搬出恋人或者家长不满的理由，把他赶走。

陆庸都不是。

陆庸对他完全是放养状态，是对他敞开门，随他进出，仿佛视他为空气。可又妥帖地为他准备饭菜和游戏机，也不对他消极颓废的生活态度进行任何干预。

沈问秋在沙发上住了五天。

时间像一眨眼就没了。睡醒了就吃饭打游戏，打累了就睡觉，作息逐渐混乱。每天他睡醒了陆庸已经走了，他醒来的时候，陆庸则已经睡了。

人就是得寸进尺的生物。

刚开始他还想要表现客气一点，好多蹭住几天。看陆庸脾气好，没有怨言，他开始敢在陆庸睡觉的时候在客厅打游戏。

甚至他边打边想，说不定下一刻陆庸就会恼怒地从卧室冲出来把他丢出门去。

明天，明天陆庸就会赶他走了吧。

早上七点半。

陆庸按时起床。

他看到沈问秋躺在沙发上呼呼大睡，四脚朝天，手上还抓着游戏机手柄，不由得笑了一笑，嘀咕："像小孩子一样。"

比刚来时好多了，起初沈问秋都是蜷缩着睡的。以前总是空无一物的茶几上现在摆满了各种零食饮料，垃圾桶塞得满满的。

陆庸稍微整理了下垃圾，上班的时候顺带提下楼扔了。

然后去公司，路程四十分钟。

他的工厂建在郊外的 H 城工业区，占地 1800 亩，是他控股公司投资的第三个工业园区。近十年来，他的发展可以说得上是坐火箭。

十年前，陆庸从政府颁发的新战略中嗅到机遇，当时他还在读书，所以劝说父亲开办了公司，以他的发明专利，通过四年的稳扎稳打，完成了初步资本积累。他大学则就读冶金材料专业，科研成绩极其优异，别的同学还在头痛怎么写作业，他已经手握各大期刊发表成果。本科和硕士几次跳级，并在此期间，数次去国外进行学术交流，参观学习相关产业公司，花了五年拿到了优秀毕业生的毕业证。

一毕业他就全权接管了父亲在代管的公司。彼时国内在能源回收方面还是一片亟待开发的蓝海市场，技术过硬的公司并不多，他的公司没费什么力气就站稳了脚跟，高歌猛进。之后便顺风顺水，两家子公司的开办都是当地政府主动接洽引入。

近年来华国在科技产业上的发展突飞猛进，陆庸认为 H 城有意被打造成本国的科技之城，各种资源在向此倾斜，于是将总部转移到这里。他本身技术过硬，又莫名有商业天赋，运气更好，去年年底企业财报营业收入破了 5 亿，净利润 8000 万。如今他已是业界隐约有"领头羊"气势的青年才俊，手上有数个"优秀青年企业家"称号。

陆庸主持开完这周的早会。

收到一条新的好友添加信息：**我是江陵，加一下，有事要告诉你。**

陆庸记得这个人，是他的老同学，当年跟沈问秋关系要好，但毕业以后就没有再联系过了。

于是他爽快通过好友申请。

对方"嗖嗖"发来一堆消息：

终于联系上你了。

我听说沈问秋去投靠你了？

我心里实在过意不去……

你别觉得他是高中同学就心软。之前我也收留过他，结果他住我的吃我的，还偷我的东西，他不是个好东西。

他欠了一屁股债你知不知道？

沈问秋现在就是个烂人，你小心一点。

陆庸耐心地等他说完，不疾不徐地回：我知道。

"叮咚！"

可视对讲机响起提示音。

快递吗？沈问秋给游戏按了暂停，过去看了看。

屏幕里，不是这几天上门过的快递小哥，而是一个平头微胖的男人，咧嘴对他一笑，说："好地方啊，沈问秋，你居然还有这么有钱的朋友啊。不愧是富家少爷，人脉就是广。怎么，有了新朋友就不要旧朋友了？开个门呗。"

沈问秋骂："有病。"

却又有种"果然来了"的感觉。

这几天总觉得不安，见到这位老熟人的脸庞，反而心情落定。

不过，就不能让他在世外桃源里多躲几天吗？他才刚过得舒坦两天。

沈问秋一点都不想记起自己还背着债务，有欠银行的，有欠亲戚的，有欠私人放债的。反正还不上了，他也懒得去记。

他的人生早就无药可救了。

平头男人嬉皮笑脸地说："啧，你怎么还骂人啊？你不讲文明。你不开门，我就直接去你公司找你朋友了啊。陆庸陆总是吧？"

沈问秋没好气地说："不开。这又不是我家，你进来干吗？你等着，我下去见你。"

沈问秋跟老吴一起坐在小区的长椅上，他很无所谓的。欠债欠到他这份上，他已经死猪不怕开水烫了。

老吴给他递一支烟："搬家了倒是通知我一声啊。"

沈问秋呵呵笑，接过烟，又借打火机，点燃，熟练地吞云吐雾起来。

好些天没抽烟了。陆庸不抽烟不喝酒，他就没要。

老吴眼底掠过精光，关切地问："跟这个老朋友叙旧叙得怎么样？别说我不为你着想，你看看，我对你多好啊。这样吧，你把朋友带去新场子玩。我可已经打听过了，这次是只大肥羊，拖了这个替死鬼下去，你可不就活过来了？"

沈问秋抽口烟，转头给出一个善良的微笑："哦。"

本来是想赖到陆庸先赶他走的，看来还是不行。

该从何说起呢？

他其实只会背陆庸的手机号。他三年前打听到以后一直记着，像刻在心底最深处，但从没说出来过，也没打过，不知道陆庸换没换号码。

这是他最后一张底牌。

那时他跟民警报这个号码时，他就想，要是陆庸也不理他，他出去就自杀。但他没设想过陆庸会管他这个选项。

沈问秋二十三岁前的人生一帆风顺。

他成绩好，人缘好，家境好，一毕业就进了自家公司做太子爷，风光无限，走到哪儿都被人众星捧月。

然后突然倒了大霉——家里生意出问题了。

倒也不算什么稀罕的事，典型的破产案例，急于扩张，战略失误，没跟对风向，资金链一下子断了。沈问秋这毕业了没两年，自己也还是个乳臭未干的黄毛小子，能帮得上什么忙？他所能做的，也只是把爸爸给他全款买的房子车子偷偷全押给银行，又借信贷，还不够，再通过关系跟一些不太干净的私人机构借了钱，反正能借的他都借了，以个人名义。

爸爸知道了以后很生气，也很感动。虽然沈问秋给公司补上了一大笔钱，但，还是失败了。

现在那块地好像还烂在那儿没开发。公司申请破产清算，父子俩一夜之间都成了"负翁"。爸爸还是撑着一口气说："别怕，爸还在，从头再来罢了。爸一定把钱都还上。"

但他当然愧疚，有次喝醉了，哭着说："我一个人苦就算了，你也是个傻孩子，你把房子卖了干吗？爸爸对不起你，爸爸对不起你。我答应了你妈妈要让你们母子俩过好日子，她没过上，你也被我害惨了，你还那么年轻。"

爸爸那段时间压力太大，又拼命工作，四处奔波想要东山再起。没想到有一天，他倒在马路边，突发的心肌梗塞，送到医院的时候人已经没了气。

沈问秋才发现，大抵在他眼中像是无所不能的爸爸也是有极限的，爸爸其实也只是一个普通人。

在借钱给爸爸办完丧礼的前几个月，他都过得浑浑噩噩。起初还借住在兄弟朋友家，睡过好多人的客卧和沙发，可他实在太颓废了，谁都不可能长期忍受负面情绪这么重的人。他知道，但他也控制不了自己。

他记不清是哪个朋友提起的，反正就跟他说，要么先散心，把心态恢复一下，放松放松，打游戏不快乐吗？

他觉得很有道理，当时他也极其希望能找到一个可以逃避现实的地方。

然后生活一口气往谷底滑落。

他开始越来越不想回到社会正常过日子，他已经成了失信人，想要再爬起来，需要付出比别人多数倍数十倍的努力。亲戚朋友那儿钱都借遍了，在钱面前，哪还有交情，尤其是发现他根本还不上以后，更是不受待见。

他无休无止地想，就算回去上班还债又有什么用呢？他爸也回不来了。

没有意义。

小时候他看小说，看到过家道中落的案例，还以为离自己很遥远。

没想到跌下来这么简单。

上个月给爸爸上过坟以后，他蹲在坟头，抽了两包烟，忽然觉得也是时候了。

最近连玩他都觉得挺无聊。

嗯，该去死了。他想。

他梦见自己各种各样的死法，也梦见好多以前的事，像观赏走马灯似的，要在死前仔细回顾人生的每一帧。

梦生得死，梦死得生。

好多，好多，出现，忘记，最后留下一个男人的身影，反反复复地浮出来。

——陆庸。

沈问秋想来想去，觉得是因为实在太愧疚了。

他一次一次梦见最后一次见到陆庸的情景。

是个大雪天。

他本来不想去见陆庸，但是雪实在下得太大，陆庸等在别墅外面，等了小半个小时，被爸爸发现了。爸爸说："陆庸找你呢。你什么时候性格这么恶劣了？你发什么少爷脾气，也不该这样折腾人啊。就算是吵架，也进屋子里再吵。"

他气得要死，说："你又不懂！不用你管！"

但说完，他还是出门去见陆庸了，心口裏一股滚烫怒意，连冰雪也消融不了。

沈问秋劈头盖脸就把陆庸骂了一顿："你是不是神经病？你这是在逼我吗？"

陆庸黝黑脸颊被风吹得皲裂，他嘴唇发紫，那么大个一人，微微佝偻着腰背，闷声说："不是……你好几天没理我了，我在想，你是不是不跟我做朋友了？"

沈问秋目光比冰雪还冷，恶意几乎刺入骨髓，年少时说话总不经过大脑："是啊，你不能有点数吗？你什么条件我什么条件？你凭什么和我当好朋友？"

陆庸望着他，眼眶慢慢红了，却没落泪。沈问秋心上针扎似的密密麻麻地疼，别过脸："你别搞得好像是我欺负你一样。"

陆庸沉默须臾，把围巾摘下来，就要往他脖子上套。

沈问秋抬手拍开，围巾掉在地上，推搡之间，被他一脚踩在上面，鞋底沾着脏雪污泥，踩出一个明显的漆黑脚印。他愣了一下。

沈问秋到现在都记得那条围巾，是陆庸自己织的，陆庸用仅有的一只手臂织的，很麻烦。和一个外国牌子的经典款围巾一样的菱格花纹，先前他在杂志上看到，但是买不到，指着图跟陆庸抱怨了一嘴，陆庸立即积极地说："这个图案不难，我可以织出来，等圣诞节应该差不多就能织好送你。"

他当时还笑嘻嘻说："真的假的？你连围巾都会织吗？好厉害。"

可没等收到，他们就闹翻了。

陆庸捡起围巾，说："你穿得这么薄，我看你鼻子都冻红了。"

陆庸毫不生气的模样，憨头憨脑的，却叫沈问秋更气了："我在跟你吵架！在跟你绝交！你有毛病吗？别装成若无其事一样！"

陆庸像是木立原地："哦。"

沈问秋深吸一口气，又吐出来，冬天空气太冷，鼻腔口腔都像是被刀刮过一样。他从兜里掏出一张轻飘飘的纸片，太冷了，手指都冻僵了。

这是张很精美的卡纸，陆庸送的，用在废品里淘到的珠光纸剪裁做的，像是机器裁的一样方正规整，上面以钢笔刻写三个字：愿望卡。

沈问秋递过去，没看陆庸，深吸一口气，说："这是你去年送我的生日礼物，我现在许个愿——希望你别来找我。好好高考，这辈子都别再出现在我面前。"

陆庸像是个死人，一点声音都没有，一动不动，也不去接。

沈问秋再递了下，说："你不是说我许任何你做得到的愿望都会答应我吗？"

有雪落在陆庸发梢上，没化。良久，他终于动一下，从喉咙底飘出个轻声："嗯。"

陆庸接过卡片，看着他，下意识想伸手帮他扫扫肩上的雪，才抬起来，又收回去，缓钝地说："我知道了，小咩。你快回去吧，太冷了。我以后，我以后再也不来找你了。"

沈问秋转身头也不回地走了。他回到温暖室内，在别墅二楼俯瞰楼下院外，陆庸还站在那儿。

陆庸低着头，一直盯着手里的小卡片看。

十分钟后，陆庸才抬脚离开。他走得很慢，路上的积雪并不深，但他的每一步都像是被阻碍，要驱使力气，拔出脚，才能往前走。走起路来，似是报废的机器人，颇为滑稽。

今天陆庸比平时回家晚了半小时。

沈问秋看了好几遍时钟，挺烦。

终于响起开门声，他马上站起来走过去，想着该怎么跟陆庸提离开的事。

打一照面，沈问秋愣怔，盯住陆庸怀里脏兮兮的毛团。正是前几天他见过的那只流浪狗。

陆庸把公文包放在玄关柜，说："小咩，能不能帮我拿一下杂物间的纸箱，我就不脱鞋进屋了。我带他去宠物医院看看。"

沈问秋明知故问："哪儿来的狗？"

陆庸说："我回来的时候正好遇见保安在抓这只狗，是被人弃养的流浪狗吧，打算打死，我就把它要过来了。"

沈问秋看一眼陆庸手背上的一道浅浅血痕，回身去拿了纸箱过来，递给陆庸，然后换外出的拖鞋，说："我跟你一起去医院吧。"

等会儿再跟陆庸摊牌。

陆庸把纸箱抱在怀里，小狗装在里面。

"你可真是个好人。"沈问秋说。

陆庸犹豫了下，问："小咩，你是在夸我，还是在讥讽我？"

沈问秋噎了下："夸你呢！"

陆庸轻轻笑一声。

陆庸是个好人这件事他一直知道，他莫名释然了。是啊，陆庸是最善良最宽容的男人，就算被他伤过，还不计前嫌愿意帮他一把。

可是，大概陆庸帮他跟救这只路边的野狗没有任何区别。

这些天下来，沈问秋大致观察过陆庸现在的生活。

虽然陆庸已今非昔比，但仍是简朴作风，从不铺张浪费。陆庸的衣柜里的日常衣服基本都是普通品牌，没几件名牌，只除了两身西装和一双皮鞋应该是花大价钱购买的。平日上班从未见他穿过，单就去拘留所接他那天穿了。

陆庸好像不搞排场，也不好打扮，更爱穿工服，平时上班穿着出去都可能被认成哪个工地的民工。

陆庸给他的生活提供了很大的自由，陆庸不光给他门卡，家中各个房间的门、柜子、抽屉，都没上锁，只要沈问秋想，就可以随意打开。

沈问秋起初觉得陆庸真不把他当外人，但翻过之后发现除了房屋本身，压根儿没什么特别值钱的东西，大件嘛，也难搬走。难怪这样敞开无防备。

沈问秋闲着无聊，四处粗略看过。他看这些也不瞒着陆庸，还故意让陆庸知道，就是想试探他都做了这么多没分寸的事了，陆庸赶不赶他走。

可不管他怎么过界，陆庸都一概包容，不气不恼。搞得他像是一拳打在棉花上，有劲儿没处用。

日常开销，陆庸也很节约。前几天他没事做，就跟着陆庸去附近超市采购接下去三四天的食材。陆庸还要仔细看宣传单上的当日哪几种菜有折扣，仔细看超市传单思考怎么组合购更加实惠，真是精打细算。

沈问秋说："你都是总裁了还这么精打细算吗？"

陆庸说："能省钱为什么要花冤枉钱？"

沈问秋呵呵笑："真是勤俭持家。不过陆总你以后要是和女孩子出来约会记得务必要大方一些，不然会被人家埋汰，不方便找对象。"

陆庸像想起什么事，皱眉，凝滞了下，若有所思地说："先前我被介绍相亲，我跟对方一起吃了一顿饭，结账时我付钱，用了之前攒的优惠券。介绍人是我的研究生同学，回头我同学就委婉地跟我说我这样做不够绅士，让我下回别这么做了。"

沈问秋："哈哈哈哈哈！确实，下回别这样。"

陆庸："嗯。"

哈哈，陆庸还去相亲过吗？对哦，他现在条件那么好，一定不缺女人想嫁给他。

就算是当初高中那会儿他缺一只手时，都有女生对他有好感。

想想也是了，他们今年都二十八了，虚岁三十。动作快一些的老同学要么生二胎，要么结二婚，相个亲算什么。在这十年间，他们完全没联系过，陆庸也从没来找过他，有自己的日子要过，说不定已经交过女朋友了。沈问秋想。

但陆庸这么节约的人，沈问秋却在他的书房柜子上找到一沓捐款的证书，或是给贫困女童，或是给生病孩子，最少的一次五千，最多的一次两万，还翻到几封来自被资助的山区女孩的感谢信。时间大概是自他毕业工作以来。

这是一有点钱就开始往外送啊，多少年了，还善良得跟个傻子一样。

沈问秋正想着，看到宠物医院的电子招牌，赶紧指了指，说："到了，在那里。"

陆庸在路边寻停车位。沈问秋催促："快点，这狗好臭啊。"

陆庸瞥他一眼，没别的意思。但沈问秋敏感，回味过来以后脸颊发烫，陆庸捡他回去那天，他也没比这狗香，还有脸嫌弃狗狗呢。狗狗好歹还可爱。所以，下车以后，他默默地主动去抱纸箱。不知怎么回事，他一抱纸箱，狗就突然大叫起来。

陆庸站在边上，说："还是我来抱吧。"

沈问秋只得把箱子递给他，嘟囔："这狗还能闻出来谁是人渣，谁是好人吗？"

"砰！"他说的话正好被关车门的声音盖过。

陆庸隐约听见他说了什么，但没听清，便问："你刚才说什么？小咩。"

沈问秋闭嘴，尴尬地说："没什么。"

陆庸身材高大，手臂也粗，两只手抬箱子轻而易举。沈问秋还是忍不住去注意陆庸的义肢，以前那里少一只手的时候，陆庸拿东西不好拿，他时常帮陆庸搬。

现在已经不需要他了。

这家宠物医院的问诊间有点窄，沈问秋跟进去以后觉得自己站在那儿反而碍事，跟陆庸说了句自己去大厅等后就离开了。

他坐在冰冷椅子上，无事可做地发散思维：我可真不善良。一般人看到那么惨的流浪狗都会可怜一下吧？我为什么没感觉啊？以前的我好像不是这样的啊。我什么时候变得这么没有同情心了呢？为什么呢？

一只胖乎乎的戴着伊丽莎白圈的蓝猫路过，沈问秋摸了一把，竟然羡慕地想，要是下辈子投胎成一只小猫小狗就好了。做人太累了。

过一会儿，陆庸从问诊室出来，小狗被抱去做检查，他则去缴费。沈问秋起身过去听账单，前台小姐姐说："……总共三千两百块。要不要办理我们的会员卡？充两千打九折，充五千打八五折，充一万打八折。"

沈问秋说："真贵。"这年头宠物治病比人还贵，他还不如那只狗。陆庸应该会办卡吧？便宜好多。

陆庸掏出钱包，打开钱包的手停顿了数秒，才说："暂时不办，按原价付费就好。我没带那么多现金，可以刷卡吗？"

……这是没打算领养那只狗的意思吧？沈问秋后知后觉地想。他本来一点也不可怜那只狗，甚至有些羡慕嫉妒，陡然之间转变为唇亡齿寒的怜悯。虽然陆庸愿意花钱救他一次，可也没打算养狗，那么丑又生病的一只狗，多难找到领养，陆庸迟早会消磨尽耐心。

跟对待他一样。

陆庸看一眼左手手腕上的手表，说："医生说检查出来要半个小时到一个小时。我们去附近吃个饭吧。"

沈问秋瞄见陆庸手上的手表。是一块梅花牌手表，老古董的，高中时陆庸的爸爸收来这块表，找老表匠修好，送给他做礼物，上学时候方便看个时间。以前陆庸就十分爱惜，十年过去了，看上去保养得还是很好。

倒是很念旧。

路过奶茶店，陆庸买两杯奶茶，你一杯，我一杯。

问他要喝什么味道的，陆庸说："黑糖厚牛乳吗？我记得你爱喝牛奶。"

沈问秋笑了："那都多少年前的事了啊。我那时候爱喝牛奶是嫉妒你长得比我高啦。我要一杯招牌水果茶吧，加芝士奶盖。"

再路过一家炸货店，陆庸又买了两份炸肉，你一份，我一份。

沈问秋随陆庸投喂，还没吃完，陆庸领他进了一家龙虾店，点了三斤清蒸小龙虾、两斤麻辣小龙虾，并两碟冷菜，两碗凉面。

沈问秋好久没放开肚子吃得这么爽快了，开心许多。他打个饱嗝，说：

"真好吃啊。"

陆庸说:"那再点两斤。"说着就举起手作势要叫服务员。

沈问秋摇头:"今天是吃不下了,以后吧。"

陆庸点点头。

时间差不多,他们回宠物医院接狗,还等了一会儿。医生大致讲了下小狗的情况,除了皮肤病,牙齿和眼睛都有问题,但这些都是小问题,大问题是这狗得了腹水。唯一的好消息,目前还不算严重到无法治疗。

兽医委婉地说:"腹水的后续治疗费用很高,而且不一定能保证治好……"

就算是亲手养的宠物也有被嫌弃医药费太贵的,更何况只是捡来的一只流浪狗。

陆庸:"没关系,先治吧。"

兽医:"你确定吗?起码要花好几万。"

陆庸:"确定。"

沈问秋没说话,他回座位上去等待了,陆庸跟医生去二楼的治疗室看狗去了。怎么办呢?等会儿回去就跟陆庸说再见吗?找个什么理由好?

他又想抽烟了,摸摸口袋,没有烟。他像是吐烟一样,吐了口气,胸口仍像是堵塞住一样。

其实他就是想跟陆庸说句"对不起"。

——这是他最后一个心愿。

说完以后,他应该就能安心去死了。不管能否得到原谅。可是陆庸与他这样相处平常,就好像什么事都没发生过,他完全找不到机会开口。而且说了显得他自作多情,太可笑了。

"嗡嗡——"

手机振动声。

沈问秋看到陆庸不小心落在桌上的手机,屏幕亮起来,消息栏提示收到新微信。

江陵：你以后别怪我没提醒你沈问秋是烂人……

然后手机屏幕光度暗下去，变回待机的黑屏。过了好几分钟，沈问秋才思维迟钝地想：哦，原来陆庸已经知道了啊。

陆庸回到一楼大厅时，沈问秋已经不在了。大厅很小，一眼就能看遍四下。他想，会不会是出去透透气，又去门口找了一圈，也没人。

陆庸回了宠物医院，刚走到前台想要询问，前台把他的手机递给他，说："你朋友说让我把你的手机转交给你。"

陆庸问："他人呢？"

前台答："呃，好像刚才出去了。我不清楚。"

陆庸眉头紧锁，操作手机，盯着屏幕，屏住呼吸似的紧张专注，眼珠上下转动。半分钟后，他有些了然地把手机收起来，飞快发问："我朋友出门以后是往哪个方向走的你有注意吗？离开几分钟了？谢谢了。"

沈问秋兜里一分钱都没有，别说钱了，他身上穿的衣服、脚下穿的鞋子也全都是陆庸给买的。

走了没几步，他就傻了。他先前不在 H 城生活，也没怎么出过门，完全不认路。他只是沿着路牙子，漫无目的地往前走。这一带好像是老城区，正在改建什么，左边是竖起的蓝色建筑隔离板，右边则是老旧的店铺。

晚上不施工，安静荒凉。

狭窄的路上没什么车辆行人通过，他孤零零走在荒芜路上。

这个点商店已经陆续歇业，锁好铁闸门，他一眼望去，就只有一间小卖部还在开，玻璃门上贴着缺撇少捺的"烟草""酒水""电话充值"等红色广告字样。

是家老店吧，装修风格跟十年前的好像。

沈问秋停下脚步，不由得走神。

蝉鸣"吱吱"地在耳边聒噪，将他的思绪带回十二年前的夏天——

军训热得要死。

一散队大家就冲进学校的小卖部购买冰水冰饮，沈问秋注意到陆庸从不买水买零食，总带着一个已经掉漆的旧保温杯，可以接学校里免费的开水喝。学校的免费水总是很烫，喝起来很硬，他不爱喝。

他和陆庸不知不觉已交上朋友。沈问秋在班上跟同学混熟得更快，不过几天下来，已隐约建立起一个小团体，以沈问秋为中心。

陆庸也在其中，但还是被沈问秋捎带进去的，和其他人关系都很平常。大家一起去超市时，陆庸也会跟在沈问秋屁股后面一起去，别人都买，他不买，他本身似乎没有不自在，看别人喝也不会馋，沈问秋却有点别扭。

沈问秋当然不差那点钱，他愿意请陆庸，可要是只付陆庸那一份的钱，又好像对陆庸特殊对待。沈问秋思来想去，决定直接给所有人买单，那么夹带个陆庸就显得不起眼了。

陆庸对他太好了，沈问秋总想回报陆庸。沈问秋娇生惯养，家务做得糟糕透顶，陆庸每天晚上早上会默默帮他整理床铺，还想帮他洗衣服，被沈问秋拒绝了，这样好像他花钱买个小厮一样。他私下同陆庸说："我爸爸就是说着开玩笑的，你不用特意照顾我啦。"

陆庸说："没关系，我看你不太习惯。你上次洗的那个衣服，还是脏的，不如我帮你洗，洗得干净一些。"

他一个两只手的人还没有人家一只手的干活干得好，算怎么回事嘛？

沈问秋恼羞，搞得他好像一个废物一样。他在学校可从不逃集体劳动，在家的时候偶尔帮个忙做家务，爸爸还会夸他勤劳。不过，频率大概一年一两次。真到了陆庸面前，他才发现，自己还真就是个十指不沾阳春水的小少爷。被人发现他娇气又嫌丢人，毕竟是男孩子，又在最是好面子的年纪。

他心里晓得陆庸是真心待人好，那他接下这份好意，就不可以无动于衷，不然把人当什么了？跟班小厮？什么年代了？

陆庸犹豫了下，又对他说："小咩，你别动不动请客。虽然你有很多零花钱，但这样下去，他们会总是起哄让你请客的。这样不好。你又善良又讲义气，就算不花钱请客，大家也会很喜欢和你交朋友的。"

沈问秋当时就僵住了，脸色变换。听听陆庸这话说得，好像他是个傻冤大头一样。

我是为了关照你啊！心里话却不能说出来，沈问秋从鼻子底"嗯"了一声，黑着脸走了。真是不识好人心。沈问秋委屈地去咕噜咕噜灌了一瓶牛奶。

读书的时候，在学校里，同学之间看似是平等的，都穿一样的校服，上一样的课。但渐渐会发现，家境差距大、消费差距大的真的很难交朋友。沈问秋不想委屈自己跟陆庸那样苦哈哈地过日子，可是直接间接给陆庸钱吧，又好像伤人自尊心，也不能让陆庸跟着他高消费。

这事怎么调和？要么他委屈自己，要么陆庸放下自尊。

他想，他是不是不适合跟陆庸做那种特别亲密的朋友，或许做关系一般的朋友可以。

别那么在意陆庸就好了。然后沈问秋有两天没跟陆庸说话，也没再请客乱花钱。

晚上他看陆庸大半夜在被子里打手电筒也不知道在干什么，没有问，想慢慢跟陆庸淡了关系。才刚交上的朋友，能有多深厚的感情？

转眼到了军训最后一天。

沈问秋想，反正他也不住校，他莫名有点依赖陆庸应该是出自雏鸟效应的类似情况吧，以后不会天天见着，就没这种感觉了。

军训结束，老师大概交代一些开学以后的注意事项，接着散会，各回宿舍。

沈问秋感觉到陆庸亦步亦趋地跟在他身后，到了宿舍，他往下铺一坐，换鞋子，陆庸走到他身边。陆庸长得太高了，微微弯下腰，对他说："小咩，你开学以后是不是不住校了？"

沈问秋心烦意乱："不知道。"

陆庸没有追问，说："我有东西要送你。"

沈问秋抬头看他。

陆庸递过手来，手心放着一只草编的小羊，圆滚滚的，特别可爱。

沈问秋被萌得眼睛一亮，眨了眨眼睛，接也不是，不接也不是。他从小就喜欢各种小羊主题的玩偶玩具，但还是第一次收到手工制品。

沈问秋看看陆庸，陆庸也看看他。

沈问秋把小羊收了过来，问："你这几天晚上偷偷摸摸就在编这个啊？我还以为你已经开始提前学习了。"

后来他才发现陆庸从不晚上熬夜学习，也不补课，教科书陆庸看看就会了，连编东西玩都是陆庸自己琢磨的，压根儿没跟人学过。

陆庸笑笑："你喜欢就好。"

当天下午，爸爸过来接他回家。

沈问秋的手插在兜里，因为小羊装在里面，如他跟陆庸的秘密。大热天这样捂着手，他被热得手心冒汗，偷偷把玩着小羊，他喟喟地说："爸爸，我，我觉得住校挺好的，我想住校行不行？"

沈问秋其实还是觉得住校条件不好，但他当时就是昏了头地想住校，因为他潜意识觉得，要是不住校，估计他跟陆庸的友谊久而久之会慢慢淡去。他想跟陆庸一起玩。他欲盖弥彰地补充："我觉得住校也没那么不方便，而且早上还可以多睡一会儿了。"

他想，陆庸那么孤僻阴沉，要是连他都不跟陆庸交朋友，陆庸岂不是要过上被孤立一样的校园生活，那也太可怜了吧？反正又不是什么大事。对他来说，只是举手之劳。因为陆庸，他在学校宿舍住得也挺舒服。

爸爸笑了："哎呀，我们的小岽长大了啊，主动要独立生活，看来军训很有成效！走读才需要特别申请，住校又不需要，当然行啊。"

现在想想，他当时多少有几分高高在上的自作多情。

"唉。"沈问秋抬起头，眺望无星无月的夜空，深深叹出一口气。回想起来还是很尴尬，真想删除愚蠢自大的年少时光。

"沈问秋！"有个愠怒的声音在喊他。

沈问秋循声回头望去，看到陆庸在街道那一头。

沈问秋连忙转身，二话没说，朝反方向快步走开。他越走越快，渐渐变得像要跑起来，他的心跳随着陆庸越发接近的脚步声一起越发急促起来。

但还是被抓住了。陆庸黧黑宽大的手掌从后面抓住沈问秋的肩膀，心急之下，没有控制住力道，硬生生将人按住扳回来一把抓住了他。沈问秋觉得自己像是被一只大型野兽扑倒擒住，就差没咬住喉咙。

陆庸喘着粗气，目光亮得吓人，愤怒而焦躁地注视他："你去哪儿？"

沈问秋心里"咯噔"一下，耍无赖地笑下："你干什么啊？我只是出来散个步啊。欸，欸，你别抓着我了。我骨头都快被你扳碎了。"

陆庸深呼吸，匀了下气，慢慢放开手，说："对不起，我不是故意的。弄疼你了吗？你说也不说一声，我还以为你不告而别。你现在没工作、没住处，能去哪儿呢？我很担心。"

两人谁都没提微信那档子事，心照不宣地揭过。沈问秋跟着陆庸回去了。

沈问秋本来想提，话到嘴边，却咽了下去。他解释什么？他本来就是个烂人啊，解释自己不是烂人？还是限定在陆庸这不是烂人？有意义吗？

夜风拂面。

蓦然之间，沈问秋意识到一件事——他不该来找陆庸。陆庸太善良了，又心软，看到路过的流浪小狗都于心不忍，假如他还在陆庸面前保留一丝美好印象，再去自杀的话……陆庸一定会为他伤心。

本来在这个世界上，应当不会有人会为他哭了。

都是因为他多此一举……

唉，都什么事儿啊？还不如让陆庸认定他是个烂人呢。

对，就该让陆庸对他失望透顶！到时候即便听说他的死讯，陆庸也只会感慨一句：罪有应得！挺好的。

沈问秋想通计划，暗自下定决心。

回去的路上，十字路口堵车，等红绿灯。

陆庸双手握着方向盘，屈指轻叩。

冷不丁地，陆庸说："对不起，十年没去见你。"

"没事啊。"沈问秋答，"当初是我警告你别找我，我成现在这样跟你毫无关系啦。"

大概是实在太无聊，沈问秋其实有件事一直想问："陆庸，那你这些年有打听过我的事吗？"

他明知不对，可还是忐忑不安地等待陆庸的回答。

然后他听见陆庸说："没有。"

像一块沉甸甸的石头砸下来，又像是被一枪绝杀。

"嗯。"沈问秋仿佛听见自己从喉咙底发出个破碎的闷声，像颗小石子儿给扔进深渊里面。

沈问秋知道陆庸是个性子轴的老好人。陆庸从不撒谎。

但他是个撒谎精，所以他别过头，说："我也是。"

"我先去洗个澡。"陆庸一回家就说。

他今天抱了摸了脏兮兮的流浪狗，沾上一身臭味，总怕被沈问秋嫌弃。

陆庸记得自己小学时有段时间被班上同学排挤，因为他是卖破烂家的小孩。就算他勤快地洗澡，连冬天都每天更换衣服，把手搓到发红破皮，也还有调皮的小孩捏着鼻子嘲笑他一身垃圾臭味，被他碰到就咋咋呼呼说被摸脏了。

沈问秋看着他，像忽然想起来地说："陆庸，你洗澡的时候要把手摘下来吗？"

陆庸都在沈问秋睡着时偷偷去洗澡，或者洗完再重新佩戴好义肢出来，平时沈问秋见到的陆庸都是健全的形态。他现在有了另一只手，想在沈问秋面前更新自我形象。

"嗯。"陆庸僵了一僵，这是他刻意这么做的，"睡前也会摘下来的。毕竟不是真的手臂，一直戴着会疼。"

沈问秋更好奇了。

陆庸见他很想知道，问："你是想看吗？"

沈问秋："可以看吗？"

陆庸："可以的。"

他脱了穿着的衬衫，里面是件背心。陆庸身材非常健美，背很厚，鼓鼓囊囊的胸部肌肉将有弹性的布料撑起来，臂膀也很粗。

沈问秋总觉得陆庸与十几岁那时好像不太一样，以前是精瘦，现在肌肉更多了。好像又不只是这样，他多观察两眼，终于想到了，伸手捏了下陆庸的右肩："我记得你以前右肩比现在薄。"

"以前只能用左手干活，两边肌肉锻炼量差得多。我后来又特地练过，把两边肩膀尽量练得一样粗。"

沈问秋笑说："高中军训那会儿你走直线老是不小心走歪。"因为两边不平衡。

陆庸的金属义肢几乎覆盖到肩膀。沈问秋大致知道他读书那时为什么不戴义肢，因为配不上，陆庸右手残肢比较短，难以佩戴便宜些的传统义肢。

他听陆庸跟他讲起过往事。

陆庸并不是天生的残疾，他在十岁以前还是个四肢健全的男孩子，失去的那只右手是他的惯用手，写得一手好字。那年暑假他回老家乡下玩，在树林里摘树莓时遇上毒蛇，被咬中了小臂，没到半天，整只手臂都黑烂掉了。

那种毒蛇的抗毒血清很罕见，当地没有抗毒血清，辗转找了两家医院，都无法收治，再送去市中心医院，耽搁了一天还是没有。那年头医学和通信都没这么发达，他的性命岌岌可危。主治医生当机立断，没空再等血清，在当时迫不得已的情况下，最终与家长协商选择了给他截肢。

右手臂没了，但好歹命是保下来了。

陆庸左手抓着右手胳膊，按了下外侧一个按键，再一旋，只听"咔"的一声微响，这只胳膊轻松被卸下来。

沈问秋啧啧两声："好酷啊。"

陆庸的断臂截面上有一截金属合齿状物，没等沈问秋问，他主动解释说："这个是做手术植入进去的连接端，植入式骨整合义肢技术。义肢装上去更加牢固。"

沈问秋心痒痒地问："我可以摸摸吗？"

陆庸点头。

沈问秋站在他身边，伸出手，指尖刚碰到他的肩膀，又收回去，说："我先去洗个手吧。"

沈问秋特意去洗手以后才回来，生怕会沾染上细菌。而且从他这个角度看过去，端坐着的陆庸让他想到了断臂的阿芙洛狄忒，又或是古罗马的战士，尽管缺一只手，但还是充满了古典般的美感，无关性别的俊美，但植入断臂截面的骨接合材料又极具科技感，糅杂在陆庸身上，矛盾而有魅力。还让他想起以前看过的一个电视剧，里面有位将军就是独臂，他很喜欢的一个人物。

沈问秋指尖因为冲过水而微凉，在陆庸的断肢面轻轻抚摸，他问："平时会疼吗？"

"有一点，不过不碍事。平时睡前和起床，我都会进行消毒、保养。"

小时候手刚断的头几年，陆庸的幻肢痛症尤其严重，总觉得那截已经被切割掉的手臂还在，仍在无形地被灼烧撕裂着，每次发作，都会疼痛难忍，让他整晚无法入睡。医生说这种病出自心因，无药可医，他只能劝说自己忍耐。

后来好一些，断断续续地偶尔出现，一出现还是令人难以忍受。但自他遇见沈问秋以后，这种无法解释、无法治疗的痛症就离奇消失了。那是他最舒服惬意的一段日子。他们分别之后，幻肢痛又复发，每次发作，他就会想起沈问秋，仿佛身体在不停提醒他，要记住沈问秋。也得记住沈问秋厌恶他，他不可以再去接近沈问秋。

"这辈子都别再出现在我面前。"

像个魔咒一样。

有几回他几乎忍不住想要问同学关于沈问秋的事，话到最后还是吞回去。沈家破产的事，陆庸略有耳闻，倒没有主动打听，又知道沈问秋被朋友收留，觉得也许不需要自己帮忙。

看，沈问秋是那么好的人，就算没有了钱，还是有一群朋友愿意帮助他。

而他只是沈问秋曾经的众多朋友之一罢了，不足为道。更何况他们早就绝交了，连朋友都称不上。

他接到警察的联络时终于知道情况很糟糕。

律师将沈问秋的一堆前科整理过后告诉陆庸，陆庸才发觉，在他没注意的时候，沈问秋已经成了一个世俗标准意义上的"烂人"。

就像江陵说的那样。

但他一点也不介意。

沈问秋就是沈问秋，不管变成什么样了，都是沈问秋。

沈问秋摸了摸，又俯身，嗅了嗅他："是有一股狗臭味。"

陆庸坐不住："我现在就去洗澡。我要是在上班没空的话，你可以帮我去医院看看那只狗的情况吗？"

沈问秋没什么怜悯心，可也想不到拒绝的理由，他一介闲人无事可做，蹭吃蹭喝还不知道帮忙也太过分了。他慢吞吞地说："要是你实在不方便的话，反正我也没事做。"

陆庸就是想给他找点事做，人没事做就会胡思乱想，有事可做才能振作起来。

沈问秋懒得洗澡，他在沙发躺下，裹上毯子，想：不对，应该拒绝掉的，这样才显得过分啊。该怎么让陆庸对我失望透顶呢？江陵都说了我什么坏话？

江陵那人，以前跟沈问秋关系是挺好。沈问秋自问自己烂自己的，也没拉人一起烂。江陵本来也好玩，跟他一起去玩，败了家里不少钱。后来沈问秋才知道江陵跟女朋友还有半个月就要结婚了，他多事，给女生发了短信，告知了这件事。那女生也够狠，当时已经领了证，还怀着孩子，头也不回直接分手了。

江陵从此跟他反目成仇，把种种过错都算到他头上，快恨死他了。

所以，其实沈问秋大概知道江陵会说他什么坏话。他家破产以后，他就逐渐自甘堕落，成了一个人品恶劣的人。怎么说呢？本质上来说也没有错就是了。

于是，沈问秋在想了一晚上之后，在早餐时说："可以借我点钱吗？"

陆庸有点警惕，问："……你要钱干什么？"

沈问秋看他捏紧筷子的手指，心想，一定是在怀疑我要钱去赌博吧？

沈问秋说："兜里一个钱都没有，太不方便了。"

陆庸沉思了好几分钟，才像是不情不愿地拖沓地问："要多少？"

沈问秋说："五千。"

先抠个五千出来，能从陆庸这么节约的人那里抠出钱，他还挺有本事哦？他像是想起什么似的笑了下，故意说："没多少吧？我读书那会儿一个月的生活费就是五千。我给你写借条。"

陆庸还是不大想答应，沈问秋口袋里有钱，就有路资离开了。

沈问秋仿佛默认他已答应的态度，轻飘飘、笑嘻嘻地说："给我现金吧，不要转账，我账上银行会直接划走抵债务。"

陆庸轻轻皱了下眉，只是一瞬间，沈问秋看到了，立即垂下眼睫毛。

他是想惹陆庸厌恶，可真这样做时，又觉得像在自己心口捅一刀。呵呵，这下他的人品差证据确凿了。世上唯一还觉得他有点好的人也要对他产生厌恶了。

"好。"陆庸说。

陆庸没有拖延，直接去楼下银行二十四小时自动提款机取了五千块现金给沈问秋，交换来第二张借条，他仔细收好。其实他不在乎借条，只是假如沈问秋想写，那他就收下。

"那我去上班了。"陆庸站在门口对他说，"晚上七点前会回来做饭。"

像在暗示：要是出去玩了，你也得在七点前回家。

"嗯。"沈问秋站在门口，送陆庸离开，态度平淡。

陆庸总觉得有哪里不对劲，尤其是昨天沈问秋疑似不告而别的行为之后。

他很担心今天一回来，沈问秋就不见了，真想一直待在家里，看着沈问秋。可是公司的实验开发进程得盯，各种事务不能不处理，而且他也不可能像是把人关住锁住一样地困在自己身边。

要让沈问秋觉得这里安心，才会长长久久地留下来吧？

好，陆庸走了。

家里只剩下他一个人。

沈问秋低头，看着桌上那一沓崭新的钞票，数了五六遍。好烦，陆庸是什么圣父？傻成这样怎么混到总裁的？明知道他很可能拿去赌，为什么还要给他钱？这不就是肉包子打狗，有去无回吗？

他以手指拨动钞票边缘，闻了闻新钞的油墨气味。

"真干净。"像是在对谁说似的,沈问秋喟喟道。

这钱看上去和别的钱一样,可他知道其实不一样的。陆庸的钱那么干净,他舍不得弄脏。

沈问秋想起书房里那些署名"陆庸"的捐款证书。之后陆庸要是问起来,再骗他说是拿去吃喝玩乐的好了。

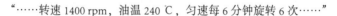

"……转速 1400 rpm，油温 240 ℃，匀速每 6 分钟旋转 6 次……"

"……真空裂解实验条件，体系压力 1.5 kPa，升温速度 40 ℃/min……"

"……裂解终温 600 ℃，保温时间 30 min，冷阱温度 -40 ℃……"

"……酚醛树脂类废弃印刷电路板裂解后，裂解渣、热解油、气体分别为 69.5%、27.6%、2.7%……"

陆庸照常去了一趟研发部门的实验室，他是公司的心脏与大脑，把控公司科研方向。他着一袭白大褂，不同于其他研究员，他的身材过于高大，但在操作仪器时却很仔细，堪比教科书的标准。

他五官长相其实生得不是当下标准的俊美，或许更符合老一辈的审美，略方的脸，配上浓眉大眼，总让人忍不住猜测他是不是过于正直、会不会迂腐古板。

其实，比起管理公司财务，陆庸更喜欢待在实验室。每次研发出新技术，有了新的技术突破，比财报收益更让他觉得兴奋激悦。一开始他也没想过要开这么大的公司，回过神来时，已经到这一步。

就技术研发而言，还完全没看到顶，还能再往上走一走，只是到目前为止，公司运营已经令他焦头烂额，无暇他顾。

下午五点，陆庸先脱了实验服，表示要走。

他倒是不介意在实验室多沉迷一会儿，但他如今的主要身份是公司老板，他不说走，带头加班，别人谁敢走？那不是成了变相逼人加班？他们公司没那文化。而且本来环保就不是一件急得来的事，他们公司的氛围就和这一行一样。

回去前陆庸在公司的浴室洗了个澡，他怕身上沾染了什么化学药剂的气味，回去会熏到沈问秋。

他正在男更衣室换衣服的时候，有人走了进来。

是个看上去三十岁上下的男人，身材清瘦，面容看上去年轻，但天生少白头，戴一副金属细边眼镜，细眉细眼，冷冷淡淡地颔首打个招呼："老板。"

陆庸抚了抚衣服上莫须有的褶皱。他最近回去前都要特意整理自己，夏天汗味重，以前他也就勤快些洗澡，现在还用上了清香型的止汗剂，衣服款式较之以前也多变起来，没有那么老土了。他以前走出去就老是被人认作乡镇土老板。

陆庸迟钝，没察觉出别人探究的视线。他是个极其在乎隐私的人，不想被人瞧出来，惜字如金地"嗯"个音节。

丁念是他们公司研发部门的首席研发员，以前在国外的相关科研所做高级研究员，今年三十七岁，四年前被陆庸挖回国，除了高薪，还持有公司股份。陆庸颇为倚重丁老师，彼此关系如朋友般，在课题讨论上很聊得来，只是私下基本上不怎么接触。

陆庸飞快地穿衣服，发出窸窸窣窣的声响。他把止汗剂偷偷藏进兜里，若无其事地说："我先走了。你也早点下班回去休息。"

丁念觑他一眼，眼神微凉，冷不丁地说："现在根本不是可以这么放松的时候吧？"

丁念双手插在兜里，看他一会儿，无奈地叹口气："老板，最近是发生了什么事吗？我看你经常发呆，工作不在状态……"

陆庸怔了下，他怕被人听见似的压低声音问："有这么明显吗？"他不爱照镜子，他最近是这副模样吗？

丁念摇头，凝重说："没有很明显，别人暂时看不出来。"

啊，这……陆庸傻站在原地，半晌才伸手屈指挠了挠脸："好吧，我会注意的。"

他们班毕业宴会上，陆庸没跟沈问秋同桌，谁都知道他们绝交了，互相避讳，倒也无人提及。陆庸悄悄地选了一个能看见沈问秋的位置，不算远，也不算近。他人缘不好，生人勿近，没人来劝他的酒。别人都疯了一样地喝酒，他在那慢悠悠地就喝了杯饮料，还十分清醒。

他看到沈问秋喝得很凶，想，假如到时候有什么问题，他得保持头脑清醒，好安全送沈问秋回家。又想，万一他们以此契机和好了呢？他抱着侥幸心理。

沈问秋喝得烂醉，耳朵脖子都红了。

即便知道可能被厌恶，但陆庸忍不住看了好几眼，十分担心，很想去劝一下，要是酒精中毒了怎么办？走在路上也很危险。

两人的视线时不时地触碰下，却不接上，彼此都在刻意躲避。

那时他们已经三个月没说话了。

沈问秋最后半学期申请走读，不再住校，虽然他们的座位只差两排，却像隔着一条鸿沟。陆庸谨遵他的叮嘱，没有再主动与他说话，就算是平时也有意避免与他撞见。

之前沈问秋最后一次考试成绩出来不太好，物化成绩拉后腿，陆庸心底其实很担心。他有时觉得沈问秋挺笨的，以前考试前他都会给沈问秋划重点，但还是会错几道他讲过的题。每次他给沈问秋辅导作业，都会掰碎了给沈问秋说。

因为担心，他还偷偷把笔记放在沈问秋的桌子里。吃个晚饭回来，值日的同学把脏兮兮的笔记本给他，问他是不是误丢了。

陆庸很难受，不是朋友了所以连他的好意也不接受吗？他不敢再给，深刻体会到沈问秋的绝交心意有多么坚定。

可是，这都要毕业了，他们又考取了一南一北不同城市的学校，假如再这样下去，说不定这一辈子就这样错开了吧？

沈问秋醉得厉害，开始发起酒疯，陆庸看得直皱眉，上前过去，抓住沈问秋的手臂——

旁边有个与沈问秋要好的男同学突然说："干什么啊，陆庸？你又来？你们不是早就绝交了吗？"

可能只是开玩笑，但听在有心人的耳朵里，就像是阴阳怪气。陆庸心里一个"咯噔"，年少时太青涩，他根本不知道如何遮掩，僵立原地，明显像是被说中。

沈问秋走过来，突然拉住那个同学，嘻嘻哈哈地敷衍过去："我跟陆庸不一直就是普通同学吗？你说什么呢？"

陆庸如被扎了一刀。

一片嘈杂声中，他轻声念："沈问秋……"

或许他们应该冷静下来好好谈一谈。

沈问秋没回头，走开了。

陆庸听见沈问秋在和别的同学说："过两天我爸在五星酒店办谢师宴，有空的话一定要来啊，我爸特地找人印了很漂亮的请帖。"

在笑声中，沈问秋众星捧月似的被一群人簇拥着离开，从他身边擦肩而过，像完全没看到他。他知道，沈问秋只是视而不见。

陆庸回去以后又想，沈问秋会不会邀请他呢？这是个冰释前嫌的好时机。

但他一直等一直等，一直没等到。

这一等便是十年。

现在，总算是等到了。你说，他能不开心吗？只是能重新联系上，他就很满足了。

丁念很有经验地说："但我觉得，你是那种会被骗的类型。要小心遇上坏人啊。"

陆庸干巴巴地说："我想，你大概误会了什么，我只是遇见了一个老同学，有点开心而已。"

陆庸倒不介意沈问秋骗骗他，无所谓，只要还活着就行了。沈问秋只是现在没地方去了，才不得不投靠他，他不过是沈问秋的人形提款机而已，这样说换作谁都会觉得人格自尊被羞辱，但陆庸不觉得。

陆庸回到家，发现沈问秋不在。

屋里空荡荡的。

沙发上的毯子卷成一团，随意丢着，桌上还有些没收拾的垃圾。陆庸现在工作忙，其实搞卫生什么的，他一般也是雇阿姨来做。但自沈问秋住进来以后，他就亲自做了。

陆庸走过去，摸了摸毯子里面，没有温度，本来应该把头埋在里面睡觉的人离开好一阵子了。

今天要到路费就直接走了吗？

陆庸茫然，下楼走了一圈，也不知道该去哪儿找沈问秋。沈问秋手机摔坏了，连个联系方式都没有。

现代科技这么发达，为什么人与人的关联依然这么脆弱呢？

陆庸坐在沈问秋睡觉的位置，耳边像是一直嗡嗡的，他甚至想到要去报警，可他以什么身份报警？他连自称是沈问秋的朋友都没底气。

而且沈问秋只是不辞而别，又不是出什么事了？

凌晨两点。

陆庸在客厅，听见细微的开门声。

他马上起身，灯"啪"一声打开。

沈问秋正站在门口，一身臭烘烘的烟酒味道，双目无神，满脸晦气，行尸走肉模样，打个哈欠，懒懒地问："啊，你怎么还没睡？"

陆庸问："你去哪儿了？"

沈问秋漫不经心地回答："去玩了呗。手气真差。"

沈问秋也不洗漱，困倦地往沙发上倒，挠挠肚皮说："困死我了，我睡了啊。把灯关一关。"

沈问秋蜷起来，他闭上眼，装成要睡了。他感觉到陆庸走到他旁边，即使看不到，陆庸身上也像散发出一股可怕的气场，让他寒毛直竖。

生气吗？生气就对了，来质问我啊。

沈问秋等待着，却听见陆庸走开的声音，再过一会儿，温湿柔软的毛巾贴在他的脸颊。

沈问秋没办法继续装睡了，他闷声问："你干什么啊？"

陆庸说："给你擦下脸，你脸上脏。"

"你当是养狗给狗擦脸呢？"沈问秋往后一缩，挣开了。

陆庸没说话，静静望他。

还不如直接骂他呢，沈问秋心想。他别过脸："我真讨厌你这样。"

把他衬托得更像个烂人了。

陆庸太干净了，都这么多年了，大家全混社会了，可在他认识的所有人里，陆庸也是最干净的那个人。

沈问秋说："你别傻了好吗？我不知道你是不是还把我当成高中时的沈小咩，我早就不是了。你还以为我是个好人吗？"

陆庸阐述事实地说："我没有那样以为。我知道你是个烂人。"

道理他都懂，但在听见陆庸这样说时，沈问秋发现自己心里很难受，眼睛也擅自发酸。幸好在最后关头他强自忍住，才没有飙泪哭出来。

脸颊有火辣辣的幻痛，像被人扇了一巴掌。

沈问秋没想到陆庸会这么直接地说出来。直到陆庸明说，他才意识到自己其实还抱有丁点侥幸心理，潜意识认为陆庸或许还像十年前一样捧着自己，即便他已满身淤泥，世上仍有一个人傻瓜似的以为他是干净善良的人。

他在做什么？小丑一样上蹿下跳，自我苦恼。还徒留最后一分自作多情认为在陆庸心里他形象多好，其实陆庸本来就把他当成烂人了。

沈问秋四肢百骸的力气都像是被陆庸的这一句话给抽空，连灵魂都失去力气，他往后一躺，深吸一口气，压下非出于他所愿的泪意，心底升起一股破罐子破摔般的冲动。

现在什么都拨开了，像是一下子把他的吊儿郎当都打破，叫他不得不接受现实。

这段时日以来两人之间小心维持的虚假和平，像在一瞬间只剩一层薄冰的隔离。

沈问秋有一股想要吵架的冲动，可又压抑着，爆发不出来。他说："我要睡了。"

陆庸斟酌地说："我说的不是你想的那个意思，我……"

没等说完，就被沈问秋无所谓地打断："我知道，我知道，你不用解释。陆总您明天还得上班，早些睡吧。"

陆庸："我……"

沈问秋扔了个枕头砸过去，暴躁地骂道："你烦不烦啊？"

陆庸瞬间就跟被锯了嘴的葫芦似的，又像是做错事的大狗，眼巴巴地站在那望着他，说："对不起，我，我再给你买几个游戏吧，游戏不好玩吗？"

沈问秋装模作样地说："好玩。但没跟那些人玩好玩，主要一个人在家打游戏好闷，像跟你聊天一样，话不投机半句多。真讨厌。都那么多年了，你还是这个德性，一看就让人生厌。"

陆庸："……"真伤人啊。

他们以前不是这样的，十五岁时他们能交上朋友，当然是因为有说不完的话。尽管多数时候也是沈问秋主动在跟他说话，连他这样向阴的性格也被沈问秋犹如阳光直射般的笑容照亮了。

陆庸说："你可以和我聊的，有什么难处，我尽可能都会帮你。"

沈问秋闻言又是蔑然一笑，说得轻飘飘，怎么可能啊？他的人生已经坠落在深渊，还缠着上亿债务的负重，这是能拉上来的吗？

是陆庸这些年在商场上混得多了，性格也变了？还能眼也不眨一下地说这样的场面话。

沈问秋侧身朝向内侧，挥了挥手："行了行了，我困死了，现在没空跟你聊，改天吧。"

不知过了多久，陆庸终于走了。

沈问秋心乱如麻地沉入梦乡，他想，要是世界上真有重生就好了，重来一次，他一定做一个干干净净的人。

沈问秋和陆庸都是单亲家庭长大的孩子，他的妈妈因车祸去世，陆庸的妈妈则因为生病去世。

双方的父亲因为上次车祸而结识，沈问秋的爸爸知道陆家拮据，还把公司废品送给陆庸的爸爸，甚至还帮介绍，反正是举手之劳。

其实陆家开废品站收入并不算差，更何况父子俩还很勤劳，但先前给妻子治病问亲戚朋友借了许多钱，赚了点钱就拿去抵债，只留一点够基本开销的生活费。

两人相处小半个学期以后，沈问秋鼓起勇气邀请陆庸去自己家里玩。陆庸听到邀请以后，下意识说："周末我得帮我爸爸干活……"

见沈问秋气鼓鼓地瞪圆眼睛，陆庸才改口："等周五放学我问问爸爸可不可以去。"

最后陆庸还是去沈问秋家玩了，穿了一身新衣服，陆庸说是他爸爸特地给他新买的，还买了一双新球鞋，还带着一份水果做上门礼物。

沈问秋看了，心里又有点自责，害人家花冤枉钱了。

沈问秋带陆庸玩电子游戏机，陆庸是头一次玩，挺新鲜的。沈问秋说："我爸工作忙，我平时在家就看电视、打游戏。我爸说要是我期末考试考进年级前五十，还给我买一台最新款的外国游戏机。这台都快玩坏了。"

沈问秋起初是有些想在陆庸面前显摆的意思，不过不是显摆他有钱，是显摆他游戏打得好，因为在学校里比成绩他比不过陆庸，比玩他难道还能比不过陆庸吗？

今天他就要让陆庸见识一下什么是所谓的"纨绔子弟"！然后他教了一下陆庸操作，陆庸本来就是初学者，还是单手操作，很生疏。但前半小时还是他赢，接着陆庸开始慢慢地反败为胜，他就输多赢少了。还有一些高级操作，他知道理论，但是打不出来，陆庸却无师自通了！问陆庸他还说不太清楚。

沈问秋气得差点没砸了手柄。

陆庸也是个憨的，见他说不打了，问："我是不是不该赢？"又说，"我让你赢。你别生气。"

听听，有这么说话的吗？沈问秋想，难怪听说陆庸以前没有朋友，现在在班上除了自己，也没人愿意跟他交朋友。先前有人私下跟他说，觉得陆庸恃才傲物，瞧不起人。

沈问秋消消气，看陆庸一副很着急又不知道怎么办好的老实样子，又觉得好笑，笑了起来："没事儿。我有那么小气吗？"

不过不巧的是，他们又打了两局，游戏机坏了。

沈问秋敲敲打打，确认真坏了，悲痛万分地哀号一声："修这个好麻烦，要寄去工厂。"

陆庸翻看了一下，说："要不要让我来修修看？我先前收到过一本《电子游戏机的使用技巧及检修大全》，我记得里面有写你这款游戏机的型号。"

沈问秋目瞪口呆："你这也会？！"

陆庸并不给出准确保证，只说："我照着书里写的修过另一款，修好以后拿去卖了，但我觉得应该大同小异吧。"

这不比打游戏更有趣？沈问秋二话不说，立即把游戏机装进书包里，兴冲冲地说："走！我们现在就去！"

沈问秋给爸爸打了个电话，说要去陆庸家玩。他想了想，从零食柜里掏了一大袋的进口零食，礼尚往来嘛。

陆庸的家离他家很远，坐公交车得四十几分钟才到，但沈问秋是让司机叔叔开车送他们去的。

一路上聊天就觉得路程好短，沈问秋是个小话痨，他的脑袋和嘴巴就闲不住，一天到晚跟人讲话，这也是他对陆庸有好感的原因——陆庸话是不多，可都会很认真地听他说，偶尔发表几句意外之语。陆庸总是认真的，只是脑回路与其他人不同，甚至完全没意识到自己说的话是在破坏气氛。

要是换作别人，会觉得陆庸扫兴，要么不张口，一张口就得罪人，但沈问秋不觉得，还哈哈大笑，认为陆庸有趣极了。

陆庸家的垃圾站还真不小，就是堆满了东西，所以看上去有些拥挤。

陆爸爸见到沈问秋也来了，手足无措，赶紧在围裙上擦擦手，抹了把汗，结果脸更黑了。

堆满各式各样垃圾的地方再怎么分类整理也整洁不到哪儿去，乍一眼看过去还是乱哄哄一片，特别是在炎热的夏天，还飘着一股垃圾的臭味。

陆爸爸说："小咩你过来玩了啊？我们家好乱……让大庸带你去屋里坐。"

说完，他赶紧摸口袋，刚做了一笔生意，掏出兜里一把破烂脏污的小额钞票，用抹布擦了擦，才不好意思地飞快塞给陆庸："拿去买点零食棒冰招待同学，不要小气。"

沈问秋笑眼弯弯，好脾气地说："谢谢叔叔。"

陆庸说："他不是过来玩的，是来修游戏机的。"

"哦哦。这样啊。"陆爸爸赶他，催促说，"那你赶紧去帮人家修啊。"

接着沈问秋被陆庸领到后院，荒地上有一座用砖头、木材、玻璃、钢棚等简单搭起来的小屋子，陆庸腼腆地说："我爸爸帮我盖的。"

沈问秋真心羡慕："你爸爸可真好。"有时他也挺羡慕陆庸和陆爸爸的关系，是没什么钱，但是不缺爱。

沈问秋有种探险的感觉，推门进去，他眼前一亮。大概每个男孩都会想要一个属于自己的技术宅工作室，而陆庸已经拥有了一个，真的太酷了。

沈问秋一直记得当时的场景。

一束光从顶上的玻璃照进来，细碎尘埃在锈黄色的光中游弋，落在伏案的陆庸和他面前的电路板上。

陆庸只有一只左手，即使非常灵巧，但在使用某些工具时也麻烦，所以要加倍地专注和小心。他极沉得住气，仿佛忘记了周遭的一切。沈问秋坐在他身旁，别说吵他，大气都不敢出。

银色的金属结点排布在墨绿色的印刷线路板上，折射光，像是一颗颗微茫的星，每一个连接和转折都充满了逻辑的美感。

这些星星都在陆庸的眸中。

陆庸检修好线路板，没把外壳装回去，先用自己的破电视机连上。电流自电路板上流过。

像是光将星辰点燃，它们随即井然有序地运转起来，像一小方无形的璀璨的宇宙。

电视机屏亮起，画像清晰。

"好了。"陆庸说。

沈问秋看到陆庸眼眸明亮起来，比以前任何时候都要明亮。他只在学校见过陆庸沉默阴暗的神情，第一次见到不一样的陆庸，不知怎么回事，连游戏机都管不上，视线忽然停在陆庸的脸上。

陆庸出了一头的汗，在光中闪着碎光。

然后陆庸猛地转过头来，望向他。

两人视线相接，沈问秋赶紧错开视线："啊？啊……谢，谢谢啊，我看一下……还真修好了。你真厉害。我要拿去找专业的人修的话得好几百块钱呢。"

方才那个闪闪发光的陆庸像是个海市蜃楼，才一瞬间，就消失不变了，又变回了黑傻大个。

"能派上用场就好。"陆庸嘴笨地说，"以后要是又坏了，你再来找我修。"

他傻乎乎地说："你高兴就好。"

他的手那么灵巧，为什么嘴巴却笨得要死呢？在沈问秋面前，每回说错话，后悔也无济于事，自我检讨以后注意，可等到下回，他还是会出错。这下完了，陆庸惆怅地想，他彻底失眠了。

他不该那么说的。陆庸灰心丧气地平躺在柔软的床上，反省自己的语言过失。

奇了怪了。他怎么老毛病又犯了？

又不是十几岁的小孩子了。为什么他又突然脑袋少根筋似的，他应该鼓励小咩才对，可脑子一热，就说实话了。

他本来就非常不擅长说话，尤其是在沈问秋面前。

一定伤到沈问秋的自尊了，男人了解男人，越是落魄越是自尊心高过天。

明明他是想说即使你很糟糕，我也不在意，只是后半句说不出来。现在该怎么解释好呢？

陆庸心慌极了。

他太不擅长在生活中与人交流了。

他自己不以为意，也没有兴趣。

他们高中毕业以后各奔东西，再也没有联系过。

那天他半夜突然接到电话，孤身奔赴几百里去找沈问秋。说实话，当时沈问秋的形象和十几岁时大不一样，完全没有娇里娇气的少爷羔子模样，跟个混混地痞一样，和一群男人靠墙蹲在一起。

好几个人都是相近的模样，形销骨立，胡子拉碴，面色发青，蓬头垢面。可他一眼就认出来哪个是沈问秋，都不用警察特意指给他。

他怎么就认出来了呢？这一点，连他自己都觉得古怪。

失眠到四点多陆庸才睡着，但长期以来养成的生物钟让他不到七点就醒来。陆庸做好早饭，本来不想吵醒沈问秋，但他站在开放式灶台后面，凝视了把整个人埋在毯子里蜷缩起来睡觉的沈问秋好几分钟，心底还是莫名害怕，怕下午下班回来，沈问秋就不见了。

陆庸下楼去取了一万元现金，然后回来，坐在沙发边上，推了推沈问秋："小咩，小咩。"

沈问秋不耐烦地向后挥手，满是起床气地说："别吵，我睡觉呢，我很困！"

陆庸平铺直叙地道歉说："我昨天不该说你是烂人。"

沈问秋肩膀动了一动，但并没转过来。他说："你又没说错，不用道歉。我现在就是过街老鼠啊。你的好心根本不该用在我身上。我向你借钱，其实我根本没想还，我还不上。写借条给你就是逗你玩，骗骗你呢。知道吗？"

我没想要你还，陆庸想，又说："反正只是小钱而已，你以前也帮了我很多，没有你就没有现在的我。"

沈问秋翻了个身，从毯子里探出个头发乱糟糟的脑袋，耷拉着眼皮，死鱼眼一样看陆庸。

陆庸被看得浑身不自在。

沈问秋看傻子似的说："你在开什么玩笑？这是什么合家欢电视剧的台词吗？没必要对我这种人滴水之恩涌泉相报。"

陆庸："……"

气氛很尴尬，陆庸没别的办法了，只好给沈问秋塞钱："零花钱，你拿着用吧……不用写借条，算我给你的。我真的很抱歉。"

沈问秋坐起身来，他搔了搔头，把钱接过去，又恢复了吊儿郎当的混世姿态，好笑地问："你觉得愧疚就给我钱道歉？有你这样的吗？我的确是个烂人，我缺钱花，你是在考验我吗？觉得我不会要？有白拿的钱花，不拿白不拿。你敢给，我就敢要。我就当你是做慈善了，定点扶贫我一个。"

他自认这番说辞够惹人讨厌，一边说，一边紧盯陆庸的表情，可是陆庸非常平静，一点也看不出有失望情绪。

沈问秋把钞票往手心拍，发出"啪啪"的轻响，继续嘲笑他："我真不知道你做这些图什么。陆总，我觉得你以后最好别生孩子，你耳根子这么软，小心把孩子溺爱坏了。"

陆庸无动于衷，另辟蹊径一样地问："你的意思是你今天也要出去玩吗？去哪儿玩？玩什么？"

为什么陆庸就是不骂他呢？沈问秋感觉自己是用尽全力打在棉花上，陆庸死活就不生气，所以就成了他憋满肚子气，不知道拿陆庸怎么办好。

沈问秋说："要你管！花你的钱就得跟你报告吗？那这钱我不要了。"

沈问秋把钱扔回去，砸在陆庸身上。

陆庸怔了怔，整整齐齐把钞票摆好，放在茶几上："我先去上班了，你玩得开心。早饭和中饭我都准备好了。哦，你也可以拿钱出去吃饭。"

关门声沈问秋都已经听耳熟了。

他一晚上没睡，头痛欲裂，感觉自己快猝死了，睁开眼觉得困，闭上眼又睡不着。

既然陆庸都觉得他是烂人了，他还赖在陆庸家干吗？

你该赶紧滚蛋！沈问秋对自己说。但陆庸的态度实在古怪，一边直说他是烂人，一边又对他予取予求，像是在挽留他住下。

还是因为看他太可怜吗？甚至还要再来撒谎安慰他一下。

沈问秋迷迷糊糊地想：别想那么多了，要么睡醒就走……

他闭上眼，睡了醒，醒了睡，昏昏沉沉，有时只几分钟就醒了，有时蒙头一睡就是两三个小时，最后一觉直接睡到了天黑。陆庸又下班回来了。

陆庸看到沈问秋还在家，心里稳当多了，问："我要去宠物医院看看小狗，一起去吗？上次那家小龙虾店你不是很喜欢吗？我们再去吃一回吧。"

早上才吵了架，为什么陆庸能这么浑若无事啊？沈问秋刚睡醒，脑子不太清醒，想什么事都雾蒙蒙的，提不起劲儿，没有情绪。

怎么就晚上了？看来今天又走不了了。

再赖一天。

就一天。

沈问秋想。

沈问秋觉得闲着也没事，就跟他一起去宠物医院看狗。

正是下班高峰期，遇上红绿灯。

堵车，等待。

没人说话，车内无聊沉闷。

陆庸紧握着方向盘，看着前方，过一会儿，又说："等会儿再顺便去买个新手机给你吧，我用我的身份办卡，给你用。不然不好联系。"

沈问秋可有可无地"哦"一声。

陆庸瞟了他一眼，内心鼓起勇气，表面尽量显得理所应当地提出建议：

"明天是周日，要么一起去家私城买一张床吧，我把侧卧收拾出来给你住，整天睡在沙发上也不舒服吧？"

沈问秋："……"

沈问秋像雕塑一样坐在副驾驶位，陆庸看不透他的心思。

沈问秋没看他，望向前方，像事不关己地说："你没必要因为说了我是烂人，就抱着愧疚心给出过多的补偿吧。你越道歉我越烦。陆总，没必要，真的没必要。"

他右手手肘抵在车窗边缘，托着腮，无赖样地冷冷瞥陆庸一眼："我只是在你家借住几天，不用麻烦地买新床。过两天我就走。"

陆庸心都冻住了，他好不容易有机会能重新认识沈问秋……

大抵是觉得气氛有些尴尬，沈问秋不大关心地随口问："对了，那只狗，你花那么多钱救它但是不准备养吗？"

陆庸正沉浸在挫败中，没过脑子，耿直地回答："我没想好，我看你跟那只狗合不来啊，怎么养它？"

话音落下，绿灯亮起。

停滞的车流攒动前行。

陆庸自知下出一步绝错的棋，凝重屏住呼吸，僵硬补救说："你别误会，我不是把责任抛到你身上，是我自己的决定……我是说，你以前不是养过狗吗？会触景生情吧？也不是，我只是觉得目前不太适合养狗。我没有别的意思。"

越说越乱，越多破绽。

沈问秋说："行了行了，我知道，我留在你家是很碍事，毕竟送狗容易，开口赶人没那么简单。"

陆庸更着急："我没说你碍事。"

"嗯。你是没说。"沈问秋不冷不热地答。

这是在生气吗？还是没放在心上？陆庸在心底叹了口气。

陆庸想了想，试图挽救节节降温的气氛，岔开话题问："我记得，你以前养了一只萨摩耶。送人了吗？你要是还想养，可以去要回来。"

陆庸记得沈问秋养的那只狗，是只品相极好的萨摩耶，雪白柔顺的长毛，被养得非常漂亮。

他那时周末也想见沈问秋，但未得邀请，不敢擅自上门，就会偷偷在沈问秋家附近的地方逛一逛，总能遇见沈问秋。因为沈问秋每天中午和晚上都会带他们家的狗狗出来散步。沈问秋散步在碎光灿灿的树荫里，一只手缠着牵狗绳，一只手在吃棒冰，见到他，拉着狗小跑向他："大庸，你来找我玩吗？"

陆庸想撒谎说是正好路过这边，但又实在不会说话，点头，"嗯"一声。

沈问秋于是对他笑起来，把牛奶雪糕递到他嘴边，大大咧咧地问："你热了一头汗，要吃棒冰吗？分你吃，冰一下。"

陆庸看着雪糕柔软表面上的牙印，接也不是，不接也不是。

沈问秋仿佛也感觉到气氛尴尬，他也有点不自在，说："好像不太卫生哦……我再给你买一根吧。"

陆庸说："我自己买就好了。"

沈问秋点点头："那我带你去买。"

陆庸问："这是你的狗狗吗？"

"是啊。"沈问秋满心喜欢地说。

狗狗端正地坐在沈问秋的身旁，像是听懂了似的仰着头恰到好处地"汪"了一声。

"真乖。"沈问秋摸摸狗狗的脑袋，他弯下腰，再蹲下去，搂着雪白的大犬，脸贴上去，说，"它叫雪糕，是个两岁的妹妹，很漂亮吧？你要不要摸摸看？前几天刚洗的澡，毛又香又软，可好摸了。"

沈问秋搂着正在傻笑的雪白的萨摩耶，陆庸觉得沈问秋笑起来跟这只狗狗好像。

沈问秋说："你摸啊，不用怕，它很乖的，从不咬人的。"

话音刚落，萨摩耶瞅瞅他，馋得实在忍不下去，把在自己嘴边不远处的雪糕啊呜一口吃掉了。

两人都愣住了。

沈问秋哈哈大笑起来。

因为这件事，陆庸一直记得那只萨摩耶。

沈问秋突兀地说："死了。我家破产以后，我把它送给别人养。听主人说，它自己找了个机会逃走，在我家老房子附近的马路上被车撞死了。"又说，"我连葬它的钱都没有，还是觍着脸跟人借的。"

陆庸傻眼："……对不起。"他早该想到凶多吉少。

沈问秋低低笑了声："又不是你撞死的，你道什么歉？"

"咦？"沈问秋忽地坐直身体，说，"到了啊，你发什么呆？车都开过头了。"

陆庸回过神："我找个停车位。"

到了医院，他们去看那只流浪狗。

流浪狗的情况肉眼可见地好了许多，它一见陆庸来，立即站起来，摇着尾巴，快活地"汪汪"叫唤起来，与陆庸十分要好。

沈问秋稀奇地笑了下，说："这是喜欢你的意思哦。"

"啊，这样吗？"

小京巴身上原本虬结的脏毛都被剪了，现在一身凹凸不平的毛，还有几块生了皮肤病的皮肤裸露出来，像斑秃，看上去丑不拉几，连唯一一双勉强算好看的黑葡萄般的眼睛都因为生病而泪痕深重。

沈问秋笑话他："真丑。哈哈哈。"

小京巴生气："呜呜汪汪！"

沈问秋站在笼子外嘚瑟："嘿，你又咬不到我！"

两人又一起去吃饭，还是上次那家小龙虾馆。

沈问秋剥了两只虾，一不小心被虾钳给扎了下。陆庸皱起眉，说："我给你剥吧，你吃。"

"不用。你吃你自己的。"沈问秋抬头诧异地看陆庸一眼。

陆庸知道他眼神里的拒绝含义，默默缩回了手。

吃完，沈问秋擦擦嘴说："你平时过得那么节俭，现在是在为了我浪费钱吧？"

陆庸说："这还是吃得起的……"

沈问秋拿纸巾把桌上剥得乱七八糟的虾壳扫到空碗里，又擦脏污油渍，边擦边说："那也不是回事啊。"

将就擦干净，沈问秋把纸巾团一团，一道扔进碗里，说："陆庸，你养那只狗吧。"

看来小咩是不太讨厌那只狗，陆庸心想。

"再说吧。"陆庸审慎地说，"现在还不知道它的病能不能治好。"

起身结账，走人。

一走出餐馆，冷风迎面吹来。

"比养我好得多。"

沈问秋冷不丁说完，陆庸愣住，转头却见他从兜里掏出一包烟和打火机，当着自己的面，熟练地从拆开的缺口里抖出一根，叼在嘴上，点燃。这还是沈问秋过来以后陆庸第一次见他抽烟，也不知道他是什么时候买的烟。

他抽了一口烟，嘴微张，灰白烟雾团团涌出，像在他们之间铺下一层朦胧幕帐。沈问秋似在轻纱下抬起浓黑眼睫毛，他的脸颊没少年时饱满光洁，消瘦憔悴，目光也不再明亮，却给人脆弱之感，只怕稍一碰他，他就要碎了。

沈问秋望着天，今天的夜空层云密布，看不见一颗星星或是月亮。他淡漠地说："我过两天去随便找点什么活就搬走吧。一直赖着你也不是回事。你有你的生活，我有我的。"

陆庸握紧双手："你现在也不是很好找工作吧……你要找工作的话，我也可以帮你想办法。"

"不用麻烦了。我不是说要去工作。"沈问秋瞥他一眼，轻浮地哼声笑，说，"陆总，我有我的办法，我们就不是一个路子的。你还不明白吗？"

陆庸不想放他走，半晌才说："我不明白。"

沈问秋："你抽烟吗？"

陆庸："不抽。"

刚说完，沈问秋把抽了一半的烟从自己的唇上摘下来，调转方向，突然把滤嘴端塞进陆庸的嘴里。

陆庸怔住，他按住自己，坐在原地一动不动，叼着烟，吸也不是，不吸也不是。

沈问秋恶作剧得逞，饶有兴致地笑着望他："怎样？你吸一口试试。"

陆庸便抽了一口。

烟草燃烧后辛辣的味道充斥在口腔，他硬生生吞了下去，被呛了下："咳。"

沈问秋幸灾乐祸地笑出了声："哈哈哈哈。你怎么连烟都不会抽啊，平时应酬不抽吗？"

陆庸捏着这根烟，夹在指间："抽烟不是必须的。人家和我做生意是为了我的专利和技术，不是为了我会不会抽烟。平时在公司为了办公环境的整洁也是禁烟的，不过设置有抽烟区，非要抽可以去那里。"

他一边心乱，一边为掩盖而多话起来，说着说着，才绕回原本的话题。

沈问秋笑够了，渐渐敛起笑意，像是打起精神了，稍微认真了点，说："陆庸，你真的完全不知道我的情况呢，毕竟十年没见……也就我现在不要脸，仗着你脾气好，心眼好，厚着脸皮在你这儿蹭吃蹭喝。我呢，先前为了家里做生意，在亲戚朋友那儿把钱都借遍了，基本上是众叛亲离，跟过街老鼠似的人人喊打了。还我也还不上，你瞧瞧我现在这衰样。念在我们还有几分情谊，我劝你还是别管我，省得惹了一身麻烦，到时候你再后悔我们多难堪，不如现在好聚好散。"

陆庸从鼻子里沉沉呼出口气，紧皱眉头，硬邦邦地说："你别这么说。"

"我就是在说实话啊。"沈问秋无赖地说，"我看你很蠢的样子，压根儿不知道自己收留了个什么麻烦？傻子，知道我欠了多少钱吗？"

陆庸极认真地问："多少？"

沈问秋说："去掉零头，差不多一亿一千万。"

沈问秋紧盯着陆庸的脸，终于见到陆庸一直沉着冷静的表情不经意间露出一丝震惊至极不可思议的神色，连呼吸都停了一停。显然是也被这个数字给吓到了。

这些年来，离开象牙塔，来到真实的成人世界，沈问秋明白得最深刻的道理就是，在钱面前，感情不值一提。假如有例外，那就是金额还不够巨大。

谁都希望能跟让自己更进一步的人交朋友，而不是把自己拖进泥潭的。

"你别乱发善心了。陆庸，你别管我了。这不是你能管得起的。你自己想想，一两千也就算了，一个亿，难道你还要帮我还那么多钱吗？"

陆庸眉头没松开，他觉得手指被烫了下，低下头，才发现烟头已燃烧到他手指边，便将烟捻熄在垃圾桶上方。陆庸看着那点火星熄灭，发出微不足道的响声，他说："……我是没那么多钱。"

沈问秋没指望过陆庸怎样，但还是想从陆庸口中听到一些好话，糊弄人的场面话也好，譬如虚伪做作地劝说他人生没有过不去的坎，让他振作起来好好生活之类的。以前他的朋友亲戚就是这样劝说他的，无关乎痛痒。

说啊，为什么不说？

陆庸只是沉默，再沉默。

沈问秋想，大抵在巨额债务面前，连他们之间最后几分朋友情谊都荡然无存了吧。陆庸是在后悔吧？

陆庸像在沉思什么，过了良久，喁喁地说："我知道你家破产欠了许多钱，但我以为已经申请企业破产结算，而且你爸爸是主要责任人，没想到你身上也背着这么高的债务。"

沈问秋："现在你知道了。"

陆庸缓缓松开眉头，又恢复了一脸平静："嗯。"

陆庸站起身，说："我们回去吧，还要散个步吗？"

这就完了？沈问秋蒙了下，就好像他们没讨论过一样，还是陆庸觉得事不关己？怎么又是这样浑若无事的态度？好似装成没看见，问题就不存在了。

沈问秋又好气又好笑，可面对陆庸那双如湖水般幽静沉着的眼眸，他心头的躁火似被莫名地浇熄了，也有种这不是什么大事的错觉。

算了。

他转念一想，他在期待陆庸什么？他们现在只能算是泛泛之交的朋友，就算陆庸苦口婆心地鼓励他，他难道会听吗？先前又不是没有其他朋友说过他，他压根儿听不进去，也振作不起来。

他本来就觉得陆庸这里像是世外桃源一样，让他能在临死前再躲上个一阵子，过最后一段好日子。

沈问秋跟着站起来："走吧。"

回到家，各自洗漱睡觉。

陆庸按惯例在睡前认真和他说："小咩，晚安。"

沈问秋近乎麻木地回答："大庸，晚安。"说完又觉得有点好笑，笑了一笑。

陆庸问："你笑什么？"

沈问秋刮目相看似的打量着他说："我该和你道个歉，我还说过好几次你怎么当上总裁的，现在看来是我没看清，你现在确实是个合格的领导者。"

陆庸没听懂，隐约觉得好像不对。他站直了，朝向沈问秋，说："……谢谢。"

沈问秋笑得更欢了。

陆庸说："你开心就好。"

陆庸回到卧室，关上门，只打开一盏床头灯。

他仅穿着宽松的四角裤和一件背心坐在床头，随后将自己的银行存折、房产证明、车辆登记证明等可兑换资金的物件整齐摆好，先心算一遍，不放心，又用计算器核算一遍。

陆庸放下计算器，拆卸下金属手臂，用酒精棉片消毒界面，走神地想：不够啊……应该可以分批慢慢还吧？

陆庸把拆下的手臂放在一旁的桌上，各种文件也理齐，放进了床头柜，想了想，落上锁。但是小咩应该不会同意由他还钱销债的，不是"应该"，是"肯定"，他就是知道。

该怎样让沈问秋同意呢？这又是要攻克的难关。

也不着急，筹钱也要一段时间。

就当是感谢沈问秋，没有沈问秋，他现在还真不一定在干这一行，赚到这么多钱。

陆庸自认是个很能吃苦的人，一直主动帮着爸爸干活，其实爸爸不太乐意。他的爸爸只有小学文凭，不是个文化人，讲不来大道理，闲下来时，常常同他说："你好好念书，以后坐在办公室里工作，不要像爸这样，干这种又脏又苦的活。你要向你的堂姐、表哥他们学习，将来当老师、律师、公务员什么的，捧铁饭碗，这样才体面。"

平时也时常劝他少干活，尤其是上高中，他跟沈问秋这个富家少爷交上朋友之后，爸爸阻拦他帮忙的时候更多了。

"你别帮忙，爸没关系，你同学要是过来看见了怎么办？"

"你的手是写字的手，少用来搬东西，万一伤着了写不了作业就不好了。"

"是爸不好，害你要做这种活……"

"有这空你拎点东西去找小咩好了，人家帮你那么多，我们也得回报他不是？你多跟小咩玩，上次他不是说你奶奶做的芋头丝儿好吃吗？还有那乡下养的走地鸡，给人家提一只过去……"

但他屡教不改，还是要帮他爸干活。他一点也不怕被沈问秋看到。之前有一次被看到过，他当时有些窘迫，确实挺不好意思的，谁料沈问秋主动走过来，说要一起帮忙，然后还真的忙活了一下午。

他哪敢真累着沈问秋，只是让人跟在自己身后，捡点鸡毛蒜皮的事儿干。两个人嘻嘻哈哈，沈问秋不像来帮忙的，像是来碍手碍脚的。

沈问秋就好像一只好奇顽皮爱跟脚的小奶狗，跟在他身边，他一个转身稍不留神就要踩到沈问秋。但和平时不一样，有沈问秋在边上跟他讲话打闹，他觉得时间过得特别快，身上也仿佛有使不完的力气。他就想在沈问秋面前表现一下，他虽然少一只手，可也很能干。

不过，饶是他没让沈问秋干什么活，还是把我们的沈小少爷累得汗流浃背，不住地用脏兮兮的手套抹脸，黑印一道一道，成了只脏脸花猫。

忙完后，他们坐在一起喝冰汽水。

陆庸问："累吗？"

沈问秋耷拉着脸，说："累死了，早知道我不参加了。我真勤劳啊，我回去得找我爸好好夸夸我才成。"

沈问秋咕噜咕噜喝完了一瓶汽水，打了个嗝儿，转头看看他说："我其实本来以为你说你要帮家里干活，只是家计所迫，今天感觉……你好像干活干得还挺开心的啊。"

这话听上去像是在骂人，陆庸却心头一热，他高兴地咧嘴一笑："嗯！"

这件事他从不好意思跟人说。

因为小学的时候，曾经有一次，语文老师布置作文题目"我的梦想"，然后他写了一篇作文，主要内容就是他喜欢捡垃圾，他想长大以后还捡垃圾。

当然，十一二岁的他写得是很幼稚，前言不搭后语，这篇作文只得了不及格的分数，遭到了老师的批评和同学的嘲笑。爸爸看了以后也很生气，骂他小家子气，不准他说以后想干这行，西装革履地坐在办公室里才是大出息。

所以他一直把自己的想法瞒在心底。

那是他第一次跟同龄朋友敞开心扉，说："别人都会笑我……我很喜欢从那么多看上去不值一文的废品里找出一件别人没发现的好东西，每次找到的话，我都会很开心。"

沈问秋类比说："就像我打游戏的时候在路上挖出一个宝箱是不是？"

"是是。"陆庸头头是道地说，"那些'垃圾'在他们看来毫无用处，不屑一顾，我就可以捡漏！我可以便宜地收过来，到我的手里用一些方法再把它变得有价值，变成宝贝。"

"干这行也不是一股脑瞎买就可以的，我告诉你有一次……"

陆庸给沈问秋讲了很多他亲身经历的故事。

比如曾经有个人将他去世父亲的藏书按斤卖了，其中有好多珍贵古籍，他全部留了下来，送给了一位老教授，现在被放在市博物馆展览。比如他翻到过一个十年前别人寄丢的包裹，他联系上失主，是位女士，才知道这个包裹是她已经去世的丈夫在他们恋爱时寄去的礼物。

他从未与人讲过这些故事，旁人不会感兴趣，只有沈问秋会眼眸晶亮地望着他，崇拜、惊叹，夸他说话好听，叫他也渐渐升起一股自豪之感。

沈问秋听得津津有味。

陆庸难得说那么多话，讲了一串又一串故事，最后说："但我爸爸不许我以后做这行，他要我当律师，或者当公务员。"

沈问秋鼓舞他："你做你想做的，我都支持你！对了，我记得前几天我看《新闻联播》看到好像出了什么相关政策，你可以多关注一下。"

其实他一直有在关注。陆庸想，他有自己的决心，只是，假如他的朋友也认可他支持他的话，他就能拥有更多的勇气。

恰好过了几天，月考的语文作文题目是"揣上梦想上路"。

陆庸提笔又写了一次关于自己未来想从事回收行业的作文，一气呵成，从环保人文角度去抒发胸臆，语言平实，并不花哨，但每个字都是他的真心实意。与小学那次不同，这次他拿到了"56"的高分，满分60分。

老师特地点名表扬他这篇作文立意高、有情怀，文辞清晰，作为范文在班上进行表扬。

这对陆庸这个偏理科的学生来说，数理化考高分是常有的事，在语文上受表扬还是破天荒头一遭。

下课后，班上男生起哄起来，有人拿着他的作文大声地怪腔怪调地朗读，又说："说到底不就是打算回去开废品站吗？说得好像很厉害一样，还不是假大空，哈哈哈哈。"

"你们干什么呢，行行出状元啊，就不许捡破烂也有个状元啊？"

"我听说开废品站很挣钱的，能挣钱就好啊，这有什么？"

陆庸笑不出来，尴尬地坐在角落。

他没生气，沈问秋气得涨红脸，跟护犊子似的，大声地说："你们笑什么笑？一群傻瓜！燕雀安知鸿鹄之志！"

那人又说："还燕雀呢？看他那样，黑得跟乌鸦似的。"

当时沈问秋其实没能给他成功解围，反而惹了更多笑声，让教室里四处都洋溢着快活的笑声。连带着一起被笑，沈问秋气极了，最后还是因为别人发现他真生气了，才不闹腾了。沈问秋为了他连着好几日不搭理那些个嘲笑人的同学。

陆庸却不生气也不羞怯了，别人不理解他无所谓，沈问秋站在他这边就好了。大抵连沈问秋自己都不知道，他出于义气和善良的一句话曾经给那个残疾阴沉的少年带去了做梦的勇气。

他想，沈问秋都这样说了，他绝不能给沈问秋丢人。

陆庸在物理和化学两科上的成绩好得出奇，任教理科的老师一见他就喜笑颜开。他们是尖子班，中考分数差得不多，但上了高中，疑难知识点一上，差距就一下子拉大。

但只有沈问秋知道陆庸不但考试分数甩别人一大截，实操能力更是遥遥领先。他们还在苦哈哈刷电路题的时候，陆庸私底下已经在他的小工作室上手搞研究了。

这对男生的吸引力太大了，简直酷毙了好吗！

沈问秋没告诉其他朋友——因为说了也只会平白无故惹来嘲笑，他现在都不大乐意和以前初中耍得好的朋友玩——他偶尔跟这些人敷衍地撒个谎，周末和假期都偷偷摸摸往陆庸家跑，零花钱都花在这个工作室上。

"就算是我的入伙资金嘛，反正不花在这我也就是拿去买球鞋或者打游戏，我还觉得这钱用得值了呢。以后这里就算我俩的秘密基地。"在陆庸提出质疑后，沈问秋如是说。

"那得和我商量，不能乱花钱。"陆庸没拒绝这份好意，并且是认真把沈问秋算作自己的合作人。

之后又升级了他们的"工作室"，尽管在大人看来，更像是两个小孩子的玩具房。

尤其是放暑假了，沈问秋撒欢地往陆庸家跑，天天去，天天去，他爸看不过眼，干脆给他收拾收拾行李，把儿子打包送过去，说："整天麻烦赵叔叔开车，不如你直接住下吧。要有什么事打电话找爸爸。"

——赵叔叔是他爸爸的司机，一般只负责送他爸上下班和应酬，偶尔接送孩子。

沈问秋乐意得很，他爸更是放心。在他爸眼里，陆庸是天下第一老实人，是沈问秋的真心良友，跟他以前交的朋友都不一样，从不拉他打游戏或是哄他花钱。

沈爸爸一直觉得自己这儿子，乖是乖，却颇有点少爷羔子的样子，以前也管这种人叫"少爷秧子"，什么意思呢？旧时候的富家少爷，没经历过多少人情世故，每每受一群人一通吹捧，就被哄得迷迷瞪瞪，要么被带去吃喝玩乐，要么仨瓜俩枣就把家里好东西给卖了，这叫"架秧子"。

这还是他先前从陆庸那里打听到的。可谁让孩子没妈呢，他没再娶，一是不乐意，二是没兴趣，三是生意这边也总脱不开身。又到了孩子的关键时期，更不应该让家事烦扰他。

沈爸爸不是那等吝啬的人，还给了一笔生活费，握着陆庸的手，语重心长地说："大庸，叔叔相信你，小咩我交给你了啊，照顾他一下。"

陆庸如接军令般沉沉点头："好的，叔叔。"想了想，觉得太宽泛，不够具体，说服力不足，又说，"叔叔放心，我会好好督促小咩写作业的。"

沈问秋无语地为自己辩解："把我当成三岁小孩了？不用人看着我也会好好写作业啊。"

沈爸爸拆台："你还骄傲呢！哪个假期的暑假作业你不是推到最后几天写完的？哦对了，大庸，监督他写，不准把你的作业给他抄。"

沈问秋："……"

沈爸爸觉得让沈问秋在陆家住上十天半个月挺好，体验一下穷日子，知道钱难赚，才能更懂事，少点天真少爷气，将来走上社会才不会轻易被居心叵测的人欺骗。

于是又改口说："不，也不用太照顾他，他都十六岁了。"

这到底是要照顾？还是不要照顾？陆爸爸非常疑惑。

但其实不管沈问秋的家长叮嘱不叮嘱，陆庸都如临大敌般紧张。他神经质样地把房间打扫好多遍，杀菌除虫，买来新凉席和新枕头事先清洗晾晒，甚至还从他的小金库掏钱，买了一只绵羊玩偶，布置在床头，就为了迎接沈问秋暑假住在他们家。

饶是他费尽心思，还是害怕沈问秋住不惯、不喜欢，这使得陆庸忧心忡忡。

但出乎他的意料，沈问秋吃得好、睡得香，不挑剔、没抱怨，第一天晚上就倒头呼呼大睡，像是心中没有一丝阴霾。深夜，万籁俱寂，知了和蝈蝈在庭院的树上草丛间叫唤，电风扇费劲儿地"吱呀、吱呀"地摇头摆首，隔着蚊帐送进徐徐凉风。

陆庸让沈问秋睡在外侧，更能吹到风扇，凉快些。

陆庸朝外侧卧着。蚊帐被吹得向内鼓起，如柔软雪白的波浪，一波又一波地掠过沈问秋的身上。沈问秋睡得好香，脸颊被夏日的热气烘得红扑扑的，像个小孩子……

半夜三点多，陆庸被热醒，发现停电了！他当时就急了。

幸好沈问秋没醒，还傻乎乎地沉睡着，只是热得满头汗，头发湿答答地粘在脸颊边上。陆庸赶紧去找了把大蒲扇过来，悄悄给他扇风，拿手帕给他擦汗。

明明是摇蒲扇这样机械无聊的事情，陆庸也不知是怎么回事，忽然就觉得一点也不无聊。一旁熟睡的沈问秋的上唇微翘，唇尖偏左的地方有一颗朱红小痣，据说这是吉痣，意味着一生衣食无忧。

他也希望沈问秋可以无忧无虑，这样好的男孩子就应当过最幸福的人生。

早上，沈问秋迷迷糊糊醒来，发现电风扇停了，陆庸在给自己扇风。

陆庸自己满头汗。

沈问秋："电风扇什么时候停的？"

陆庸："半夜吧……"

沈问秋："你不会扇了一晚上吧？"

陆庸："对不起，让你被热着了。我家没空调。"

沈问秋"扑哧"笑了："停电了，有空调也没法使啊。你傻的吗？你看看你，背心都被汗给湿透了。"

陆爸爸让他别帮忙，专心陪沈问秋，陆庸也不执拗了，主要是，假如他去干活，沈问秋一定会跟来，他不想累着小咩。两人早上写过作业，下午一道栽进小工作室里。

沈问秋兴冲冲地掏出一份他整理的资料："我已经用电脑调查过了，我觉得你的想法行之有效。"

"我爸说，过几个月我们国家会加入世贸组织，差不多已经谈下来了。经济贸易全球化以后，后续肯定也得跟上。回收方面的国外法规我都整理好了。"

"欧美那边立法得早，七八十年代R国、D国就推出了相关法规，欧盟在1993年就推出了制造商回收责任制，他们有成熟的、拥有自主知识产权的回收利用技术。今年年初B国也推出了电器回收法。我在网上看到，我们国家也在制定相关法律……"

陆庸家里没电脑，信息主要从报纸和电视上来，他爸又是个不识字的，根本不管什么法规，也不打听，以前都是等颁发实行了才知道，为此还亏过几次钱。

陆庸没有人教，出于本能懵懵懂懂地探索学习，自己学会了要看大方向，所以这两年家里生意才越来越好。

陆庸若有所思，说："谢谢。"

沈问秋可高兴了："谢什么谢，我们是好朋友嘛。"

然后陆庸搬过来一个纸箱，里面装满了从旧电器里拆下的电子板，他拿了一块到桌上。

沈问秋问："今天又修东西？"

陆庸摇摇头，说："不是，我想进一步拆掉它。还是上次帮你修游戏机以后，我去查阅了下资料。"

他举起这块看上去很普通的墨绿色电子板，灯将其边缘描上一层光，像在发光。

陆庸问："你觉得这是什么？"

沈问秋迷惑了，欲言又止："电子板啊。"

"不是。"陆庸仰头凝视手中之物，目光灼热起来，"是金矿。"

沈问秋总记得当时那个场景。

年少时最缺乏敬畏，沈问秋一心认为陆庸能做到，而陆庸也确实做到了，才过了十年他已经是上市企业的老板，真的把他作文里写的实现了。

一百个人里，未必能有一个人像陆庸这样自少年就有明确梦想并且为之奋斗，还获得成功的，却应该有几十个像他这样随波逐流的……但，像他这样自甘堕落把一手好牌打烂，大抵百中无一。

他不如陆庸。

以前不如，现在更不如。

沈问秋一夜没睡，他无法判断陆庸究竟是怎样想的，但他敢确定的是，再这样下去他会越来越舍不得离开的，到时候才是真的连累了陆庸。

不能留下去了。陆庸辛辛苦苦才拼搏出这番成就，不能被他拖累。今天就和陆庸明说吗？还是直接走掉，留一封信？沈问秋拿不准。

陆庸七点多把装睡的沈问秋叫醒："小咩，醒醒。小咩。"

沈问秋闷在毯子里，没好气地问："什么事？"

陆庸说："今天你有事要忙吗？还是要去玩？"

"我能有什么事？"沈问秋嘟囔说，"你在嘲讽我吗？"

陆庸更加小心翼翼："我没有……我是想说，你要是有空，要不要去我的公司看看？你还从没去过吧？"

沈问秋当然想去，他早就想去了。

陆庸的公司名义上他爸是创办人，其实是他们两个在十六岁那年的夏天一起琢磨出来的；公司名字是他们一起想的；公司成立后的第一项核心专利是他陪陆庸一起研究出来，调查好流程，陪陆庸一起去申请的；创办公司的手续和文件，是他请他相熟的律师叔叔帮忙看的；公司最早的小仓库也是他和陆庸一起找了好几个地方，才找到一个又合适又便宜的。

尽管他本来不占一点股份，但他总觉得这公司就像……就像他的孩子一样。

他上大学时也一直在打听陆庸的事情，陆庸发表文章的杂志他全都买了，看又看不懂。大学他学的是商业管理，与陆庸的进修方向差了十万八千里。尽管不同学校不同专业，可还是能比出彼此的差距。他忍不住去打听，只能打听到一些众所周知的公开数据。

陆庸进了大学以后大概还是没什么朋友，而且完全没有社交平台账号，也不和高中的其他同学联系，沈问秋无从得知陆庸的私生活以及人际关系状况。

有次他刷陆庸大学的官网，上面登载了陆庸去国外做交换生、在外国某研究室做研究员的新闻。

照片上，陆庸站在一群人中，都穿着相似的白大褂研究服，他剃了个清爽的平头，昂首挺胸，自信地对着镜头微笑，身边每个人都神态亲切，个个都是他志同道合的好伙伴。

沈问秋陡然觉得心气难平，即使觉得自己内心丑陋，还是无法冷静，他反反复复不知几次地想过：凭什么？陆庸他凭什么？为什么陆庸还不来找我？以陆庸的性格能交到朋友吗？大学是进入社会的预备考试，他那样嘴笨愚直、不知变通、不读眼色的人能和别人相处好吗？会不会被人欺负？

还不快回来找我吗？

沈问秋无论如何都拉不下面子主动去找陆庸，他当时还不能消气。

高中毕业的谢师宴，他觍着脸给陆庸寄请帖，把主桌自己身边的位置空着留给陆庸，可他一直等到散席依然没等到陆庸来。

班主任喝醉了，不经意地问："陆庸呢？怎么没见陆庸？你们不是很要好吗？"

他眼泪一下子掉了下来，吸吸鼻子对老师说："我不知道。老师，我会想你的。我会很想很想你们的。"

陆庸看上去如面团般好脾气，只有他这个最要好的朋友最清楚陆庸实则比磐石更坚硬。

他真的太生气了。

陆庸凭什么啊？他都放下身段了，写了信寄了请帖，想跟陆庸道歉，陆庸却端起来了？沈问秋憋着一口气，自顾自比对着陆庸学习、工作。

那会儿他觉得自己混得也还算不错，能称得上是优秀人士。他前所未有地充满了好胜心，绝不想输给陆庸，想到时候再相遇时，自己足够光鲜亮丽地登场，再装作平常心地和陆庸说："好久不见。"

以纾解他这些年的不甘心。

可惜还没等找到机会跟陆庸重逢就跌落谷底。结果到最后……居然是以最难堪最丢人的姿态，出现在陆庸面前。五六年前，打死他也想不到会是这样。

想去归想去，沈问秋又觉得自己不配去，犹豫了好久，垂下眼帘，紧抿的嘴唇只微微张开条缝隙，漏出丁点没有底气的话："我怎么去？这样子过去吗？我连件合适的衣服都没有。"

陆庸的回答像是把他轻飘飘的问题稳稳地接在掌心："有的。"

"哪有？"陆庸的衣柜他是看过的，他说，"你的衣服尺寸那么大，我穿不合身的。"

陆庸完全不理解这个困扰："商场这个点差不多开了，我们路上经过的时候去买一件新的，不就好了？"

沈问秋："……"

陆庸的脑回路总是出乎他意料！

沈问秋从沙发上爬起来，趿拉拖鞋，说："我去洗个澡，刮胡子。"

他还是不想错过这个机会，错过了，不知道有没有下辈子。

浴室里跟他第一次来时相比也变了样，添置了不少洗护用品。两条浴巾挂在一起，相同款式，一蓝一绿。陆庸用蓝色那条，他用绿色的。

沈问秋走到镜子面前，才发现自己已经很久没有认真打量过自己的模样了。因为不想看。

陆庸也不是好打扮的人，家里连落地穿衣镜都没有，沈问秋也乐得如此，不必面对自己如今丑陋堕落的形态。他沉气端详自己片刻，自言自语地说："真丑。"

他身上的肌肉都快瘦没了，全是骨头，整个人一点精神气都没有，眼皮耷拉，双目无神，脸色难看，黑眼圈浓重。下巴长出了青色胡楂，他也不是一直放着不刮，一星期对付着刮一两次吧。

但其实他以前是很臭美的男生，打小一路念上来一直是校草（类似于校花的说法，指被公认的本校最帅气的男学生。下不赘注）。沈问秋草草收拾了自己一下，觉得勉强能看，才沾着一身水汽从浴室出去，说："头发太长了，好久没剪，有点乱。"

之前他都没注意到头发都这么长了，都过肩膀了。

"……那我们再顺便去理发？"

沈问秋："那你上班不得迟到？没事，到时候随便买个发圈我扎一下，改天有空了我再去剪头发。"

接着直奔商场男士西装店。

沈问秋起初没打算自己动手，毕竟是陆庸出钱。他见陆庸拿起一套很土很不合适自己的衣服，才无语地制止说："能让我自己挑吗？"

陆庸："好好。"

沈问秋飞快地配好一套，看上去也是随手拿的，便径直去更衣室换衣服了。

陆庸坐在外面的软座上等待。五分钟后，沈问秋从更衣室出来——他把显得过于颓废的头发用从店员那里要来的黑色橡皮圈随手扎了一下，露出俊美的脸庞。剪裁妥帖的深色西装将他高挑纤长简直像模特比例般的身材完美衬托出来，一颗扣款式将腰线收紧，内搭细条纹大块格子的浅灰蓝色尖式翻领衬衫，跟一条黑白小格的领带。

简直是焕然一新。

陆庸想，现在沈问秋应该随便走进哪个商业大厦都可以畅通无阻。有这张脸，他若是积极阳光，是极招人喜欢的；但就算他眼下颓丧厌世，也有种别样的吸引人的魅力。

沈问秋注意到陆庸的视线，登时觉得脸有点发烫起来。他八百年没打扮得这么人模狗样了，其实他觉得没他五六年前精神头好的时候英俊漂亮，只能说勉强凑合得过去吧。

沈问秋不自在地整理了下领带，皱着眉问："看什么？很奇怪吗？"

陆庸一句话也不说，只摇头。

沈问秋问："好看吗？"

陆庸答："好看。好看。"

陆庸无比庆幸自己昨天有这个念头，又后悔没早点想到。

看看，早该带沈问秋买身好衣服，出来去工作的地方逛逛，精神气这不是好多了？俨然一副精英架势。

"能对付过去就成。"沈问秋说，"就这套吧，不浪费时间了。"

沈问秋对镜照了一下，不算他穿过的最好的衣服，也还挺得体，配他绰绰有余。他想，能穿着这身衣服躺进棺材里很不错了。

上次陆庸取的一万块现金还没用，正好用来购入这身装扮。

沈问秋看着陆庸付钱，没说话，他在心底骂自己脸皮厚，要去死了，还故意骗人一套好衣服当"寿衣"。

买衣服花了二十多分钟，还算快速，重新上路，路上开车四十多分钟才到公司。

沈问秋："你住的地方离公司这么远吗？"

"嗯。工业园嘛，建在郊区不扰民，也方便处理工业废渣，地也便宜，H城政府在这方面很积极，给了许多优惠便利。"陆庸含糊回应了一下，岔开话题，他这次记得没犯错误。先前他其实经常住在公司的宿舍办公，比较方便，因为沈问秋才把市里的房子整理出来住。

园区门口挂着白底黑字的招牌：风禾股份有限公司。

——是他们当年一起想的，取于"风禾尽起"之意。

沈问秋心头一热。

陆庸跟保安大爷打了个招呼，伸缩电动铁门缓缓打开，车辆驶入。

尽管已经做好了心理准备，但沈问秋看到宽阔整洁的水泥工业区里一栋栋大楼林立，还是有种被震撼的感觉。这和当年陆庸家的小垃圾站比无疑是天壤之别。

沈问秋不确定地问："哪片是你的？"

陆庸挠了挠脸，说："都是……进门以后你看到的都是。"

沈问秋："……"

陆庸驱车去公司的停车场，说："我带你参观一下。"

陆总带了个生面孔的男人参观工厂没有引起特别关注，因为偶尔会有客商参观，并不稀奇。不过这次这个客人格外英俊，虽然年纪轻，但衣着光鲜、长相贵气，而且陆庸一副从未有过的如临大敌的架势，一本正经地带路和介绍，不禁让人猜测他带来的人究竟是手握巨资的投资商还是相关机关部门的公务员。

　　沈问秋好久没踏入这样严肃的工作环境，感觉自己格格不入，像是只有身体到场。机器轰轰作响，空气里弥漫着金属的气味。汽车拆解流水线上机械装置轻而易举地将钢铁怪物瓦解分肢，外面的堆场放满了待拆解的车辆，有如亟待挖掘的矿山。

　　陆庸介绍说："还有两间分工厂，在其他城市，主做废旧电池回收、报废线路板无害化处理和报废汽车循环利用。"

　　厂区太大了，单用双腿走完需要挺久。沈问秋走走停停，他才发现自己的身体不知不觉间真的已经很差了，只是稍微多走了几步路就气喘吁吁，开始觉得脚疼。

　　陆庸时不时要停下来等他，问："我走太快了吗？"

　　沈问秋喘口气说："没事。"

　　走到园区的最深处。

　　拐过道弯，视野豁然开朗——

　　一栋造型带着几分科幻风格的灰蓝色建筑矗立在他眼前，楼顶有方正的蓝黑色标牌：风禾集团电子废弃物循环利用工程技术研究中心。

　　这座楼是集团的大脑和心脏。

　　当年那间在荒地上用捡来的砖块、钢板、玻璃搭建成的小破屋子，仿佛海市蜃楼，渐渐幻变至现实中，直至成为这巍峨模样。

　　沈问秋仰头，眼睛盯着望了良久，炽热的阳光刺下来，让他眼睛发痒，直想流眼泪："真好。"

　　陆庸站在他身边，与他一同仰头看这栋楼，说："前年刚建成的新楼。"

　　沈问秋原本空洞的眼眸有了些微的光，他带着几分缅怀地轻声说："你那时候就说想有一间最专业的科研室。真好。"当一个人高兴极了的时候反而觉得语言匮乏，他想不出合适的词语，只反反复复说好。

夏天的日头火辣辣的，站在水泥路上多晒几分钟就熬不住。

尤其是沈问秋这样缺乏锻炼、体虚病弱的人，他实在觉得被晒得人发烫，才回过头就看到陆庸在看自己，茫然了下："……你笑什么？我脸上有什么吗？"

陆庸摇了摇头："没有。"

他感慨地说："小咩，你终于和我好好说话了。"

沈问秋睁眼说瞎话："我什么时候没好好说话了？"

直射的阳光驱散了他身上的阴霾，沈问秋笑了下，好奇地说："给我介绍一下你的宝贝吧。"眸中似有余烬被点燃，当年那个清朗阳光的少年又归来了。

两人一边说说笑笑，一边进了科研大楼。

凉爽的空调冷风拂面而来，驱散了缠绕在人身上的夏日热气。

陆庸一说到研发工作室就两眼又发亮起来，滔滔不绝地讲起来。沈问秋其实听不懂他嘴里说的各种专业术语，只是恍惚有种回到过去的感觉，仿佛站在身边的是那个十五岁的少年，未曾变过。

陆庸心下松了口气，觉得沈问秋悄无声息地被抚顺了毛，收起浑身利刺，宁静地望向自己，如当年一样专心地倾听自己说话，变得柔软许多。

就好像当年一样。

那时，在一个暑假的相处后，沈问秋跟陆庸之间的友情突飞猛进。

陆庸暗自觉得受宠若惊。沈问秋人缘好、朋友多，身边总围着一大群人，虽然跟陆庸也是好朋友，但也不算特别亲近。现在沈问秋一有空就往他身边挨，还要拉着他说悄悄话。

友情也有排他性。

以前跟沈问秋玩得好的男生当然不高兴，觉得自己的好朋友被一个半道冒出来的土包子给抢走了，心下不忿。陆庸夹在以沈问秋为中心的小团体中时，时不时会被人刺两句，无疑是被欺负的对象。

有次上完体育课，有个男生突然理所当然一样地递了张百元大钞过去，对陆庸说："快上课了，来不及去小卖部，帮我们跑腿去买下饮料吧，剩下找回来的钱都算你的跑腿费。"

不是询问，是命令，完全是颐指气使的语气，还很理所当然，就好像认为在他们之中，陆庸就是那个毫无疑问要干苦力的。

陆庸一时间没反应过来，又听见他们在说：

"你们要喝什么？我请客。"

"可乐！"

"雪碧！"

"橙汁！谢谢洛少哦。"

一群人嘻嘻哈哈。

他要是拒绝，显得他不合群，不识抬举，而且他力气是很大，跑得也快……提一袋饮料不成问题。

陆庸看了一眼沈问秋，正要起身答应，沈问秋先一步蹦一样地站了起来："哇！有跑腿费你早说啊！有钱不给我赚？我第一个冲上去！"

那人问："干吗？你又不缺钱，你赚这点钱干吗？"

沈问秋哼哼说："什么叫这点钱，钱就是钱，钱再多也不够啊。"

沈问秋跟陆庸一起去小卖部。稍走远些，沈问秋才跟他说："你傻不傻啊？你不乐意不知道拒绝啊？"

陆庸闷声闷气地说："他们是你的朋友。"

陆庸在沈问秋的旧朋友面前是有几分自卑，觉得假如按友情程度排等级，自己必然靠后。他跟沈问秋相处的时间不长，电子游戏、小说漫画的爱好都合不上，还不风趣幽默，连聊天也总搭不上腔，是个无聊的朋友。

沈问秋没说话，像在想什么，慢走几步，才没头没尾、不清不楚地说："你……你和他们不一样的。"

"丁零零——"上课铃突兀刺耳地响了起来。

"糟了！"沈问秋说着，飞快跑起来，"快冲啊！"

陆庸慢了一步才跟上去，他在后面看到沈问秋柔软的黑发在夏风中被吹拂起来，蓝白的校服没拉拉链，鼓起风，像是鸟儿的翅尾，灿烂轻盈得随时要飞起来似的。

不过，那天他们还是迟到了。正好是班主任的课，老班很生气，杀鸡儆猴，没收了饮料，还让他们在讲台旁边罚站。陆庸觉得连累了沈问秋。

班主任一转过身在黑板上写字，下面几个男生就对沈问秋做鬼脸，沈问秋当然也跟他们挤眉弄眼，做了个特别丑的鬼脸，故意想逗损友笑，好拖他们下水。结果他们忍住了，陆庸是第一次见，没忍住。

因为他笑出了声，又被老师抓个正着，不但罚站，还得写检讨。

周六放学。

陆庸听见有人问沈问秋："明天去滑冰场玩吗？"

沈问秋毫不犹豫地拒绝了："不去，我要补课。"

那人说："你成绩那么好，你补什么课？"

沈问秋撒谎撒得像真的一样："我还没考第一呢，还能进步，为什么不补课？"

对方只好让步："你怎么那么多课要补？那今晚吧，你都拒绝了我多少回了？"

沈问秋无奈，挥挥手："行吧行吧。"

陆庸意有所想，沈问秋已转向他，飞快地对他眨了下眼睛，抛去一个狡黠带笑的眼神，像在说：记得我们的秘密约定哦？

陆庸低下头，不知所措地往书包里猛塞东西。

优越感在胸腔里疯狂膨胀，像填不满，又像填太满。

陆庸怕自己再待下去要忍不住露馅，赶紧提上书包走了。

沈问秋从后面追上去，拉住他："你走那么快干吗？我还有事要和你说。"

　　有人在叫沈问秋，他们站定一起回头看了一眼，陆庸说："他们在叫你。"

　　沈问秋拉了他的衣袖一下，压低声音，小声地说："老班说下星期要换座位，要不要和我同桌？我偷偷去和老师说。"

　　陆庸觉得自己不配，可是还没回答，沈问秋就跟他道别，被催促他的其他朋友叫走了。

　　陆庸看着沈问秋的身影，想到以前更小的时候，他没了妈妈，又少一只手不大方便，不小心总会变得脏兮兮的，同学都不愿意和他坐，老师随机安排的同学也哭着闹着非要换同桌，嫌弃他又脏又臭。

　　陆庸一想起来就想笑，沈问秋侧头看他一眼："你笑什么呢？"

　　陆庸摇摇头："没什么。"

　　陆庸陪着沈问秋在公司走了一圈，女员工路过都要多看沈问秋一眼，来了一个又一个之后，陆庸才感觉到不对，怀疑她们是不是在群里分享消息，特意过来看帅哥。

　　沈问秋看上去精神气好多了，大抵是在正式场合，他也不好弯腰驼背、垂头丧气。他只是露出脸，昂首挺胸，就有了曾经的样子。

　　是了。

　　沈问秋只是落进泥里，擦擦干净，就能让人瞧见他本来是个多么好的人。他觉得沈问秋好，便理所应当地认为，人人都该觉得沈问秋好。

　　中午他们一起在公司食堂吃饭。

　　沈问秋打了一大盘饭菜，陆庸看了眼，问："你今天吃这么多吗？"

　　沈问秋说："走了那么多路，快饿死我了。"

　　周围全是来吃饭的员工。

　　正是饭点，人很多，挤挤攘攘的，陆庸往边上挪了一步，一旁的沈问秋拿着装满食物的餐盘，差点被他撞掉，没好气地说："你挤什么？差点被你挤翻了。"

陆庸赶紧让开："对不起。"

沈问秋因背对着没发现，找空位置去了，边走边说："你们公司伙食很好啊，看上去真好吃，都是我喜欢的菜。"

陆庸说："你也没有什么不喜欢的菜吧，你又不挑食。"

沈问秋笑着说："是啊，我爸也这么说，幼儿园的时候老师就夸我不挑嘴，让别的小朋友跟我学。那我现在也只能享受下口腹之欲的快乐了嘛，这是人类最简单也最容易得到的快乐了。"

吃到一半，沈问秋心神不宁地用勺子拨弄着饭菜，忽地问："有没有相机啊？你这儿说不定会有吧？"

陆庸问："怎么了？"

沈问秋说："我想拍个照片，你陪我在科研楼前面合照一张行吗？"

这当然可以。陆庸找了个数码相机过来，让员工帮忙拍照。背景就是科技楼的大厅前台，沈问秋拍了一张单人照和一张两人的合照。

沈问秋深吸一口气，对着镜头虚伪做作地明媚一笑。

"咔嚓"一声，被定格下来。

办公室有数码打印机，当场就拿到了洗出来的照片。沈问秋久违地心生喜悦情绪，他喜欢得不行："拍得真好，光线也好，我看上去都没那么难看了。"他本来担心照片上的自己会不会笑得太僵硬，结果还挺自然的。

"你不难看。"陆庸说。

陆庸见沈问秋拿着手上的单人照，爱不释手地看，像是对待宝贝一样。

陆庸走过去，看到照片上的沈问秋，皱了皱眉……也不知是不是他太多心，总觉得照片上的沈问秋虽然是笑着的，笑意却不达眼底。

沈问秋说："谢谢捧场啦。能再给我个塑封袋吗？我把照片放好。"

陆庸好奇地侧头看他："这么喜欢吗？"

沈问秋点头："嗯。"

沈问秋很满意。

他觉得这照片很适合用来做他墓碑上的遗照。

激光打印机里又吐出剩下的照片，是陆庸和沈问秋的合照。

陆庸收起照片，他要留给自己，已征得沈问秋的同意。其实他还想要张沈问秋单人的照片，他犹豫再三，还是作罢。

能得到这张合照他已经挺满足了。

当初毕业时，他们就没有拍合照。最可惜的是再也无法回到过去拍摄了。

拍毕业照时，大家在学校正面的教学楼楼下台阶排队，老师先草草按照身高简单排了下，沈问秋在第三排，陆庸长得高，在最后第四排。

微调下位置没什么关系，所以他偷偷挪到了沈问秋的正后面，生怕被发现，紧张到连呼吸都屏住。

但还是被发现了。

沈问秋身边的同学轻轻用肘撞他一下，咂舌一声，说："陆庸在你后面呢。"

沈问秋原本还在和人说笑，听完脸上的笑容立即僵住了，迟疑地回头看了陆庸一眼，飞快得像连看见陆庸都觉得抵触，目光都来不得落稳。他低垂羽睫，和身边人耳语两句，一言不发地交换到了别的位置，处理迅速，毫不拖泥带水。

陆庸被梗在当场，他可以厚着脸皮像牛皮糖一样再跟过去，可这样只不过徒增尴尬，并惹得沈问秋不快罢了。他内心很是愧疚，难得的日子，原本小咩还在笑，被他的一念自私无辜搅和了好心情，所以没再动。

最后毕业合照拍出来，他们站在一上一下、相隔一个人的斜对角上。

陆庸太高，如鹤立鸡群似的站在一群小鸡仔般的男生中间，比谁都高一截，黑得像从煤矿里爬出来的。他记得自己当时难受得想哭，可是看照片，他只是过于板着脸，反而像在生气，放大拿去给小孩子看，估计能把小孩子吓哭。

沈问秋也没拍好，摄影师抓拍时他恰好低着头，也不知是在做什么想什么，反正没拍到他的脸。

有许多话，他没说，沈问秋也没说，憋在心里好多年，应该忘了，却还是记得。

是因为太遗憾，他们的青春就在此潦草混乱地结束了。

陆庸用义肢的右手拿着这张在公司的合照，轻飘飘的，完全感觉不到物理上的重量，却像一块沉甸甸的石头在他心头落稳。时隔十年，沈问秋主动提出合照，应该就是愿意跟他冰释前嫌了吧？

还能做朋友，他已经很满足了。

"咚咚！"

有人在叩门。

"我能进来吗？没打搅你们吧？我来拿个文件。"

丁念站在门口。

沈问秋转向他，礼貌地说："你好。"

丁念回以温和的微笑："你好。"

陆庸简单给沈问秋介绍："这是我公司科研组的首席研究员，丁念，丁老师。"

再给丁念介绍："这是我的……我的朋友，沈问秋。"此处有一耐人寻味的停顿。

陆庸认为自己是在厚颜无耻地试探与沈问秋的关系界限，假如没被否认，那就是默认他们的朋友关系。

丁念说："陆总，等会儿记得按时去开讨论会啊。"

沈问秋目送这位丁老师离开，见他一头白发，再回头看陆庸的脑袋："你倒是身体很好，一头头发还乌漆墨黑。"

他处于一种奇异的状态，像还没剥离十六岁的自己，被占去身体的二十八岁的人正在一旁冷眼旁观。想法未经大脑允许，擅自驱动手臂神经，他竟然高高地抬起手，摸了一下陆庸的头发。

陆庸的头发又黑又硬，摸上去很扎手，刺刺的。

两个人都愣了下。

沈问秋先回过神，触电一样收回手："对，对不起。"

"没关系。"陆庸答，为了缓解尴尬氛围，他憋了憋，面目扭曲地说，"其实，我涂了黑色染发剂。"

沈问秋赶紧去看手，手心干干净净，疑惑抬起头。

好像翻车了。陆庸硬着头皮，一字一顿地说："我在开玩笑……"

沈问秋又怔了下，见他一脸着急，笑了起来："你怎么还跟以前一样完全不会撒谎啊？"

陆庸认真地答："我是在开玩笑，不是在撒谎。撒谎没什么好学的。"

他越是一本正经，越是戳到沈问秋的笑点，沈问秋笑得几乎捧腹。

陆庸还要处理工作，沈问秋在他的办公室窝了一下午，翻看一本他们公司的编年照片资料册子，吹着空调，吃吃水果，哪儿都没乱走。

陆庸本来以为把沈问秋带到公司，比放在家里应该要安心，结果好像反而更让他心情浮躁了。要是把沈问秋留在家里的话，他轻易不能回家见着人，而在公司，就在近处，稍走几步路就能去看沈问秋。

理智上他知道沈问秋不会乱跑，在这荒郊野岭的工业园区，沈问秋自顾自出去的话会迷路吧？而且他们厂子有些地方还挺危险，不可以乱走，万一受伤怎么办？

于是陆庸难得地在讨论会上走神。

有人问："陆总，您有什么意见吗？"

陆庸走神地说："……太危险了吧？"

会议桌上的研究员们很重视他的意见，杂轰轰地严肃议论说："危险？您是在说哪个处理步骤？"

"您觉得应该加什么安全措施？"

"是指对生态环境吗？嗯，我也觉得再加一些保险措施是会更安全。"

陆庸缓钝地回过神，冷汗都要冒出来了，一脸凝重，沉默着，装成若无其事地想从他们的对话中窥听到会议的进程。

丁念手上拿着一支圆珠笔，正在有一下没一下地敲着桌面，用丹凤眼不豫地瞥他，说："陆总，您今天好像身体不太舒服。是之前的老毛病又犯了吧？您要么先回去休息吧。这里有我主持，到时候我写份建议总结报告给您看。"

陆庸坐不住，觍着脸离开会议室，回他的办公室找沈问秋。

沈问秋正在拿着掌上游戏机玩，到关键处，所以陆庸进门也没抬头，过了几秒，才按暂停，困惑地仰望他："怎么了吗？你开会这么快开完了啊？"

陆庸叮嘱他说："还没有。我有事情忘记和你说，园区有些地方蛮危险的，你待在这里玩就好，别乱走。"

沈问秋笑了："什么啊？我又不是不听话的小狗，外头那么热，我乱走干什么？"

陆庸仍觉得不安："嗯，但我还是得说一下。"

沈问秋挥挥手，低头接着打游戏，孩子气似的不耐烦地说："好了好了，我知道，你赶紧继续开会去吧，我也继续打游戏了。"

陆庸被他赶走了。

沈问秋装成在玩，听着陆庸的脚步声越来越远直到听不见，才放下游戏机，从鼻中长长呼出一口钝然气息。陆庸看上去傻，其实感觉还挺敏锐的，是发现他的离去之意了吗？

沈问秋低低地骂了一句，骂他自己，他把游戏机丢一旁，在陆庸的沙发上躺下，和衣午睡。

一时间睡不着。

沈问秋想：我现在可真像陆庸的一只宠物狗，没个人样，好没出息。陆庸真好，就算我跟他绝交了，还对我这么好，为我担心。

一觉睡到陆庸下班，把他叫醒，装上车带回家。

沈问秋难得一见地提出一个请求："我想去趟超市。"

陆庸说："好。"没问别的。

沈问秋自行补充："冰箱里的菜没了，去买菜。"

陆庸随即改变计划："那我们去生鲜超市。"

沈问秋亲自采购，他挑的菜不多，就往篮子里放了能做一道两人份酸菜牛尾烧粉丝的食材。陆庸另外装了一些食材，买之前还要问一下沈问秋要不要吃，得到同意以后再拿。

不过今天耽搁了下时间，晚饭还是在外面下馆子。

翌日。

陆庸起早，听见客厅有声音，他打开门看，瞬间目瞪口呆。

客厅被收拾得干干净净，原本茶几上乱七八糟的垃圾都没了，沙发上总是揉成一团的毯子也整齐叠好，简直焕然一新。自打沈问秋入住他家客厅以后，已经很久没见过这么干净整洁的客厅了。

沈问秋正赤脚站在厨房里做饭，他看上去像是洗了个澡，套着 T 恤和运动裤，松垮垮地挂在身上。略长的头发扎起来，露出纤细的后颈，低头时隐隐给人一种花枝沉下的脆弱之感，像快折断。

香味从锅里飘出来，沈问秋回头说："还早呢。吵醒你啦？不好意思哦。"

陆庸走过去，看看锅里："你怎么一大早地做大菜？"

沈问秋随性地说："想吃呗。正好有食材，我早就想做这道菜了。你等等啊，炖了半个小时了。你去洗漱一下换好衣服出来，差不多能吃了。"

陆庸迟疑地问："你是一晚上没睡？"

沈问秋说："没有啊，我昨晚一回来就睡了，睡得很饱。昨天中午不是又睡了好几个小时，所以一早就醒了。闲着没事，把客厅给打扫了，被我弄得脏成那样。"

想了想，他又说："对不起吧，把你家弄得乱七八糟。明明是个蹭吃蹭喝蹭住的。"

"没关系……"陆庸凝视他片刻，才颔首说，"你能开始规律生活就好。"

陆庸捯饬好自己，才去餐桌旁坐下。

沈问秋戴着防烫手套把肉连锅一起端到桌上，碗筷也摆好。

陆庸并不违心地夸奖："真好吃。"

沈问秋怀念地说："是吧？我只会做这道菜，是我爸的拿手菜，小时候过节他都会亲自下厨给我做这个，我特别喜欢。"

两个男人食量都大，把一整锅都吃完了。

陆庸起身要收拾锅碗筷，沈问秋说："放着我收拾吧。我还有事想和你说。"

陆庸坐定，一下子紧张起来，像在等待无形的审判。

明明一切都在向好的方向发展。沈问秋欲言又止，似乎在酝酿什么话。陆庸望见他的眼神，之前总像是遮蔽着沉沉雾霾，让人想去挥散，如今大致是散开了，却仍没有多少生气。他微微笑了一下，这很怪异，一点也不让人觉得沈问秋在开心，如面具一样。

陆庸隐约预感到不祥的结果，于是打断沈问秋的话，他突然要站起来，说："挺晚了，我得去上班了，要么等我回来再说。"

沈问秋闭了闭眼，手指几乎刻进掌心，可他并不觉得疼。不能拖了，赶在陆庸离开前，他匆忙潦草地说："我得走了。"

每一缕轻若尘埃的灵魂都将有燃尽落地然后安静湮灭的一日。

谁都没动，屋子里安静得落针可闻。

"谢谢你这段时间收留我。大庸。"

"我要回去了。"

陆庸站着，光从他侧边的落地窗照进来，在他身前拉出一道斜斜的薄黑影，堪堪披在沈问秋的肩头，沉甸甸压下，似无声地把沈问秋按在原位。

他本来就生着一副人高马大的身躯和一张不友善的脸庞，光是站直沉默就给人以极强的魄力，一生气起来，尤为让人觉得可怕。陆庸在愤怒时不会大吵大闹，反而会更加安静，像一只蛰伏起来准备下一秒把你按住、将你喉咙咬碎的莽兽，浑身上下都散发着让人畏惧的气息。

所以以前班上的同学总是怕他。

沈问秋没抬头，也能感觉到陆庸过于锐利的视线，压得他头低得更深了。他双手放在桌上，左手握右手，试图止住发抖，但还是不停地发抖。

不是因为害怕。

明明是在盛夏，他却觉得仿佛回到了十年前的那个雪天，精神恍惚，一忽儿觉得自己又抛弃了陆庸一次，一忽儿又觉得换成他站在雪地里，在被抛弃着。他其实没睡好，还是骗陆庸的。闭着眼，像是做梦又不知道算不算是做梦，一晚上睡了醒醒了睡，心神不宁，终于熬到外头有了一丝天光，他想，大概是算天亮了，可以起床了。

不知道该做什么，昨晚没洗澡，他就去浴室洗头洗澡。

吹头发时掉了几根头发，沈问秋捡起来看，发现了一根白发，他盯着那根白发看了不知道多久，然后迟缓地魂归附体。

沈问秋恍然想，原来我已经到了长白头发的年纪了啊……

这些年像是一眨眼就过去了。

他高中毕业以后鞋码没变大，身高没变高，体重没增加，灵魂的时间好像停留在二十岁附近，没有再往前走。他总觉得自己还年轻，是个才走上社会的男生，什么都没适应，爸爸还说他孩子气呢，可一醒过来，就发现自己已经成了个社会垃圾。

也可能这白发早就开始长了，只是他以前没有去注意，导致现在才发现。发现一晃眼过去好多好多年了。

他把头发轻轻扔进垃圾桶里，擦干净盥洗台，把溅出来的水擦得干干净净，然后又觉得东西摆得乱，于是再收拾一遍，接着觉得镜子好像也有点脏，又擦镜子……一件事带一件事，把整个洗手间里里外外仔仔细细地收拾了一遍，连瓷砖缝隙都没放过。

好脏。

好脏啊！

沈问秋忽然间难以忍受地感到不适，他疯了一样地开始整理房间，憋着一股气，放轻动作，避免吵醒陆庸。

他翻了几个袋子出来，把客厅里他制造的垃圾都一股脑装进去。

不停地扔，不停地扔，装了好几个大垃圾袋。

等到实在没东西可以装进垃圾袋了，才停下来，发现客厅已经被他收拾得干干净净了。这段时间以来他在此留下的生活痕迹几乎都没了。

再把他睡过觉的那条毯子洗干净就彻底没了。

没有了。沈问秋在略显空旷的客厅孤零零站了一会儿，被空调吹得身上发冷，才驱动脚步，将垃圾袋全部先提到屋外去。

反正也没有睡意，沈问秋洗手，接着埋头做饭，直到陆庸醒来。

邀请他吃饭。再提出要离开的事情。

沈问秋终于止住了身体细微的颤抖，他抬起头，回望了陆庸一眼。然后他也站起来，从陆庸的手里把碗抽出来，试图用温和的轻笑缓解冰冻的气氛，说："放着吧，我来洗碗就好了。在你家住了快一个月，一点教养都没有，蹭吃蹭喝，还不做家务。"

"我今天收拾一下，等会儿我会把毯子给洗好。"

"这不是……快中秋了吗？我想回去给我爸扫墓，一直住你这儿也不是回事了，我得去找份工作。"

"我还欠你钱……"

"哦，对了，垃圾我都收拾好了，放在外面门口，走的时候，我会下楼带去扔了。你不用担心。"

他以前借住在陆庸家的时候最娇气，还知道要收个碗。他就是想让陆庸对他不耐烦，对他生气，可陆庸就是不生气。

他等着陆庸说话，沉默越长，一颗心越浮躁不安。

他想，就算陆庸开口留他，他也不能再优柔寡断了，必须拒绝。他是无赖，他有办法的。

当然，陆庸连见一只路边生病的小狗都要捡回来，会资助那么多无亲无故的女孩子念书，当然也不会忍心看他留宿街头。

沈问秋方才看着炖锅里咕噜咕噜的泡泡大半个小时，已想好了该怎样撒谎。反正陆庸好笨，可以骗过去的。

半晌，陆庸终于开了口："你把垃圾放在门口吗？"

沈问秋"嗯"一声，重复一遍："我会拿去扔掉的。"

刚才不是没看到沈问秋发抖，所以陆庸压抑了怒意，让自己没那么吓人，却适得其反，他照不到镜子，不知道自己此时此刻的脸有多可怕："有分类吗？"

"……啊？"

沈问秋怔住："要分类吗？你们小区的规定？"

陆庸说："我都会分类的，抽屉里不是有好几种颜色的垃圾袋吗？就是用来分类装垃圾的。"

沈问秋先前还真的从没观察过陆庸是怎么收拾生活垃圾的，他想到自己的胡塞一气，满脸通红，嗫嚅说："对不起。我不知道。我，我去分一下。"

沈问秋又开始觉得强迫症犯了似的难受，别的他没办法了，他只想跟陆庸说一声再离开。结果连个垃圾都收拾不好，分类也不会，大概小孩子都比他强。

陆庸摇头："你分不来，我来吧。"

沈问秋只得说："那我把锅碗拿去洗。"

厨房有一体式洗碗机，他把餐具冲了下，再放进洗碗机，点了操作。大门敞开着，沈问秋听见塑料袋打开在倒东西的声音，窸窸窣窣。

沈问秋擦了擦手，出门去看。

陆庸把垃圾差不多全倒了出来，他西装革履地蹲在地上，一条腿屈膝点地，戴着塑料手套，正在将不同种类的垃圾分门别类。

他板着脸，一脸严肃，其实看着不像在捡破烂，像是警局精英在调查凶案线索。

瓶瓶罐罐和废纸板一类的先装在一个绿色袋子里，他说："我平时都会把这种好卖的送给附近一个收破烂的陈爷爷。"

"纸类可以拿去做再生纸，一吨废纸可以造成八百公斤的好纸，还可以用作发电，制成饲料肥料等。"

"塑料瓶经过压缩打碎、清洗烘干、熔化提炼之后会变回聚酯纤维，就是常见的涤纶材料，可以拿来做成衣服。"

"就算是餐厨类的湿垃圾，也可以用来沤肥、提油，堆积发酵后用来沼气发电。"

沈问秋说："还没有法规规定吧？"

陆庸说："没有规定就乱扔一气吗？我管不着别人，我管自己。我就是不觉得它们是混作一团的垃圾。"

陆庸像是忘了沈问秋要离开的事，他利索地收拾好。他只有一只手的时候都不妨碍干活，现在有了两只手，更快速了。

沈问秋默默地看着他用那只价值八十万美金的手不嫌脏地挑拣垃圾，帮不上手，干巴巴地说："对不起哦。我胡乱把垃圾堆在一起，害你还得重新分。"

"不是垃圾，"陆庸反驳，"只是放错地方了。应该说是放错地方的资源，找到适合的处理方式，它们都是有用的。"

明明陆庸没骂他，沈问秋却总觉得自己在被凶巴巴地教训。

沈问秋紧抿嘴唇，不说话。

陆庸终于把垃圾重新分好，又拎了拖把过来，把刚才分垃圾时流出来的脏水拖干净。他干活又快又有劲儿。沈问秋见他手臂肌肉鼓起，只是拖个地而已，他像是在使用什么武器似的，浑身上下的每块肌肉都像蓄满力，快炸开。

"刺啦——"

轻微的裂帛声。

陆庸停下过于粗暴的收拾家务的动作，看一眼衬衫，手臂处的缝线接口居然裂开了。

沈问秋："……"

陆庸："……"

沈问秋鬼使神差地问："那这件衣服该怎么办呢？"

陆庸毫不为难地答："我会缝衣服，缝一下还能继续穿。"

沈问秋："你都总裁了，你还穿缝缝补补的衣服吗？"

陆庸丝毫不以为耻，光明磊落、理所当然地说："为什么不？缝一下就能穿，反正回收行业本来就被叫成"丐帮"，在古代就是丐帮。"

陆庸在生气。

沈问秋也慢慢地急火中烧，从他手里把拖把夺过来，说："我去洗拖把。这么晚了，你快去上班吧。你是老板，你带头迟到吗？"

陆庸不说话，跟在他身后，又回了房间。

沈问秋假装不在意，心想，陆庸要是不提出挽留，那就是默认允许自己离开。其实他简直是浑身每个细胞都在关注着身后的陆庸，他才进门两步，就听见落锁的声音。

"咔哒！"

"叮！"

锁上了。

陆庸问："我给你的备用房卡呢？"

沈问秋愣了下，他忘了这茬，转身，从兜里掏出来房卡，递给陆庸。

陆庸终于赶他走了。沈问秋想。

可他一点也高兴不起来。

陆庸收了回去，没再和他说话，回房间换衣服去了。

沈问秋看着陆庸紧闭的卧室门，一颗心又飘了起来，他有点怕了。要是陆庸把他关着，他怎么走？从消防楼道爬十几层楼下去？

陆庸换了件衣服，把破掉的衣服装在一个袋子里提着。他走到门口时，沈问秋若无其事地悄悄跟上去。

陆庸像是默许，由着他跟进电梯。

两人都大袋小袋地拎了满手垃圾袋。

陆庸按了负一楼，沈问秋按了一楼。

电梯先抵达一楼，沈问秋正要走出去，陆庸用右手抓住他——机械右手，冷冰冰的，让沈问秋想起手铐的触感。

沈问秋转过脸，微微仰起头，看着陆庸。陆庸面无表情，像是这只手在擅自行动，他作为主人并不知情。

沈问秋说："放开我，大庸，我从一楼去。"

陆庸没看他，直视着前方，有条有理地说："我刚才和公司的人打电话说了。我今天不去公司，我送你回去。我要亲眼看看你回去住哪儿，又准备找什么工作。"

每个字都浸满寒气。

陆庸怒不可遏。

沈问秋要是有其他人能投靠，至于来找他吗？又在骗人。但平时骗骗他都没关系，现在居然撒谎也要离开？为什么？

陆庸杀气腾腾地直视着前方，让一个等在外面本来要进电梯的无辜人士望而却步。

电梯重新关上，下沉。

陆庸抓着沈问秋的手腕不放，俨然一副他不答应就不撒手的态度。

沈问秋越是心虚越是要表现得漫不经心，手腕也被陆庸抓得有点疼，大概陆庸用的是没什么感知的机械手臂，所以拿捏不好尺度吧，也可能就是故意的。

"那耽误你时间了。"

过一会儿，他无奈地说："大庸，你别抓着我了。我又不会跑。"

其实此时此刻，他正在心底疯狂搜索老家那边还有谁愿意收留他一下，不必真的收留，只是今天陪他做做样子就好。

但是一直到停车场，他也没想出来自己哪里还有这样的一个朋友。

自打他家破产以后，人人避他如蛇蝎。

"嘀嘀！"

车灯闪了闪。

陆庸像看管犯人一样，把沈问秋拉到车门旁，打开车门，才松开手，示意他坐进去。

沈问秋看看副驾驶座，说："这么远的路，你一直开车太累了，要么换我来开吧。"

陆庸只说两个字："我开。"

沈问秋闭了闭嘴，嘴唇嗫嚅："……哦。"

温柔的人生气起来最可怕。沈问秋心下打个寒噤，又想，陆庸怎么气成这样？陆庸现在心里一定觉得他是个白眼狼吧。

沈问秋正要上车，又被陆庸抓着衣服后领拎住。沈问秋觉得自己像是被掐住后颈肉的狗狗一样，停住，问："怎么了？"

陆庸沉着嗓子，有点凶巴巴地说："算了，别坐副驾驶位，你坐后面去，路那么远，你要是困了就睡觉！"

沈问秋在后排落座，门开着，陆庸还站在外面，一等他坐下就说："安全带系好。"

沈问秋觉得自己像是个才上学的小孩子，没跟陆庸顶，乖巧听话地自己系上安全带。

陆庸看着他系紧安全带，才挪了下脚步，又转回来，拿过放在后面的小羊颈枕生气兮兮地塞给他："给你！"

沈问秋愣怔地抓着颈枕，陆庸"砰"地关上门，他被困在车里默默看陆庸绕回车左边坐上驾驶座。

这款"西装暴徒"启动时闷雷般作响，令人胆战心惊。沈问秋不敢吱声，总觉得下一秒陆庸就会一脚把油门踩到底飙出去。

但是没有。

陆庸开得冷静平稳，所有操作都精细简洁，没有任何问题。

车辆驶出车库，上了马路。

沈问秋故意要岔开话题，慢吞吞地问："说起来，你什么时候考的驾照？考的是普通驾照吗？"

残疾人并不能轻易报考驾照，沈问秋差点忘了这回事。就算这是在正常人看来理所当然的权利，但其实并不是所有人都能做的。

陆庸说："不是，考的是残疾人驾照。前几年国家推出残疾人驾照考核我就去考了。以前不让考。"

据说华国有八千多万残疾人，占总人口的 6% 左右。差不多每十六七个人里就有一个残疾人，听数据似乎不少，但在生活中给人的感觉却很少见。

沈问秋从小到大也就只有过陆庸这一个残疾的同学。

驾驶车辆其实是一件非常危险的事情，所以驾照考核参与要求严格，不能轻易获得机会，更别说残疾人。他想，可能就是因为这个，所以陆庸开起车来才格外认真仔细。

以前读书的时候，他们偶尔一起骑自行车出去玩，也没觉得有妨碍，一只手也能骑车。

当时还有同学为了耍酷，故意放开两只手骑车。年纪小那会儿就是蠢兮兮的，脑袋里像是没有珍惜生命的概念，什么作死干什么，还觉得自己特立独行、扬扬得意。

可陆庸不是，他很不喜欢各种危险行为，假如被他看见，他一定会破坏气氛地一本正经地提出来。即使是在没有人的马路，他也会等红灯，坚决不闯人行横道线。

语文老师教过一个词叫"慎独克己"，沈问秋与陆庸相处越久，就越认为，这词就像是为他量身打造。

高一下学期时，有一回，班上有个同学的东西找不到了。

有人说："该不会是被陆庸当成废品捡走了吧？他不是整天在捡东西？"

陆庸是会将垃圾桶里可回收的瓶罐和纸张分出来，班上同学以为他是收集好自己带回去。其实不是，沈问秋知道真相。他们以前见过一个住附近的老太太翻垃圾桶，陆庸每天收拾过以后，会把他整理好的东西放在后门附近，送给那个老太太。

但这人说的不就是怀疑陆庸偷东西吗？沈问秋作为陆庸的同桌第一个急了，没好气地说："我一直和陆庸在一起，不要乱说，你现在怎么回事？"

陆庸像是没听出言外之意，一板一眼地郑重说："什么是可利用的垃圾，什么不是，我还是能分出来的。"

一下子把所有想看笑话的人都梗回去了。幸好他生得高大，等闲之人也欺负不了他。

陆庸就是这样正直，正直到让人为他担忧的地步。

他就像是一根牢固的钢柱，即使是万斤重石，也能被他毫不动摇地撑起来。

想着想着，沈问秋轻笑了两声，笑他自己。

他曾经还整日为陆庸的性格操心，担心陆庸走上社会以后怎么办？都是他杞人忧天。陆庸已经成功长成可靠大人，而他像是没长大一样，没有能力，也没有未来。

他想，如果换成是陆庸在他的位置上，一定不会坠落到他今日这副无可挽回的田地。

要是，要是他早点回来见陆庸就好了。说不定早一点的时候，他还算是个可回收垃圾吧？拖到现在，已经烂到不可回收了。

陆庸问："你在笑什么？"

"没什么……"沈问秋闭上眼睛，说，"我睡一会儿。"

陆庸说："好，到了服务站我再叫你起来。"

沈问秋心浮多梦，只要一闭上眼睡觉就会开始做梦，多是噩梦，有时一次做好几场噩梦。

自住进陆庸家以后，没再做噩梦，而是雪泥鸿爪地陆陆续续做少年时的回忆梦。梦里都是好时光，快乐片刻，醒来回到现实，却倍加叫人痛苦。

不知道是不是因为想着回家给爸爸扫墓的事情，他在颠簸的车后座上梦见了爸爸。

……

妈妈是在他初二那年因车祸去世的。

他当时正在跟同学打篮球，突然接到电话，来不及换衣服，也来不及擦汗，急匆匆地跑到医院，跟爸爸一起在急救室外熬了五个小时。妈妈被救下一口气，但在 ICU 住了三天之后，还是走了。

医生跟他们说这个坏消息，话音还没落下，他先哭崩了。

爸爸抱了下他的肩膀。

沈问秋泪眼模糊地抬头看了下爸爸，爸爸脸色苍白，却没有落泪，只是如丢了魂，过了半分钟，才礼貌地对医生说："谢谢您，辛苦了。"

一向口才很好的爸爸突然变成个嘴笨的人，说话干巴巴的，整个人都傻了似的，才说完的话就像是忘掉了，又重复说："辛苦了。辛苦了。"

沈问秋抽泣着说："爸爸。"

爸爸牵住他的手，迟钝地缓声问医生："那……那我现在可以带我妻子回家了吗？"

爸爸紧紧抓住他，对他说："小咩，我们回家。和妈妈一起回家。"

……

他们在服务区吃了顿午饭，继续赶路。

沈问秋睡醒了，不睡了。

快进城区时，陆庸问："你还没说你回去要在哪儿落脚，我好改导航目的地。"

沈问秋说："你送我去公墓，静山竹园。我先去给我爸扫墓。"

于是改道去墓园。

沈问秋妈妈去世时他们家家境还很好，爸爸在本地最好的墓地花五十万买了一座坟地，是合葬墓穴。当时还有许多老板叔叔私自买地造墓，也有人要给他介绍风水先生，说什么葬得好不好也会影响事业风水。

但爸爸还是拒绝了，私下跟沈问秋说："毕竟说起来还是违法的，我在的时候可以想办法，我要是不在了，等你也去世了，因为什么事被拆了怎么办？我死了以后什么都不知道，万一我跟你妈妈被分开就不好了。还是合法合规的好。"

做生意不能怕风险，只在这点上，爸爸不想冒一点风险。

得亏是提前全款买好，左边的墓穴空着，即使他们家破产以后没了钱，沈问秋还是顺利办完葬礼，将父母的骨灰盒合葬在一处。

这些年他过得浑浑噩噩，时常连活在哪一日都不知道，只有父母的忌日记得清楚，每到祭祖日都要过去扫墓。

沈问秋在服务处购买好香烛、纸钱、酒水，用篮子装着，还买了一束花。陆庸也买了一束，捧在怀里。

两人一前一后，无言地在竹林里沿着青石板小径往静谧的山林深处走。

鸟啭，溪流，松竹，斜阳。

在这远离闹市的幽静之处，连蝉鸣都显得没那么聒噪烦人了。

经过处理的花岗岩墓碑上以特殊工艺封贴了亡者身前的照片，都是风华正茂时的照片。妈妈的遗照是爸爸选的，挑了妈妈二十几岁时最漂亮的样子。

爸爸的遗照是沈问秋选的，他想来想去，最后也找了张与妈妈遗照上年纪相仿的旧照片。

如此一来便般配了。

点烛、祭拜，在一个专用的铜盆里烧纸钱。

他现在也就烧得起纸钱，可以几万几万地烧冥币。

陆庸上前献上一束花。

沈问秋把纸钱都烧完了，准备用余火点线香，正在数线香，陆庸跟着一起蹲下来，说："多点几支吧，我也想给叔叔阿姨上一炷香。"

于是一人点了六支，两个香炉鼎各插三支香。

气氛庄重，两人祭拜。

沈问秋鞠躬，心里空落落的，倒没什么想跟父母说的，上次来已经说过了，因是心意已决，倒也不用再戚戚哀哀地翻来覆去。

反而是他先拜完，睁开眼，看身边人。

陆庸还在一脸认真地鞠躬，每一下都要弯腰九十度，丝毫不敷衍。完了直起身，举着香，双目紧闭，像是在想什么。

陆庸矗立原地，一动不动，足足五分钟，才睁开眼睛，把线香插上。

这座墓园下午五点关门。

两人往外走，沈问秋说："都这么晚了，你赶紧开车回去吧，不然就来不及了。你今天请假，明天总得去公司吧？"

陆庸说："不急。"

他不急，沈问秋要急了。

陆庸定定地望着沈问秋，眼神中毫无阴谋诡计，却像要把他给看透似的，说："我送你去你的住处，我看你住下了我再走。"

沈问秋头都要大了，但他心急之余，还是想不到要怎么骗过去，只得继续编个小谎，把眼下的困境给圆过去："时间不早了，要么我们先去吃个饭吧。"

陆庸点头："好。去吃什么？"

沈问秋回忆着说："你还记不记得我们高中时候去过的一家餐厅——阿叔牛肉米线？我之前路过看到过，还开着的，我们去吃吧。"

沈问秋说要给他指路。

陆庸答："我还记得路的。"

老板见到他们俩，多看了几眼，竟然认出他们来了，迟疑了下，笑着说："你们很多年没来了啊。还是一个大份细粉加辣，一个宽粉不要香菜？"

沈问秋吃惊，暖心地回以微笑："是啊。你居然还记得我们吗？合该您生意这么多年一如既往地红火。"

老板笑呵呵地说："别人我不一定记得，你们俩我是有印象的。好乖的小帅哥，唇红齿白，你这么帅的男生很少见啊。还有一个你的朋友，天天在一起，长得又高又黑。"

价钱还是老价钱。

两碗粉上桌，牛肉牛杂堆得满满。

陆庸吃了两口，想起什么，惄惄地笑了下，说："其实我早就发现，那时候跟你一起出去吃饭，老板都会多给点，在食堂打饭阿姨也不抖勺，给你盛得又多又满，给够肉。"

沈问秋自己没注意："是吗？"

陆庸确认地点头："嗯。大家都喜欢你。"

沈问秋笑笑，说："都是老皇历的事了。"

他们喜欢的都是小咩，但他已经不是沈小咩很久啦。

沈问秋一边细细咀嚼，一边想接下去该如何搪塞。他想，实在不行……就先去找宣嘉佑吧。

"这不是沈少吗？"

一个男人的声音冷不丁在他头顶响起，像突然把一条黏腻湿滑的蛇从他的领口丢进去。

沈问秋一个激灵，坐直，转身望去。

沈问秋见着老吴，头皮发麻。真是阴魂不散。

老吴手搭在他肩膀上，不轻不重地捏了下，笑眯眯地看他："赶巧了不是？兄弟几个正想念你呢，竟然碰上了。"

再看陆庸，说："这就是你上回说过的那个朋友啊？"

陆庸问："您是？"

老吴说："我姓吴，做运输的，您叫我老吴就好。您怎么称呼？"

陆庸从口袋里拿出名片盒，抽出一张名片递过去："陆庸。"

老吴接过来看，抽一口烟，笑了："哟，还是烫金的名片。"

他故意念出声："风禾股份有限公司……回收科技……废旧电池、电子废弃物循环利用、稀有金属钴……钴……接下去那字儿是读'nie'吗？呵呵，我还读不来，我大老粗文盲。"

"看上去很高科技啊。有钱有钱。陆老板陆老板。"

老吴收起名片，对沈问秋说："沈少啊，上回你不是说要带你朋友一起来玩吗？"

"择日不如撞日，正好今晚有场子，不如就现在一起过去吧。"

沈问秋冷下脸，眼也不眨地撒谎说："我跟他不熟，他不是我朋友，没法带他去。"

这猝不及防的情节让陆庸愣住："……"

老吴没发火，只是扭头看着陆庸，问："他说您不是他朋友啊，沈少这人就是爱开玩笑对不对？很有幽默感。朋友，一起去玩吧。"

再对沈问秋说："上次我找你的时候你可不是这么说的啊。做人要讲诚信，不可以撒谎，三岁小孩都知道。沈少你说是不是？"

沈问秋咬定了说："反正他不是我朋友。我不可能带他一起过去。"

老吴又要和陆庸说话，沈问秋坐不住了，他站起来，也不知哪儿来的力气，拉住这个死胖子就往外面拖，不让他接近陆庸半步。

陆庸站起来，好整以暇地一边扣西装下摆的纽扣，一边问："去哪儿？"

"我一起去。"

陆庸坐着的时候不显，收敛气息，还显得有几分文化人的味道，但他一站起来，瞬时气势一变，就能发现他不只是宽肩厚背，腿也很长，光是身高就给人很大的压力，而且就算裹着斯文的西装也能感觉出他浑身上下遍布着的结实肌肉。

说实话，不像老板，像个保镖，还是那种武警退役的。

——陆庸的脸更冷了。

沈问秋在一瞬间察觉到极细微的差别，像一柄雾面漆黑的刀悄无声息地出鞘，几乎无人能发现他融在暗中的刀锋。

一向对他千依百顺、予取予求的陆庸却在此时，如此不容拒绝地说："沈问秋，我跟你去。"

用的是"沈问秋"三字，他的全名，不是"小咩"。

仿佛在呼应他说的"不是朋友"的设定。

沈问秋回头看着他，又急又气，眼刀飞过去，恼火地说："你知道是要去什么地方吗？你去？你去个屁！你敢去？"

陆庸朝沈问秋走去，如一寸一寸地劈铁前行。他自高处看沈问秋，太过睨视，于是弯腰，后背像被压弯的偃竹微微弯下："我当然知道。"

"沈问秋，你小看我了。"

"你忘了我是什么出身吗？我可不是不经世事的少爷羔子。"

沈问秋脸上一阵红一阵白。

陆庸之于他，就像一片戈壁沙漠，看似一览无余，什么都没掩藏，不解风情，枯燥刻板，偏又会被陆庸轻易牵动，一晒就滚烫，入夜就冰寒，两种极端。可在那平静的黄沙表面，你完全无法看出来，下一步会不会踩中狷急的流沙，在顷刻间被吞没。

这个陆庸很陌生，让沈问秋既畏惧又茫然。

沈问秋胸口憋一股气，望着陆庸，陆庸回望着他。这是他们重逢以来第一次直视着彼此，没有不自在地别开视线，却无比尖锐，全无友善。

老吴在一旁围观得傻眼。

倒不光是这个不知道从哪儿冒出来的大老板，原本听说是个傻里傻气的人，他起初见到第一眼也以为是，现在却变了想法。这哪是大傻子，这分明是个悍匪。

沈问秋也是，这家伙心气不早就被磨光了吗？跟一团扶不上墙的烂泥似的，没点脾气，被人骂几句还笑嘻嘻地从不生气。怎么突然成这样？

他真从没见过。

老吴犹豫了下，又觉得是不是自己多虑。从别人那儿打听到的是，陆庸是个土老板，以前死念书，靠着运气好，赶上好时候，才翻身挣着不少钱。

应当……应当是个大肥羊吧？

老吴开口道："去啊，想去就去。陆老板，有朋自远方来嘛。"

"沈少爷不肯请你去，我请你好吧？我们交个朋友怎么样？"

沈问秋像跟陆庸有八辈子仇一样瞪着他，打断他的话，厉声道："陆庸，你敢去？！"

陆庸一直以来很听他的话，他说什么就是什么，却在此时突然失效了。陆庸缓了口气，像是收起锋芒，温和了些许："嗯。"

沈问秋气得发抖。

陆庸怎么就突然叛逆了呢？

他气得肝疼，却无计可施。

沈问秋没好气地说："你要去你就自己去，我不会去。"

说完，沈问秋撇开他们，气势汹汹地冲出门，走了。

他没听到跟上来的脚步声，走了几分钟才回头看，完全没发现陆庸追过来，搞得他像个傻子一样。在此时此刻，他意识到，好像一切开始失控。

沈问秋站在路边，举目眺望，看见两辆车经过，一前一后，他都认识。

一辆是老吴的，一辆是陆庸的。

陆庸的车"嗖"的一声从他面前的马路上飞驰而去，甩了他一脸车尾气。

陆庸真的去了！

沈问秋坐在路边，深呼吸，匀气许久才压下了沸腾的怒气，重新站起来——

他也得赶紧过去。

但沈问秋有一个多月没回来了，他跑错了一次地方，花了两个小时才找到老吴带着陆庸去的地方。

这是一处民宅，从外面看完全瞧不出有什么异样。

墙壁和门隔音效果极好，沈问秋站在门外几乎听不到里面的人声，一打开门，刺耳的吵闹声和臭烘烘的乌烟瘴气才扑面而来，沈问秋反射性地皱起眉。

"呀，沈少，好久不见了啊。"

沈问秋才发现自己居然如此难以忍受这样的环境，他以前那三年是怎么天天混在这种地方的？这阵子在陆庸家住久了，他本来还以为客厅被他弄得够乱了，和这里比简直不要太干净。

空气混浊得像是无法呼吸，垃圾乱七八糟地扔了一地。沈问秋心急如焚地走过去，费劲地拨开人群，终于找到了陆庸，他压低声音："陆庸。"

陆庸已经坐下来了，注视着面前桌上倒扣着的几张牌。即使在这里，他看上去也跟别人格格不入，其他人都沉浸在快感中，陆庸给人的感觉却是事不关己。

认真归认真，却像在完成工作，而不是感兴趣。沈问秋都不明白他为什么非要来！

陆庸听见有人叫自己的名字，抬起头看了他一眼，掠过，把注意力放回桌上，说："要牌。"

庄家又给陆庸发了一张牌，陆庸看一眼，和之前的牌盖到一起。

在场好多沈问秋的"熟人"，纷纷跟他打招呼。换作以前，沈问秋也就嬉皮笑脸地回两句，但今天他一点也笑不出来，一句话也不说，只用淬毒般的目光紧盯陆庸。

别人都觉得不舒服了，只有当事人陆庸自己仿佛全无所觉，继续玩牌。

陆庸翻开牌："我赢了。"

其他人都让开，沈问秋走到他身旁，真想扇他一巴掌，咬牙切齿地说："赢什么呢！给我回去！"

"他们就是在哄你，等你以为自己多厉害了，就开始宰你了！"

陆庸站起来，他面前的桌上已经堆了厚厚一沓钞票——看上去有点脏污的钞票，不知道被多少人经手过。

摞起来的话，粗略看有个小十万。

老吴本来还在笑，以为陆庸要走，使了个眼色，几个壮男不动声色地将陆庸和沈问秋围在其中。

"话不能这么说呢，沈少，你在说什么呢？大伙玩得好好的。"

"陆老板，你风头正好，不接着玩吗？你看看，你今天简直是财神爷附体啊。"

"这可真不是放水，陆老板到现在每局都在赢。我以前在电影里看到过这个牌是可以算的，对吧？听说陆老板数学特别好，靠本事赢的！我还是第一次见到！"

"小沈啊，你在我们这儿玩也不是一天两天了，你见过这么厉害的吗？没有吧？"

"让陆老板自己说，玩得开不开心？管别人干吗？"

有人拉住沈问秋的右手手臂，想把他赶走，这时陆庸也伸出了手，抓住了沈问秋的左手。

陆庸等他们闹哄哄地说完，才不紧不慢地说："跟我设想的差得有点远。嗯，还是我的公司比较赚钱。"

老吴被噎了一下，改口得快："您是大老板嘛，这点小钱您不放在心上的，那更好了，继续玩，又能赚钱，又开心，是不是？"

"我没兴趣了。"陆庸说，"已经试过了。"

沈问秋："……"

陆庸脸上没有一丝笑。

原本围拢裹挟他们的笑声随之渐渐息止下来。

陆庸低头，看着那些钱，推了一下，桌上的钞票倒塌，说："沈问秋欠你们多少钱？这些可以用来抵债吗？"

老吴黑着脸说："光赢了钱就想走啊。我跟你说，他欠了我们上千万，这点钱就值个利息，还个毛。坐下，你今天在这玩一晚上，不管输赢，明早我放你走，不然别想走。"又说，"把沈问秋扔出去。"

在拥挤人群中，陆庸没有放开沈问秋，他扣住那只别人去抓沈问秋的手，在关节处巧妙地握紧一扭，对方一个吃痛，放开了手。

沈问秋被他捞到身边，不动声色地护住。

"呀？还是个练家子啊？"老吴嗤笑一声。

沈问秋深吸一口气，突兀地说："我已经报警了。来之前我就报警了，警察等会儿就到。"

屋内像被按下静音键一样瞬间鸦雀无声。

也不知是谁先骂了一句，一群赌徒作鸟兽散。

溜得最快的人才跑出去，又被堵了回去，冷汗直冒、脸色煞白地说："外面都是人，还抄着家伙！"

老吴问："警察吗？没听见警车声啊！"

得到一人困惑回答："看打扮，不是。我不认识啊！您自己去看看？"

陆庸冷不丁地接上话，他现在也很头疼，眉头紧皱地思索着，一边走神地承认说："是我叫来的人。"

沈问秋蒙了："你上哪儿叫来的人？"

陆庸道："找了一些朋友。"

他家干捡破烂这行，认识的人自然多，叫些个人过来帮忙撑场子当然不难。

开车过来的路上，他就给老爸打了个电话。

陆庸像是野兽真身被披上人皮，又变得温厚起来，好声好气跟沈问秋说："我一开始就没打算跟他们赌，一开始我就找了帮手。"

"嘀呜……嘀呜……嘀呜……"

话音落下时，由远而近的警笛声也响了起来。

都是以前认识的朋友，个个都是扛货干活的好手，练得满身肌肉，跟这群好逸恶劳的赌徒一比，不用打就知道哪边输。

陆庸看上去老实巴交的一个人，却叫旁边的人都气得差点没呕血。

他从小就在心底默默懂得道理，做人要踏实，但老实人想要不被奸人算计欺负，就得奸诈起来的时候比奸人更奸诈。

像沈问秋那样的少爷羔子，难怪被这些人欺负。

陆庸焦心地想，沈问秋早点来找他就好了，何至于被这些人欺负？

但他的算盘也因为沈问秋报警而落空，现在一窝人全进了警局。兄弟们还好，只是围楼，没干别的，实在说不上犯法，被教训了几句就放走了；

但另一群人赌博证据确凿，得好好盘问。

相熟的民警任警官再次见着沈问秋，无奈地叹气："你怎么又进来了？"再看一眼他身边的陆庸，说，"你还带着你朋友一起进来？"

潜台词就是在指责沈问秋自己不学好就罢了，还拖清白人下水。

以往沈问秋自己被抓，都是吊儿郎当，嘴上说"改了改了"，其实明眼人都能看出他不知悔改。但今天不一样，今天他沉着脸，一点也不想说话，任人骂。

旁边的另一位民警插嘴道："今天不关他的事啊，他是举报人，秉公灭私！"

郑警官笑了："什么玩意儿？还秉公灭私？这词儿是这么用的吗？"

沈问秋笑不出来，可他也不认可这词，那些人全部加起来，也比不上陆庸在他心里1%的分量。不，是连0%都没有。

沈问秋这次相当配合。其实他作为举报人，也可以不用来，这样的话，就不会在走廊受到辱骂欢迎。但他必须得来。沈问秋这次完全没有嬉皮笑脸、插科打诨，他事无巨细地跟民警交代自己所知道的情况，正在不休不止地为陆庸解释："陆庸是不知情的，我可以担保，他是正派人，连抽烟喝酒都不做的。"

"他是被人骗去的，那些人看他是有钱老板，设局要宰他。"

"我？我当然不想他去，我跟他……我跟他不算朋友，我们是高中同学，他好心收留了我一阵子。我跟他说了，可我们刚吵过架。"

"你知道我这样的人，说话没有说服力的，没人信我说的。"

"他一分钱都没拿，我觉得他只是无辜被骗进去在那儿坐了几分钟，不能算参与，把他放了吧。"

民警目光睃着沈问秋，心下有几分好奇。这次并没有批评沈问秋，但沈问秋深深低着头，比以前任何一次被抓捕进来都要愧疚。

沈问秋说话像是勉强提着最后一点力气："陆庸就是好心，他是个清白的人，都怪我，你们把他放了吧。"

陆庸这边分开做笔录，他已经打电话找了律师，说话有条有理，态度也很严肃。他讲得更详细，怎么遇见、怎么过去，跟沈问秋说的相差无几，大致对得上。

就有一点实在是让民警头疼："那堵楼下外面那群人是怎么回事？"

陆庸状似无奈地说："我去了以后发现不对劲，不许我走，我眼看不对就偷偷打电话求救，只是没想到我爸爸叫来这么多人。"

"真对不起，给你们添麻烦了。没出什么事吧？幸好你们敬业爱岗，赶来得如此及时，没有酿成大祸，不然万一出了什么事，我肯定过意不去。"

看他的身份，真的是个好市民！高学历人才！优秀企业家！怎么看都是奉公守法的好青年，俨然是个备受欺负的老实疙瘩。虽然他叫了五十几个大汉围楼，但他真的是好无辜好可怜哦！

然后陆庸的律师也赶到，一番折腾，终于算是结束。

口头教育，无罪释放。

陆庸总算离开审讯室，心下不安地出去找沈问秋。但他找了一圈，没找到沈问秋，赶紧去问那个好像跟沈问秋认识的民警："您好，沈问秋人呢？"

民警说："他啊，他走了啊，早走了。"

陆庸脸又冷了下来，闭了闭眼睛，他不希望看到事情这样发展，可情况也算在意料之中，他并不奇怪。

沈问秋一直想走，果然，他一没看住，人就丢了。

民警把一张叠起来的纸递给他："他让我转交给你的。"

陆庸打开看，上面只写了一行字：

大庸，我走了。别找我，求你了。

燥热的夏风被夜一丝丝沁凉下来，拂面而来，沈问秋脑袋异常清醒，一点睡意都没有，满脑子只想逃走。

逃，逃得再远点，逃到陆庸找不到的地方。

沈问秋深一脚浅一脚地走在路边，他想要找个合适地方，只是怎么找都找不到，于是胡乱地沿着路走，走走停停，停停走走。

他无处可归。

沈问秋想抽烟，摸摸口袋，只有个空烟壳，于是随手扔进路边的垃圾桶。

口袋里还剩下几张揉皱的钞票和硬币，没多少，几十块钱，他没仔细算。

走一段路，看到有个老爷爷拉着台推车出来，挂着烤红薯的招牌，正在准备开门做生意，要开始赚第一波早起上班的人的早饭钱。

沈问秋走过去，问："红薯怎么卖？"

老爷爷说："两块钱一个。"

沈问秋点头，等在路边："给我来一个。"

老爷爷收拾着东西："好嘞，等一等啊。"

沈问秋有一句没一句地跟他聊天。

"怎么这就开始卖烤红薯了？生意好吗？"

"天气开始转凉了，都立秋了。生意还可以。"

沈问秋茫然了一下，已经立秋了吗？

夏天又过去了啊。

"今天几号？您知道农历吗？"

"农历啊，农历六月廿九。"

"哦。"

浓郁的香味飘出来，沈问秋接过用纸袋子包起来的红薯，太烫手，他小心翼翼地撕掉两块外皮，呼气，嘶哈嘶哈地咬了一口，被甜得笑起来："真甜啊。"

沈问秋把兜里的整钱零钱全掏出来，放在推车上，没等对方问，先说："都给您吧，看您挺辛苦的。反正我用不上了。"

"啊？"

说完沈问秋便转身，开开心心地吃着红薯走了。

沈问秋吃饱了，有力气，花费一个多小时，徒步走回自己以前住的小区。

在小区门口等了几分钟，有个孩子骑着滑板车出来，开了大门，他赶紧趁机溜了进去。

沈问秋想去看看他家的老房子，先前听说因为他们作为老主人做生意破产，被人说风水不好，一直卖不出去，还以为会见到荒芜冷清的景象。

但他真走到时，发现与他想的不同，居然卖出去了！他的家已经有新的主人住进去，院子被翻新，郁郁葱葱，远远可从大落地窗隐约看见里面的装修。房子还是同一座，但里面被全部换掉了。

这不是他的家了。

雕花黑铁栅栏上爬满龙沙宝石，沈问秋轻手轻脚地走近，自花叶的缝隙间往里窥探，有个小女孩正在玩秋千，唱着歌：

"秋千秋千高高，荡呀荡过树梢。树梢点头微笑，夸我是勇敢的宝宝……"

那架秋千是旧东西，是他幼儿园的时候，有一次画画比赛拿了一等奖，爸爸妈妈问他要什么奖励，他要爸爸在院子里给他弄个秋千。

过了两天爸爸就找人过来给他装了一个大秋千，他们一家三口一起也可以坐在上面。

他看到小女孩，仿佛看到幼时的自己，无忧无虑，一时间看入了迷。

既笑，为这幸福欢乐感染；又难过，因为在这其中，再不会有和他有关的笑声。

小女孩玩着玩着，疑惑地朝他的方向看过去。看到了他，小女孩从秋千上蹦下来，往屋里跑，奶声奶气地大喊一声："妈妈！外面有个奇怪的叔叔在看我！"

沈问秋被吓了一跳，他像是被人撞破的小偷，从自己以前的家落荒而逃。

小跑渐渐变成快跑，他跑得越快，迎面而来的风就越猛烈，能把眸中涌起的湿意给吹干。

沈问秋离开小区，沿着路，不停地往前跑，不管方向。

他想起昨天陆庸的样子，无比深刻地醒悟到自己这几年的生活过得有多么自暴自弃。

在 H 城的时候，还说是躲开了原本的生活，自己堵上耳朵再装成视而不见，麻木不仁地过了一段自欺欺人的好日子。

现在一回来，没办法躲了，所有的失败和堕落再次精准地抽在他的脸上，让他明明白白见识到自己是怎样的一个社会垃圾。

连与陆庸之间最后的一丝虚伪的和平也被惨烈地撕破。

他们早就不是一路人了。

他现在前所未有地后悔。

他为什么要一直牢记陆庸的电话？他为什么要让警察给陆庸打电话？他为什么不拒绝陆庸的收留？他为什么要赖着不走？

陆庸究竟是怎样看待他？他到底为什么要回到陆庸面前？假如不出现，陆庸就不会发现他变成这样。

还不如不声不响地去死了，起码在陆庸的回忆里，他还能保留一个最后的美好形象。陆庸对现在的他很失望吧？

沈问秋跑进了附近的一座公园。

他以前经常在这里遛狗，也记不清有多少次牵着奶糕跟陆庸一起在这里散步，谈天说地。他不知道自己跑了多久，胸口疯涨的痛苦抑郁情绪将其他所有感觉都压住。跑着跑着，跑到公园的尽头，跑上一座大桥，跑到实在跑不动了，喘不上气，才停下来。

双腿肌肉发抖，连站都快站不住，沈问秋按着胸口，慢慢地蹲下去，视线模糊地看着水泥地面，也不知是汗水还是泪水坠落在尘埃里，洇出一个个小圆点。

他跪在地上，生理和心理都在反胃，不停地咳嗽和干呕。

他真想把自己脏污的灵魂给吐出来。可是不行。

一双棕黑色的方头男士皮鞋出现在他低下的视野中，沈问秋顺着往上看，目光只停在笔直的裤管边，看到那双粗糙宽厚的手掌，心知不必再自取其辱地抬头。

"沈问秋，你站起来。"陆庸说，"我不扶你，你自己站起来。"

过了好几分钟，沈问秋才手撑着地，发抖地从地上爬起，站着，但站得不直，也站得不稳，像是随时会倒下去。

江风很大。

沈问秋感觉自己被吹得摇晃，没什么力气，他只站了一会儿，不管陆庸的话，一屁股坐在地上，像个乞丐一样，仰视着陆庸。

他已经没有退路，没地方可躲了，躯壳像被掏空，眼神麻木而平静地直视陆庸，嘴巴和声带自顾自地动起来，以他能表现出的最恶毒的语气说："你就非得要来看我的笑话吗？我不是都给你留了纸条让你别找了吗？算我求了你了，大哥，你为什么这么阴魂不散啊？因为我向你借了钱吗？就那么几千块，你当做慈善好了，你在乎那点钱吗？"

陆庸昨天开车那么久，一下车又被拉去赌场，再从警察局出来，三十多个小时没合过眼，也不体面，眼睛赤红、头发凌乱地紧盯着沈问秋。假肢一直没拆下来，戴了太久，断肢截面隐隐开始作痛。

沈问秋这番自私刻薄的话如一把尖刀，直刺他心口，鲜血淋漓。

揭开了伪装的面具，难道这才是沈问秋如今最真实的模样吗？这个尖酸无赖、浑身戾气、不再年轻的男人。

陆庸："你想做什么？"

沈问秋："关你什么事？你是我什么人？你忘了我们绝交十年了吗？"

陆庸："我担心你……"

沈问秋跟看仇人一样地看他："我让你担心了吗？你别以为收留了我几天，就有资格管我了。管得真宽。麻烦死了。你还有脸说什么担心我，你把老子害惨了好吗？我报了警把他们全得罪了，这下我是真的完了！"

陆庸心急如焚，偏偏说不过他，张了张嘴，恼火至极却想不出该怎么接话。明明沈问秋就在他面前，没有动，可他就是有种沈问秋在远去的幻觉，让他下意识地往前逼近。

沈问秋亦有一种会被抓住的感觉，叫他不由得心慌急躁，他猛然站起来，使出浑身力气推开陆庸。但陆庸长得比他高大强壮太多了，像一座铁塔似的，他根本推不动："你滚开啊！我让你滚啊！"

"你神经病啊？！"

陆庸想不出别的，只能闷声说："小咩，你冷静点，你冷静一下，我带你回去。"

沈问秋听到这个称呼，彻底崩溃了，心中最后一根弦也断了，眼泪瞬间如决堤般疯狂涌出来："'小咩'？还'小咩'呢？那都是十年前的事了！"

"陆庸，别傻了！你睁开眼看看！我跟'小咩'早就不是一个人！"

陆庸不说话了，像是谁都不能撬开他的嘴。

沈问秋瞪着他，安静地落泪，落完泪，又平静下来。

沈问秋就觉得自己傻，真的傻，难怪落到今天这步。陆庸是在对他好吗？陆庸是在透过他，对十年前的他好。他也喜欢十年前的自己，谁会不喜欢呢？

可最让他痛苦的就是时光永远不可能倒流，他回不去了。

他还想不给陆庸添麻烦，不给别人添麻烦，就是怕死而已。真懦弱啊，都要死了，死后一了百了，哪还管身后事？

陆庸僵着脸，近乎执拗地说："我不那么认为。你是沈问秋，沈问秋就是沈问秋。"

真的疯了。

沈问秋想。

其实今天是沈问秋的生日，二十九岁生日。

他生在立秋之后，所以爸爸妈妈给他取名叫问秋。他特意挑选这个日子来了结自己的生命。

不知怎么回事，他蓦地想起十六岁那年生日，他邀请同学来家里过生日会，大家给他送了一堆礼物。

陆庸也送了，是一架飞机模型。

有人拆场子地问："陆庸，听说你喜欢在垃圾里淘宝贝，这该不会是你捡来擦干净再装起来的吧？不过，看上去真新啊，像是新的一样。"

沈问秋很是尴尬，其实他根本不介意陆庸送的是不是新的，对他来说，反而是亲手做的更有意义，就像陆庸之前为他做的草编小羊。

他正准备打圆场，就听见陆庸说："是新的。我新买的。"

有人问："多少钱？"

陆庸犹豫了下，答："八百。"

沈问秋后来私下拉了陆庸问："你哪儿来那么多钱？"

陆庸说："我存的零花钱。我平时不怎么花钱，都存下来了。"

沈问秋知道他在学校一个月生活费才一百块，说："太花钱了。你还是拿去退了吧，不值得的，你不如送点别的给我。"

陆庸憋了半天，傻乎乎地说："值得的。小咩，值得的，你收下吧。你不是很喜欢吗？就算花完我所有的钱也值得。"

"是我自己愿意的。"

沈问秋从家里搬出去的时候，没带多少行李，值钱的东西能卖的都卖了。他打包了那架飞机模型连同他少年时的日记、情书、相册打算一起带走，但包裹一整个被快递给寄丢了。

再也没找回来。

他想，大抵一切情节在冥冥之中早有注定。

沈问秋往远离陆庸的方向退开，后背靠在栏杆上，他笑了下，刻薄地问："别这么看着我，陆庸，你觉得我们还能回到从前？"

陆庸脸色更冷，连这最后的一层窗户纸也被捅破了，着实难堪。

沈问秋突兀地问："陆总，你不是做废品回收的吗？我现在就是个废物，我把我的命卖给你吧，八百块要不要？"

沈问秋后来回忆时，记不清当时自己在想什么，只觉得像灵魂在燃烧，什么也管不上了。

他眼睁睁看着陆庸的眼角眉梢充满了怒气，像是听到什么极其荒唐的事情，陆庸说："不要。"

好。

那他没有别的心愿了。

话音还没落下。

沈问秋转过身，毫不犹豫地翻过栏杆，跳了下去。

"扑通。"

在半空中坠入风中时，感觉缠绕于身的诸多烦恼终于被风撕扯开，抛远，人一下子变得好轻好轻。

只是一瞬间，他就落进了水里。

沈问秋听说从足够高的地方跳入水中，跟拍在水泥地上差不多，会当场晕过去，甚至瞬间全身骨折、内脏出血，是一种很痛苦的死法。他希望最好自己也能晕厥，然后毫无知觉地被溺死。

但是老天爷仍然要他直接品尝痛苦。这座桥的高度不够，他晕了一下，却还醒着，可以清晰地感觉到自己被江水合围，冷得骨髓都要打战，身体里的氧气在一点点消失，他努力克制住自己想要挣扎的身体本能，任由自己往下沉。

往下沉，再往下沉。

沉到底最好。

现实与回忆的边界线在失氧中变得模糊。

他被冰凉的水拥在怀中，悄无声息地剥离去灵魂上的冗余，让他重新变回了一个孩子。

意识断断续续，时有时无地闪现，缓慢地沉入一片刺目模糊的幻境，再重新变得清晰起来——

"不要踩水玩，小咩。"沈问秋听见一个温和的男声在说话。

他低下头，水洼里倒映着一个小男孩的模样，一个看上去乖巧可爱的小男孩，穿着短袖衬衫和背带短裤，脚上是雪白的短袜跟圆头的黑色小皮鞋，小皮鞋正踩在水洼边缘，溅到了脏水。

这个小男孩是他自己。

他低落地对爸爸说："我不是故意踩的。"

爸爸走过来，给他擦了擦鞋子。

他张开手臂："爸爸抱。"

爸爸把他抱起来："爸爸知道，小咩最乖了。"

沈问秋用小小的胳膊抱住爸爸的脖子，靠在爸爸的肩膀上，问："爸爸，妈妈呢？带我去找妈妈。"

"我很久没见妈妈了，我好想好想妈妈啊。"

爸爸抱着他往前走，回到他从小长大的那个家，妈妈站在繁茂瑰丽的花丛中，含笑柔情地望着他。爸爸和妈妈都是年轻时最好的模样。

爸爸也走过去，他们一家三口团聚在一起，他抱抱妈妈。真好。真好。

亲热了一会儿，沈问秋说："爸爸，我要玩秋千，玩你送我的秋千。"

爸爸答应了，把他抱到秋千上，但他还太小了，一双小短腿够不着地，也抓不牢秋千的荡绳。

妈妈说："小咩，太危险了，我们不玩了吧？"

沈问秋摇摇头："我就要玩。"

秋千越荡越高，飞到半空中，他摇摇晃晃，随时会摔下来，却一点也不怕，还快活地哈哈大笑起来，越笑越响亮。

院子里飘着他的笑声。

爸爸妈妈站在下面，仰头看他，担心地说："小咩，小咩。太危险了。别玩了。"

沈问秋说："我不要，我好开心，我很久没这么开心过了。爸爸，我飞起来了，我飞得好高啊。"

爸爸忧心忡忡地道："小心点，小咩，慢一些，慢一些，别飞了，你飞得那么高，爸爸也接不住你。"

这时，沈问秋看见有个小男孩突兀地站在他们家的院子外。这个小男孩皮肤黝黑，高高壮壮，穿着一件破旧的背心和裤子，脚下是一双脏兮兮的运动鞋。但他与别的孩子不同，只有一只手。

黑小子被拦在外面，脸颊紧绷，正严肃坚毅地仰视着自己，喊他的名字："沈问秋！沈问秋！"

陆庸不停地喊："沈问秋！"

沈问秋紧抿嘴唇，并不作回答，自顾自地继续玩。

妈妈："这是谁？"

爸爸："这是小咩最要好的朋友，陆庸。他们吵架了，在闹别扭呢。"

爸爸又说："陆庸是个好孩子，他待小咩很好。"

说着，爸爸去给陆庸开门。沈问秋急得大喊："爸爸，不许给他开门！我和他不是朋友了！"

爸爸只说："你不要跟大庸闹别扭啦，你明明很喜欢跟他一起玩啊。"

爸爸不管他的阻拦，还是打开门，把陆庸放了进来："大庸，你劝劝小咩，快让他下来。"

沈问秋着急地想，秋千这么危险，陆庸一定不敢走过来。但是陆庸还是毫不畏惧地走到他身边，试图要抓住他："沈问秋，下来，快下来。"

沈问秋充满孩子气地骂他："我不下去！你快滚开！我不和你做好朋友了。我们早就不是好朋友了。我自己一个人玩，我才不要带你玩。"

陆庸定定地看着他，看了好久，突然说："你明明一点也不开心，你要是开心的话，你哭什么？"

沈问秋不说话，只是眼泪掉个不停。

"不关你的事。"沈问秋带着哭腔，因为被戳破，不再强硬，"你让开啊，小心我摔下来，连你一起砸死。你不怕吗？"

陆庸勇敢果断地回答："我不怕。"

他说完，闯入危险之中，即使被打倒也不放弃，反反复复寻找合适的间隙眼疾手快地抓住沈问秋。

沈问秋像是原本在狂风中的一片树叶，被捕住，落定安稳下来。陆庸牵着他的手："小咩，我们回去，我会保护你的。"

沈问秋不明白陆庸是怎么在湍急的江水中找到并抓住自己的，他不想被救上去，疯狂地挣扎起来。

两人在水下撕扯扭打，他想甩开陆庸，想往下沉，但是陆庸比水草还缠人，无论他怎么打，陆庸都会重新贴上来用仅有的那只手臂去捕捉他，拼了命地把他往上拉。

时间在生死交睫的罅隙里被拉长。

像是过了很久，又像是很短暂。

沈问秋简直真要疯掉了。

陆庸为什么要这样？就不能任由他去死吗？他在这世上已经没有可以留恋的东西了，他只有这个去死的心愿，陆庸都不答应吗？让他去死啊！

可陆庸就是锲而不舍地缠上来，用强壮结实的手臂一次又一次地去抓沈问秋。

两个人在水中沉沉浮浮。

突然之间，沈问秋感觉到陆庸的力气没先前那么强了，但仍不放弃，两个人一起往下沉。

他推开陆庸，陆庸再一次靠过来，在水中拉住他。

沈问秋伸手，碰了一下陆庸，陡然失去力气，并不是晕过去了，是他意识到，陆庸太偏执，是真的不死不休。再这样下去，陆庸也会死掉。

要么他咬死坚持，陆庸被他拖着一起淹死；要么他放弃觅死，和陆庸一起回到岸上。

他不顾惜自己的生命，可他无法心安理得地让陆庸陪葬。

陆庸这么好的人，怎么能跟他这种人渣死在一块？

岸边围了一群人，见他们上岸，惊叫起来："救上来了！救上来了！"

"警察呢？警察呢？"

"有人叫救护车了吗？谁叫一下救护车啊！"

沈问秋在鬼门关走了一趟，浑身无力、四脚朝天地躺在地上，紧闭双眼，气若游丝地喘息。赴死时他意志坚决，现在被救上来，反而崩溃失落，眼泪止不住地从眼角溢出来。

真吵，这些人真吵，吵死了。

吵死了！

"人还活着吗？有气儿吗？"

"喂，喂，有医生吗？谁会急救啊？"

"快救人啊！"

沈问秋一动不动，憋着呼吸，过于炽热的阳光透过眼皮刺痛他的眼睛，这时，有个人影盖在他身上，挡住了光。

沈问秋嗅到他身上和自己一样湿漉漉的气味，即使不用睁开眼睛，他也知道这是谁。

陆庸跪坐在他身边，轻轻拍他的脸颊，着急地问："沈问秋，沈问秋，你醒一醒……小咩，醒一醒。"

他心里一片混乱，不作声响，像是死去一样。

陆庸抬起身，问周围的人："请把我的'手臂'给我好吗？谢谢了。我学过一些急救。"

沈问秋听见他安装手臂的声音。陆庸用义肢捏住他的下巴，稍一用力，让他张开嘴，然后用手指伸进他口中，在口腔里搜寻有没有堵塞气管的脏物。

太不舒服了。

沈问秋想忍也忍不住，咳嗽了一声，无法继续装死。

沈问秋睁开眼睛，死气沉沉地注视着陆庸，抬起软绵绵的手，推了陆庸一下。

还是没推动。陆庸坐在地上，说："你还活着就好，你还活着就好。"

警车的鸣笛声自远处飘来，越发地近。

沈问秋死而复生，仍在恍惚中，他总觉得自己已溺死在水中，起码旧的灵魂留在了亡处，他不想去找回来。

"你是不是有病？好什么好？活着又不只是身体能呼吸而已，我已经没活路了，你把我救上来，我也迟早有一天得再去死。"沈问秋毫不感激陆庸的救命之恩，刻薄地说，"下回我去死一定不让你看见。"

陆庸任他骂，也不回嘴，只是默默地守在一旁，温柔含蓄地凝望他，伸手给他擦拭脸上的泪珠，擦了又擦，怎么擦都擦不完，却也没说不许他哭。

沈问秋想拍开陆庸的手，但没那么多力气。

陆庸硬的不吃，软的也不吃。

沈问秋真不知道该怎么办好："陆庸，你救不了我的。别管我了。你到底想我怎样呢？"

"你这么想救我，难道还打算帮我还债吗？你那么好心，你帮我还啊？"

"好。"陆庸答，他一直在等沈问秋自己提出来。

沈问秋呼吸都停了，他并不欣喜，反而脸色比刚才更难看了，虚弱地坐起身来，瞪着陆庸，恶狠狠地说："好什么好？你神经病！"

陆庸的断肢时隔多年久违地剧烈疼痛起来，他分不清是真的疼，还是幻疼。他徐徐地说："沈问秋，你就当以前的自己死在了江里。"

"我会帮你还债，你不用再担心，别再寻死了。你和我说，我就帮你。"

他已清算过自己目前的资产，刨除掉公司运营所需的资金，他把自己迄今为止一生所有的积蓄资产全部加在一起，勉强能还掉沈问秋的债务。

他愿意用自己的所有去换一个沈问秋再世为人的机会。

不求任何回报。

Chapter 04✦
新生

陆庸想想都后怕，沈问秋跳下桥的一瞬间，他心脏被吓得骤停。

他没从桥上往下跳，而是狂奔至堤岸边，脱了外套，摘下义肢，再一个扎猛子下水救人。他是会游泳，可是水性没多好。他自己都不知道当时是哪儿来的力气，最后竟然还是挣赢了。

大抵是凭着一股近乎疯狂的狠劲，那时脑子里什么都没想，他只觉得，假如要他看着沈问秋死在他眼前，那不如让他一起死。

幸好沈问秋力竭，挣不过他，才被他硬生生从水里扯上来。

陆庸知道是他太自私，逼沈问秋活下去。

让一个人活下去，不是轻飘飘地说一句"不要死"就能大功告成的，生活不是一个瞬间，是无数个瞬间。先活，活下来，然后呢？怎么活？过去将人置于死地的痛苦就不存在了吗？

陆庸这段时间想了很多——

沈问秋掩饰得太好，甚至还让他以为沈问秋在他小心翼翼的关心中开始逐渐适应新生活，其实完全相反。

从 H 城过来的路上，陆庸深思了一路，在陪沈问秋去扫墓时，他忽然想通了。少时，他有过不解，他认识的一个人自杀了，但是明明还有他们都认识的另一个人过得更苦啊。

爸爸说："人想不想活，跟日子过得苦不苦没关系，是看有没有奔头。"

陆庸在祭拜时，向沈问秋的爸爸祈祷。

先许愿，希望沈问秋能振作，希望沈问秋能找到一个能活下去的目标；觉得太难，于是再许愿，希望沈问秋的日子能好起来；最后却想，不，只要别继续糟糕下去，希望他能不那么悲伤，偶尔能感受到快乐就可以了。

陆庸上星期已经把房子拿去挂牌，车子也在寻买主，尽量卖个好价钱，多收回一些资金，就能多抵消一部分债务。

他低低地说出这番话，周围一片吵闹，旁人并不懂，仿佛在此刹那，他们身处于一个仅彼此存在的世界。陆庸无比诚恳地凝视沈问秋，希冀着，他想，当沈问秋说"可以"的时候，就是他们之间建立起新的关联的时候。

沈问秋转身一走，他们就没有瓜葛了。沈问秋不想跟他牵扯，是他偏要和沈问秋扯上关系。

昨晚，陆庸找不到沈问秋，于是花了五万块跟行里的兄弟们悬赏，发了沈问秋的照片，请大家都注意一下路人，才终于得知沈问秋的行踪，在这千钧一发之际匆匆赶过来。

沈问秋是什么时候不想活了的呢？他一定是考虑了很久才决定的。

为什么自己那么笨，竟然一直没发现。他太迟钝太粗心。

他不怕重。

他愿意背着沈问秋走。

沈问秋没说话，像是胸腔被掏空，成了个空壳一样的人，目光空洞，只有一星半点如燃余灰烬的细微的光在闪烁。

沈问秋张了张嘴，刚要说话——

"谁报的警？"

"自杀的人在哪儿？救上来了吗？"

"警察同志，在这里！"

沈问秋抬起头，人群自动让开，警察走过来。

沈问秋摇摇晃晃地站起来，陆庸先一步起身，起得太快，眼前还有些发黑，却对沈问秋说："别着急，慢慢起来。"

陆庸先自个儿马上站稳，再去扶他，说："你扶着我。"

沈问秋没看他，看着警察，也不回答，只是将陆庸伸过来的手轻轻打了回去。陆庸再主动要扶，沈问秋也非要撤开，躲了半步，一定要自己站着，谁都不靠。

陆庸现在对沈问秋的回复毫无信心了。

他想，换作世上的任何一个人，假如有人愿意帮忙还清那么巨大的债务，都百分之百不会拒绝，但沈问秋不是。

沈问秋虚弱极了，但与刚被拉上岸时不一样，起码是伪装成没那么悲伤的样子，他态度温和地对警察说：

"警察同志，对不起啊，就是我，我坠江……"

"我不是故意的……不是，不是，不是自杀，我没有闹自杀。就是意外而已。"

"不然我能这么好声好气地和您说话吗？你看我一点都不像想自杀的人吧？"

"对不起，唉，是我不小心，害得你们浪费警力了。"

他又说："是我朋友会游泳，刚好在，救了我。这种情况能给他申请一个见义勇为的市民奖吗？"

陆庸的心情被沈问秋吊得七上八下，他转头看着沈问秋。沈问秋眼底冷冰冰的，嘴角倒是在笑着，说起谎来连草稿都不打。要不是因为他知道在水里的时候沈问秋抵死不肯上岸，他都要信了沈问秋说只是不小心摔下去的。

不小心？能不小心从高一米五的栏杆上跳下去？

警察只劝过精神崩溃、要死要活的自杀者，没见过沈问秋这样一心辟谣坚称自己没自杀的。这，当事人都说自己没事了，还要给朋友争取个奖章，他们能说什么呢？好像真不是自杀？

不过，也不好白跑一趟，便说："那你赶紧去医院看看吧，我们送你去。"

沈问秋还是婉拒，他笑了一笑，虚弱无力地说："没关系，谢谢您了。我不去，我真没事，您看我现在好好的啊。需要去的话，我会去的。"

沈问秋说着，给警察鞠躬："对不起，真对不起，给你们添麻烦了。"

他本人都这样说了，别人怎么回？

"您看，我自己可以走……"说完，沈问秋环顾四周，找到方向，往上河堤的台阶那边走去。

陆庸默不作声地跟在他身后。

警察默默目送他们离开，压低声音，用记事本挡着，轻声说："你有没有觉得这两个人怪别扭的？"

另一个说："朋友吵架吧。"

沈问秋爬台阶，才发现自己的双腿都没有力气了，不知道是不是之前跑的，还是在江水里泡的，有根筋一抽一抽地疼，只要一使力就疼得难以忍受。

但他还是咬紧牙，自顾自地往上走，想要赶紧离开是非之地，他不想再去警察局了。

嘈杂人声褪去，疲惫和饥饿涌出来。

沈问秋仰头望着上方，刺目的阳光晃得他眯了眯眼睛，眼前的景色也开始摇晃虚化出现憧憧叠影，他想，就几步路了。

一……二……三……四……

明明是踩在踏实的地面上，他却有种一脚踩空的错觉，本来就发花的视野彻底一黑，一头栽倒下去。

有人抱住了他，沈问秋知道是陆庸，他现在实在是无力拒绝了。

周围的人声如潮水般飞快褪去："人晕倒了！"

"我就说嘛。"

"欸！正好救护车来了！我叫的！"

彻底晕过去前，沈问秋想，他那么重，陆庸抱他，断臂那里会被扯得有多疼啊？别抱了。

医院，单人间病房。

陆庸在楼下药店买了碘酒、棉签和酒精棉片，给断臂和义肢做仔细的消毒。他在病房的浴室里草草洗了个澡，再给公司的人打了个电话，表示因为家中私事，明天也回不去，暂时不能准确说要耽搁几天。

沈问秋还在睡，还没醒，只做了简单检查，医生说他一身的毛病。

陆庸跑完检查，得等检查结果出来，他也很久没闭眼，实在是困了，拉出陪房的小床，躺在上面。他身材太高大，脚都伸不直，也只能勉强忍了，想着，就眯一会儿。

然后陆庸再醒过来时，医院走廊的灯已经黑了，一点声音都没有。

他缓了两秒，下意识看向病床，被子敞开着，没有人。

陆庸瞬间吓醒了。

又跑了？！

陆庸跟弹簧似的从小床上蹦起来，站在病床前不知所措。

"哗啦啦！"

"咔哒！"

卫生间的门打开，沈问秋走出来。光自他身后涌出，他的正面还笼在阴影里，一开门就跟沮丧慌张的陆庸打了个照面，不痛不痒地说："你醒了啊？快十二点了。"

沈问秋若无其事地回病床上躺下，自己裹好被子。

陆庸看着他，欲言又止。

沈问秋侧卧，背对着他，闭上眼，说："睡觉吧。我又累又困，你不困吗？

你这两天也没睡多久啊。"

"这么晚了，有什么事明天再谈。"

陆庸"嗯"了下，在他床边拉了椅子坐下。

过了十几分钟，一直一动不动的沈问秋才翻了个身，朝向他，没好气地说："你盯着我，我怎么睡？我不会趁你睡觉的时候跑的，我是真打算跟你好好谈谈，快给我睡觉。"

陆庸被他赶去小床上睡觉。

当然没睡好。

早上七点，护士过来让病号沈问秋吃药，挂点滴。

陆庸跟着醒了，问："要吃什么早饭，我去买。"

沈问秋想了想，兴致泛泛地说："我没什么胃口，要一份小份的鸡汤小馄饨吧。你顺便买一个笔记本和一支笔回来。谢谢。"

陆庸临走前，路过护士台，犹豫再三，折返回去，紧张兮兮地说："请看好917号病房的病人，他可能会趁机逃走。"

护士一脸无语："哦，知道了。"

陆庸很快买回了早饭，以及沈问秋要的本子和笔，尽管他不知道沈问秋要用来做什么。见到人还在，他就松了口气。

沈问秋架起病床上的小桌，吃完早饭，打开本子，一言不发地开始"唰唰"地写了起来，笔下顺畅。

陆庸看他在写人名和数字，隐约有了猜测，问："你在写什么？"

沈问秋没抬头，紧皱眉头，边费劲地回想边记录，他惜字如金地说："债务。"

没等陆庸说话，他就说："我自己还，不用你还。"

陆庸问："你怎么还？"

沈问秋的笔停顿下来，他的声音又轻又倔强："你别帮我还。你愿意帮我的话，就收留我吧。一直收留我就好了。"

陆庸也没拒绝，只是默不作声地站在一旁，看沈问秋在纸上写下的一笔笔债务。

　　沈问秋知道陆庸在看，也不去管，兀自全神贯注地回忆自己的一屁股烂债。他的字迹秀逸，记录得也很整齐。以前总是不想去想，每次稍一回忆就觉得麻烦头疼，但今天睡了一整天，脑袋格外清晰，每个人每笔钱每个数字都记得清清楚楚。

　　他打算先全部写一遍，然后再整理轻重缓急，先后顺序。

　　陆庸说："欠高利贷的钱，除开法定利率以外，多的不用还，我帮你找律师。"

　　沈问秋说："谢谢。"

　　新闻上时常有欠了非法贷款组织巨额债务的新闻，然后在报警和走法律程序之后消弭了债务。陆庸认识一个人，就是看多了类似新闻，觉得借私人贷款公司的钱就是白借，对方的钱不干净，能够不还赖掉，然后抱着侥幸心理去借了一大笔，自以为捡到大便宜。还拿这个钱去做非法集资行业的投资，结果被套走了钱，赔得颗粒无收。之后私人贷款公司来催债，他才发现对方玩法玩得比他好多了，就算是耍无赖也耍不过人家专业的。此时已经利滚利，欠下一笔巨额债务。

　　不过陆庸仔细看了下，沈问秋欠非法贷款的钱在他的债务里都只是小部分了，大部分还欠的是银行，以至于他现在信用破产、消费和出入受限，就算出去找一份合适的工作，估计也有些麻烦。

　　沈问秋终于写完，一看，出乎他的意料，项目居然只是写了半页纸而已。陆庸还是没为沈问秋想到一个好办法，不知道他该如何赚钱还债："你心里有计划了吗？"

　　沈问秋说："没有。"

　　陆庸："……"

　　沈问秋无可奈何地轻笑声说："我要是能在这一时半会儿就想出一口

气还掉一亿债务的简单方法，我就不会自暴自弃这好几年了。"

也是。陆庸深以为然。

"但是，先开始还吧，开始想办法。不赚钱还债，肯定一分都还不上，现在开始还的话，说不定这辈子都能还完。实在还不完的话……"沈问秋说，"那，那我也没办法。"

"反正，先还着吧。"

他貌似乐观地笑笑："换个角度想，我现在在某种意义上也是身家一亿多的男人，是不是？"

陆庸不捧场，依然脸色凝重，坐下来，剥橙子，两人各分一半。

沈问秋吃橙子，陆庸吃了一瓣，没胃口，低落地问："那样也太辛苦了，我可以帮你先还上的，这样你的债务清空，信用也好了，再重新开始会好很多。"

沈问秋问："这也只是把这些债务都整合以后转移到你一个人身上啊。你为什么能说出这么傻的话？你就不怕你还完钱，然后我跑了？"

陆庸一五一十地说："我说不要你还，你可以不还，跑了也没关系。"

沈问秋情绪没之前那么激烈，大抵是在那场未尽的死亡中将情绪用完了，他觉得自己应当骂一骂陆庸，可是提不起劲儿。

因为在之前的博弈里，他落败了，他输给了陆庸。他自认为已经够决绝，可是陆庸更狠。虽然他们都不要命，但能一样吗？他一无所有，陆庸事业有成，命比他贵重多了！

即使这样，陆庸居然能狠到不顾一切也要把他捞上来。这样的人骂了有什么用？

他知道就算骂了陆庸也无济于事。

陆庸说要给他还债。

昨天在岸上，他听见陆庸说出这话，就知道，不管看似有多荒唐多离谱，但他就是知道，陆庸是认真的。

不管出于什么原因。陆庸不会撒谎。

上次他说钱不够是真的，这次说愿意帮他还清债务也是真的，只是也许会用上他的全部身家。

世上就是有人会这么蠢。

沈问秋躺下来，长长叹了口气，说："你也不用圣父到这种地步吧？是因为我差点死在你面前吗？"

陆庸说："不是。"

沈问秋转头看着他。

先前沈问秋总是吊儿郎当、嬉皮笑脸，陆庸都没觉得不好意思过，但现在沈问秋剥下了所有伪装，彻底变得刻薄冷漠，一点也不温柔，被这样冰冷的眼神直视，反而叫陆庸觉得脸上有点发热。

正想着，陆庸就听见沈问秋说："还有，我跳桥前说的那些什么……是我乱说的，你别放在心上。我当时脑子抽了。"

沈问秋一想起当时陆庸斩钉截铁的回答就觉得难堪，别过脸，说："不过，你拒绝得那么义正词严，真的让我挺尴尬，又不是认真的。"

沈问秋无比嘴硬地为自己挽回尊严，无论这有多么生硬。

陆庸向来听他的，顺着台阶下，说："嗯，我也没当真，我，我就是觉得，你又不是个物品，我要是答应了，显得多不尊重人啊。我才直接拒绝了。"他向来是个不说谎的人，他希望沈问秋自尊自爱。

沈问秋也被说得觉得脸有点烫，不自在起来。他现在都纳闷，当时怎么会说出那种话。

他知道可能是出于迫不得已的道义，是利用了陆庸的善心，即便有点卑鄙也好，他想留在陆庸身边，好有活下去的勇气。

这时，门外安静的走廊上响起问路的声音："护士小姐您好，我想问一下，917 号病房怎么走？我怎么找不到？"

护士说："哦，那是 VIP 单人间，就在前面。"

没一会儿，敲门声响起。

沈问秋见到张熟悉的老人面孔："陆叔叔？"

陆庸的爸爸笑呵呵的，眼角的皱纹多了很多，他同以前差不多装扮，衣着朴素，皮肤粗糙，一点也看不出现在成了有钱人，还是劳动人民的打扮："小咩，好久不见了。"

他拎着个水果篮，走过来，在桌上放下慰问礼物："大庸也真是的，一直没告诉我你们重新联系上了，还差点出了那么大的事……"

陆庸闷声辩驳："我是想等他好一些再告诉你的。"

他们如普通探病一般聊起来，和气融融，丝毫看不出沈问秋先前是自杀未遂。

沈问秋掩盖心虚地主动找话题问："叔叔，你现在退休了在做什么？"

说到这个，陆爸爸明显高兴起来，颇为骄傲地说："我开了个救助站，小动物救助站，自己出资的，每天闲着没事就去救些猫猫狗狗，养起来，再给它们找主人。"

沈问秋点点头："那很好啊。"

心想，陆庸跟他爸果然是一对亲父子，都有一副怜悯苍生的心肠。

沈问秋问："不过叔叔你这个年纪了，不享享福吗？累不累？"

陆爸爸笑着抱怨说："累啊，那些小畜生难伺候得很。经常接到救助电话，要跑好远，有时候还要遇上不讲理的人。"

"不过我忙习惯了，先前公司给了陆庸，我没事做，闲下来却感觉什么毛病都上来了，只好找点事做，又开始忙以后就百病全消了。大概这就是忙碌命吧。小咩你知道我的，我又不喜欢打牌，也不抽烟喝酒，也不爱跳广场舞，无聊得很。"

"有点事做挺好的，我本来就喜欢猫猫狗狗，以前都是喂一喂流浪狗，家里有个小崽子，工作又忙，没空料理。现在有空了，就去做点自己喜欢的事，顺便还可以行善积德。"

"等我做不动了我再休息就是了。"

沈问秋想，难怪住在陆庸家时，也没怎么见他和爸爸联系，原来是父子俩都有自己的事情要忙。两个人各忙各的，互不打搅。

也算是一种和谐的父子关系了。

沈问秋难以自制地心生羡慕起来：陆庸是，陆庸的爸爸也是，他们都有自己想做的事情。他没有。接下来他也不知道该怎么办，不知道该去找一份什么工作。

他不但破产了，这几年光在玩，也没什么工作经验，学位证和各种技能证书不知道扔到哪儿去了，还得先去补办，得慢慢来……

陆爸爸突然说："小咩啊，你现在在上班吗？"

沈问秋摇头，尴尬地说："……没有。"

陆爸爸坦诚地问："我记得你大学念的是商业管理吧？好多年前的事了，叔叔也记不清了。"

沈问秋答："嗯。是。"

挺尴尬的，当时他还是富家少爷嘛，家里培养他当继承人，本来还预定了去国外念一个商科硕士。

陆爸爸看向陆庸，又看看他，说："那你不是正好去给大庸帮忙？我开公司开不来，我看他也不怎么开得来，他脑子里尽是异想天开。你家里是做过大公司的，你要是能给他帮帮忙就好了。"

"我觉得正好，你说是不是？"

这要是陆庸提出来的，沈问秋说不准自己会不会答应。

多半不会。

说不上为什么，他落魄成这样了，有时候还是忍不住想在陆庸面前要点脸。

但由别人提出来，他心头就没有那口倔气，转念一想，还有什么好犟的？起码能在陆庸公司里获得一份工作经验。

沈问秋羞耻地说："我当然可以，就是得看陆庸愿不愿意……"

陆庸勉强矜持，让自己显得没那么急迫地说："嗯。我可以的。"他攥紧拳头，在沈问秋没完全答应下来之前一直不松开。

陆庸目不斜视地听完，才漫不经心地瞄了他爸一眼，纳闷，他没和爸爸串通啊？爸爸这话说得太及时了。

他们父子就是这样的关系，不怎么用语言交流，但是爸爸对他尊重爱护，两人之间充满默契。

陆庸打小孤僻，读书时一放学从不会主动到处疯玩，他更爱回家自己一个人玩。他可以坐在那儿自得其乐地花半天时间拆一台废弃冰箱或是电视机，对其组成的每个零件都充满好奇。爸爸总是惯着他，随他玩，从不会骂他糟蹋东西，下回看到什么新鲜的电器，还要特意收购回来给他玩。

他把复杂的机器拆了装，装了拆，喜欢听机器启动的嗡嗡声，喜欢机油的气味，趴着在纸上画机器零件图可以茶饭不思地画一整天。偶尔看电视也爱看科技手工制造节目，看了就学着做。没有一样的，他就从家里回收来的破烂中挑拣着平替使用。

他觉得比别的男生收集什么游戏卡、打篮球、溜旱冰都要有趣多了。

于是在此方面，爸爸把他纵容得越发沉迷，但首先也对他做了一些安全教育，告诉了他一些基本的操作常识和注意事项。

陆庸从废弃物里捡来的"宝贝"越来越多以后，他说想要一个屋子放东西，问爸爸能不能在后院搭个小屋子，后来便有了工作室的雏形。

接轨普通男生的兴趣爱好还是从他认识沈问秋以后才有的事。凡是沈问秋喜欢的他都会去了解一下。

陆爸爸之所以很喜欢沈问秋，倒不只是因为沈问秋是个漂亮孩子，还懂礼貌、成绩好，是个标准益友，也是因为他是陆庸人生破天荒头一遭交到的朋友。

陆庸在此之前并没有同龄的男生朋友。

那时的陆庸，每日话题除了持续十多年来的业余爱好，又多加了个"小咩"。爸爸一问学校的事，不出三句话，陆庸就会情不自禁地说到沈问秋的事情，连吃了什么看了什么电视剧他都会记得清清楚楚。那种故事片，以前陆庸是完全不感兴趣的。

后来陆庸回忆起来，他才恍然大悟当年有多蠢。

他们俩不来往的最初时，爸爸没多怀疑，想着他们当时学业太繁忙，可能没空玩闹，于是忘了问。但有一回，爸爸过来给他送东西，他不在教室，爸爸也不知道他们已经绝交，轻车熟路地把沈问秋叫出来。

陆庸回教室时，看到的就是这一幕——

沈问秋在和爸爸搭话，一如往常的乖巧和煦，一口一个"叔叔"："……嗯，谢谢叔叔，我会努力的。东西您给我就好，我再转交给陆庸。嗯，嗯，谢谢叔叔。"

完全看不出他们已经绝交。

沈问秋正在笑，这笑脸的余韵在照见陆庸后飞快地冷下来。

陆庸甚至没敢上前，默默躲开了，过了几分钟看爸爸也走了，他才回教室。爸爸让帮忙转交的东西已经放在他的书桌抽屉里，其中有一份手工制的牛轧糖。

陆庸拿起用漂亮糖纸包的糖，心想，要是爸爸在的话，一定会叮嘱他分一半给沈问秋。因为沈问秋去他们家的次数多了，爸爸把沈问秋当成半个儿子，先前沈问秋来他们家时就曾说过这糖很好吃，爸爸非常高兴。

而后在饭桌上，爸爸冷不丁地问起："周三我去你学校找你，你明明走过来了，为什么见到小咩在以后要躲开？"

陆庸登时僵住。

父子俩都停下碗筷，爸爸冷静而漫长地瞥了他一眼，才慢悠悠地叹了口气，拍了下他的肩膀："爸爸知道了。"

知道？知道什么了？陆庸傻眼了。

直到这么多年过去，他也没想通爸爸说的是什么意思。

前天，他为了沈问秋而找爸爸帮忙，爸爸二话不说就答应下来，一点也没为难，后来听说找到了，还来问他："你和小咩什么时候重新联系上的？怎么不告诉我？"

陆庸顾左右而言他地说："一两句说不完，改天我再仔细跟爸你说。"

探望过沈问秋，陆庸送爸爸离开病房。

父子俩站在病房门口，刚关上门，爸爸压低声音问："现在呢？现在有空跟我仔细说说前因后果了吗？"

陆庸怕被听见，只好稍走远了几步。他带着爸爸去走廊的末端，找好位置——一抬头就能看到沈问秋病房门口的地方，才一心两用地慢慢讲起这段日子以来他跟沈问秋重逢的事。

陆爸爸听了开头就眉头紧皱，听到结束也没松开，半晌才说："小咩这些年很不容易啊……怎么不早点来找我们呢？你也是，你晓得他出事，你不早点去帮他啊？他以前多么机灵健康的一个男孩子，现在看上去枯瘦病弱……唉，我倒是听说过他家里破产的事情，但没想到糟糕到这种地步。"

"你好好照顾他，能帮衬就帮衬。他和他爸都是好人，以前帮过我们那么多，做人不能忘恩负义。"

说完，陆爸爸又是意味深长地瞥了他一眼，拍了拍他的肩膀，宽解道："万事开头难，他很久没工作，调整生活状态不是像按按钮换模式一样，'唰'地就改过来了，那也不可能。你多点耐心，等把他拉拔上来就好了。"

陆庸才想点头，陆爸爸问："不过他这一个月就一直住你那儿啊？你客房我记得不是没装潢吗？"

陆庸说："他睡沙发。"

陆爸爸愣了下，沉默下来："……"

陆庸脖子通红，也沉默下来："……"

陆爸爸欲言又止，没好气地说："你又不差那几个钱，买张新床啊！把侧卧收拾收拾，不然让人一直睡沙发啊？"

陆庸故作镇定："嗯，我，我回去就买。"

之前不是沈问秋不肯留下吗？睡客厅沙发都战战兢兢的，他怕把人吓到了……

话是这样说，陆庸倒没急着带沈问秋回去。

他干脆多旷几天工。从创业以来，他非常爱岗敬业，如此当几日甩手掌柜暂且不碍事。

既然都住进了医院，身体上的毛病都检查过了，陆庸又带沈问秋去了本地最好的精神科医院就诊。

沈问秋一开始还不答应，说："我之前是想不开，但我现在好了，没事了，我自己调节，你浪费那个钱干吗？"

"没多少钱，你去看看嘛。"

"你是说我是神经病吗？"

"我不是那个意思……但我觉得你的情绪是得找专业医生看一下才好。"

"我没毛病，不准去，带我回 H 城。"

陆庸还是把车开到了医院门口，沈问秋像钉住一样坐在副驾驶座上，闷声闷气地说："我只是有点抑郁情绪，谁欠了那么多钱还死了家人都会情绪低落吧？"

"这种事一般不都是被说太矫情的吗？何必那么兴师动众？"

沈问秋其实对以前老同学他们的态度隐约有个数，也不是完全没有听说，反正是负面评价。他总是忍不住去想别人在如何议论自己，肯定是说他软弱无能，心理素质差，遭受挫折就一败涂地……

陆庸哄他说："还是先看医生，我号都给你挂好了。你一直没去看我就一直惦记这事。"

这是他又无意识地给陆庸添麻烦了吗？沈问秋只得答应下来，却又说："万一医生让我住院我可不住啊。"

检查结果没有出乎他们的意外。

抑郁症。

医生开了药，叮嘱按时吃药，规律生活，多做运动，尽量避免压力来源，最好静养。

沈问秋很郁闷，在做问卷测试的时候，他已经费尽心思地往乐观方面选择了，但还是没藏住。医生还很好笑地说："抑郁症是一种有生理依据的病变，他不是能轻易克服和隐瞒的弱点，目前的科学理论是大脑里缺乏五羟色胺，所以使你不快乐。你自己调节当然重要，但药也得吃。"

沈问秋不说话，没有好脸色。陆庸说："谢谢医生，我会叮嘱他好好吃药。"

又折腾了大半天。

陆庸落后他半步地跟在身后，拎着装药的塑料袋。

即使一言不发，即使没有回头，沈问秋也能知道在他身后有陆庸支持着他。沈问秋别扭地问："我真不想生病，我生病了还能去你那儿上班吗？"

陆庸答："你想马上就去吗？你想去就去。不想去，就在家吃药、休息，先把心情和身体养好了再说，不着急。"

他甚至尝试着开了个玩笑："反正你欠的钱那么多，不差一天两天的了，急什么？是不是？"

说完，立即严谨补充："我这是在开玩笑。"

沈问秋还真被陆庸逗笑了，他总能被陆庸一本正经地试图幽默而逗笑。

这座医院在半山腰上，路很陡峭，他们沿着长长的台阶往下走，落日余晖把他们俩的影子拉得好长好长，拖在他们身后。

陆庸仍是不疾不徐、踏踏实实地与他说："我不觉得这是矫情，生病就是生病。生病就该治病，而不是被指责被逼迫。你要还钱，也得先把身体养得健康，是不是？"

"实在不行，我可以帮你还……你压力不要太大。"

沈问秋牙尖嘴利地说："你这样说才是给我压力，你别说了。"

陆庸赶忙答应："好，好，我不说了。"

两人好久没这么畅快地聊天了，恍然间就像回到学生时代一样，又不一样。小时候的沈问秋哪有这么凶？动不动就反驳他。

沈问秋看着自己的影子，忽地说："可我这么多年没工作，我不知道自己干不干得来。"

陆庸感觉到兜里的手机振动了一下，他掏出来一看，是家具城的人发来的短信，说明天就把他买好的床送上门。

陆庸默默把手机放回去，他说："你还记得 Y 镇吗？"

"记得。"沈问秋说。高一寒假那年，他跟陆庸一起去那里旅游过，说是旅游，其实是变相的考察学习，很是记忆深刻。

陆庸说："我打算在 Y 镇再建一个新工厂，我觉得你是最理解我的人，由你来帮我再好不过了。"

沈问秋想了想，问："你不会是特意选的 Y 镇吧？"

陆庸答："不是。这是凑巧，本来我的蓝图计划里就有这一步，刚好你回来了。"

沈问秋端详陆庸脸色片刻，放下心来。

在不会说谎这件事上，他对陆庸毫无怀疑。陆庸要是愿意说谎，就不会直说他是烂人，也不会拒绝八百块了。

即使现在回想起来，他都觉得陆庸过分正直到扎人的心。

两人不知不觉走到车旁。

沈问秋无意识地把手搭上车门，突然停住，心想，这次上车以后跟陆庸回 H 城去可跟以前不同，那次是陆庸邀请他，这次可是他主动要去。

陆庸也跟着他站住脚步，问："怎么了吗？"

沈问秋摇了摇头。

虽然他说了请陆庸收留他，一直收留他，而且陆庸答应了，他也知道陆庸是个言出必行的大好人，但未来的事谁说得清。

他莫名想起年少时在本子上抄过的一句名言警句：除了没用的肉体自杀和精神逃避，第三种自杀的态度是坚持奋斗，对抗人生的荒谬。

他并不爱喝心灵鸡汤，只是想到罢了。

如此想着，沈问秋试探着说："每次都是你开车太累了，这两天你也忙前忙后的，我来开车吧，反正有导航，不会迷路的……应该。"

陆庸怔了下，迟疑委婉地拒绝："开几个小时的车很累的。"

"我知道，我又不是小孩子。"沈问秋说，"我这几天除了睡就是睡，现在精力充沛。"

"我睡了很久了，不想再睡了。"

陆庸还想拒绝。说实话，他还总改不了习惯，想把沈问秋当成娇生惯养的小少爷供着，并且自认为毫无问题。

却听见沈问秋又说："以后，以后日子还长着，我们要一起工作生活的话，总不能什么都让你做，我也要为你做些事情，就算只是个小事。而且，要是连这点累我都受不了，我怎么工作还钱？要是完全不动，岂不又成了客人？"

陆庸心头一热，这是再次把他归为自己人了？沈问秋说得有道理，难得沈问秋想要重新再来，绝不可以打击他的热情。

于是陆庸点头："那，那好。"

这车买来以后，陆庸还没把驾驶位让给别人过，换坐到副驾驶位上还很不习惯。

他扭头看沈问秋，仍不放心地问："你还会开车吗？"

沈问秋紧盯着前方，说："会啊。"

陆庸感觉自己仿佛成了一个学车教练——脾气最好的那种——紧张兮兮地观察沈问秋开车，在他生疏时给他指点两句。

沈问秋老老实实地听从了陆庸的话，陆庸怎么说他怎么做。确实有好些年没开车了，手生，渐渐熟起来，再到车子驶上高速，一往无前地朝着地平线行进，畅通无阻，他的心情也像是被迎面而来的强风给拂顺了。

沈问秋呼出一口气，情不自禁地笑了笑，对陆庸说："谢谢。"

陆庸答："你本来自己就会开车啊，我只是随便说几句帮你记起来而已。你一向聪明，以前就是，一道题教你一遍你就会了。"

沈问秋说："那也是你教得好啊。"

那年班主任重新排了座位以后，沈问秋被换去跟陆庸同桌，在最后一排，这当然是沈问秋偷偷去要求的。

一般都是想换个好位置，倒是第一次见有人想去最后的位置。

他们班人数是单数，两两一桌，必定会有一个人被剩出来，上学期这个人就是陆庸。他长得实在太高大，就算坐最矮的椅子，还是容易挡人视线，加之他并没有视力问题，安排他单独坐最后也没关系。

陆庸对这过分炽热的友情感到不安，总觉得自己配不上跟校草同桌、被照顾，私下问沈问秋："你跟我同桌我们在最后一排，你又不高，你还看得到吗？"

沈问秋被陆庸的话气了一下，要不是他跟陆庸熟，肯定会认为陆庸是在讽刺人。他没好气地说："我哪儿不高了？我挺高的！我上学期还长了两厘米，有一米七五了！你不想跟我同桌吗？"

"想的。"

但位置排出来以后，陆庸见沈问秋被他先前的同桌拉走问："你怎么跟陆庸一桌了？"

沈问秋答："陆庸生活也有不方便的地方，我想多照顾他一下。"

对方阴阳怪气地说："你最近跟他真是不一般地要好。"

沈问秋理直气壮地回答："是啊！他人好，我对他好点怎么了？"

陆庸无意中听见，他心想，绝对不能辜负沈问秋对他的好。但，这似乎与沈问秋想的不大一样。

沈问秋本来以为陆庸总是顺着他，和陆庸同桌，他能过上为所欲为的好日子，就像在宿舍里一样舒舒服服。

头两天还好，有天他一直在追的小说出了最新一册，他问人借过来，打算趁上课偷看，才掏出来，就感觉到旁边一个过于有存在感的视线在注视自己。

沈问秋扭头，对上陆庸失望震惊的目光，沈问秋心里一个"咯噔"，总觉得再继续下去，他在陆庸心里完美的形象要坍塌了。他不知道自己哪儿来的偶像包袱，对别人都没有，就对陆庸有，于是僵着脸，把小说收起来了。

一直到下课，他们一句话也没说，虽然上课本来就不该说话，可是气氛僵硬也不假。

后来想想是挺幼稚一件小事，谁小时候不爱玩啊，但当时沈问秋就是觉得完蛋了。

沈问秋心里乱糟糟的，想给自己解释一下，又无法解释。他好纳闷，身边的同学谁没在上课的时候偷看个小说、看个电影、打个游戏啊？

直到这时，沈问秋才隐隐约约发现，为什么他对陆庸的观感和其他朋友不同。

因为陆庸待他也跟别人不同，陆庸甚至有点像他的信徒，对他千依百顺不说，即使不开口，一举一动之间也会像是将他捧在掌心一样。

他从小就是最漂亮的孩子，又嘴甜，从来都是受捧的，可陆庸还是特殊的，似乎在陆庸眼中他是完美无缺的。

……现在出现污点了。

沈问秋想。

陆庸去上厕所了，上完回来已经快上课了。

沈问秋还纠结在自己人设破灭的事情上，陆庸坐下来，悄悄地对他说："你在害怕吗？我又不会去举报你。"

沈问秋一脸沉痛反省，正想承诺以后上课专心认真，不开小差不看小说。

陆庸却先开了口，一本正经地说："啊？没关系啊。你想看的话就看啊，我给你把风。"

陆庸是说真话，沈问秋却觉得被讽刺了似的，羞愧得满脸涨红，支支吾吾一下子说不出话来。

陆庸还是温和地说话："上课的笔记我会认真做的，等到下课啊晚自习我再给你补回来，不用担心。"

沈问秋一时之间心情复杂，不管他自己的人设变没变，这下陆庸在他心里的人设是先变了。他觉得自己罪恶深重，居然让这么正直善良的陆庸改变原则！沈问秋说："……我不看了，我晚上回宿舍再看。"

大抵是近朱者赤，近墨者黑。

每天看陆庸那么认真地上课写作业，沈问秋自然而然地越发少地在上课时"摸鱼"。

陆庸不但上课专心，还一下课就写作业写考卷，他以前也努力，但这个学期格外努力。

同学跟沈问秋说："……看他这样子，也不像是跟他说的一样放学回家不写作业啊。写就写呗，有什么好说谎的？虚伪、装老实。"

班上只有沈问秋知道陆庸的秘密计划。

为什么陆庸这学期尤其努力，抓紧时间？因为他要把晚自习本来用来写作业的时间挤出来，在草稿纸上演算他的发明设计。

沈问秋每天看着陆庸在簿子上涂涂画画，太想参加了，这可不比打游戏看小说要酷多了吗？就是帮陆庸打打下手也好啊。

陆庸无情地拒绝他："你先把作业写完，写完我就让你一起。"

沈问秋心痒难耐，没别的法子，于是也只好集中注意力，抓紧一切时间，下课以后也不怎么跟同学一起吹牛聊天，一心只想赶紧早些把作业写完，才好到了晚上跟陆庸一块儿"玩"。

他的成绩从此节节攀升。

回去以后，沈问秋还跟爸爸说不要周末的家教补课了，他现在不需要！他可以背着小书包去陆庸家一起写作业！

那次他过去时，陆庸正在帮陆爸爸干活，抹把汗说："你要么等一会儿，我得先去收一车废品，先前跟人说好了的。"

去的次数多了，沈问秋完全不把自己当外人了，坐上陆庸的三轮车就说："我跟你一起去。"

两人一道过去，装了满满一车的废纸。

在回程时，遇上一个上行斜坡，沈问秋看陆庸骑车骑得费劲，呼哧呼哧地喘息，衣服前襟后背都湿透了，跟头老黄牛似的。沈问秋感到十分不好意思，觉得自己是旧社会奴役老实人的坏家伙："我来给你推车吧。"

陆庸咬紧牙，都快累死了，还瓮声瓮气地说："不用，你坐着就行，我骑得动。"

沈问秋哪还坐得住，直接跳了下来。

陆庸："你怎么下来了？"

沈问秋弯起眼睛笑："我们换着骑啊，我还没骑过三轮车，让我骑骑看嘛。"

陆庸："那太累了，不行，不行。"

沈问秋装生气："你是瞧不起我，觉得我娇气是吧？"

陆庸赶忙说："不是。不是。"

沈问秋下车，卖力地给他在后面推车。两人正大汗淋漓、齐心协力地干活时，有个人骑自行车路过，惊诧地问："沈问秋？"

陆庸看过去，是他们的同学。

那个男生难以置信地问："沈问秋，你在这儿做什么？你说不能跟我去看电影，说要补课，你跟我撒谎就为了跟陆庸一起捡垃圾？"

少年人自尊心比天高。

丁大点疤痕就认为是毁容丑陋，穿的衣服鞋子老旧便宜就感觉自己寒酸低下，别人聊明星和比赛时你没看过那就是乡巴佬、土包子。

沈问秋以前从不需要考虑这些，他可是个下馆子不打包剩饭、看到油瓶倒了不会伸手扶一下的骄纵小少爷，更别说脏兮兮地捡垃圾了。事实上，他在家里从不做家务，现在在学校值日也总偷懒，陆庸会帮他做。

沈问秋一直是光鲜亮丽的校草形象，尽管经常带着陆庸玩，也被认为是他一视同仁，没人觉得他会跟陆庸一起捡破烂。

突然被抓包，沈问秋当时就傻了，十分窘迫。被人用鄙夷的目光盯着，他反射性地感到羞耻，支支吾吾说不出话来，继而又为不敢坦诚的自己感到愧疚。而且还暴露了他撒谎的事情……对着其他家境好的朋友，他实在说不出是去偷偷找陆庸玩，他不想被笑话。

这下陆庸也知道了，知道他情愿撒谎，也不敢直说他们是好朋友。

完蛋了。

沈问秋耳边嗡嗡响，沮丧失落地想。

正在这时，他蓦地听见陆庸极为僵硬地说："沈问秋只是补课结束正好路过，遇见了我，所以好心地帮我推一下车。"

对方问："是吗？"

陆庸答："是。"

那是沈问秋有记忆以来唯一一次见陆庸撒谎，就为了去护他那一点点虚荣无用的面子。

他做错事，却连累陆庸违背原则。

同学从鼻子里哼了一声，在路边停好自己的自行车，也捋起袖子上前帮忙，一起把三轮车推上坡。

终于推上了坡，大家都停下来缓口气，同学飞快跑回去，把自己的车骑上来，停在三轮车的旁边，对沈问秋示意让他坐上车后座："那你现在有空跟我去看电影了吧？"

沈问秋头都要大了，果然不该撒谎，现在谎言像滚雪球一样越来越大，这可不就出事了？

沈问秋硬着头皮，忐忑不安地说："我觉得陆庸更需要我的帮忙。"

对方没好气地说："今天是上映第一天，你真不去吗？难道你要一路帮他把车推回家吗？你还真是个热心肠，别后天到学校跟我说手臂疼得抬不起来。你又不会，你就是给人添乱。"

陆庸打断他："沈问秋没给我添乱。"

沈问秋抬头望向陆庸，陆庸站在三轮车后面，正拿一块旧毛巾擦手，老实巴交地说："没关系，我自己也能骑回去。你去玩吧。"

陆庸像极了一只被主人嫌弃而乖巧趴在原地的大黄狗，沈问秋被他干净的目光刺中心头，再按捺不住，冷不丁地说："我撒谎了。"

说出来以后，胸口有什么堵塞的东西一下子被吹散了似的，舒畅许多。"我不是什么正巧路过，我周末早就不补课了，我就是去找陆庸玩的。"他一口气说完。

"我……我先和陆庸约好的，我不去看电影，我要跟他走。"

沈问秋说完，拔起脚，艰难地走到陆庸身边，拉了下他的衣服："走吧。"

陆庸没动："小咩……"

沈问秋主动把他拉走了。

陆庸载着沈问秋走了，下坡路骑得飞快，清风拂面而来。

沈问秋："你以后别说谎了。你根本不会说谎。"

陆庸："哦。"

沈问秋："……我，我也会跟他们坦白的，我也不说谎了。"

陆庸："嗯。"

沈问秋往后看去，同学还站在坡顶，远远地眺望着他们，看不清表情，直让他心慌心虚。

沈问秋别过头，装作没看见。

下坡冲得太快，也让人心慌，仿佛下一秒就要一起摔得粉身碎骨，好不容易到了平缓安稳的路面，车速缓下来。

陆庸局促地问："我是不是让你为难了？"

沈问秋郁闷地答："没。"

陆庸说："下星期去学校，他们会不会说你和我……你和我……"他嗫嚅着找不出一个准确的说法，于是没头没尾地说，"我，我配不上……"

"什么配不配得上？"沈问秋带刺儿地说，"让他们说呗，还能说什么？说我们要好吗？我们本来就很要好啊！"

……

回了 H 城的第二天，沈问秋就进了陆庸的公司入职，暂时担任陆庸的秘书。

就在陆庸的办公室里多摆了一张桌子，便算作他的办公桌。

陆庸手把手地把公司事务讲解给他听，慢慢来，循序渐进。

陆庸的产业早就不是那个一个账本就能算清的小回收站，现在公司下面有那么多部门，负责各种项目。他不介意沈问秋选择其中哪一项目哪一部门，他这边绝对开绿灯，全看沈问秋的适应和意向。

其实，就算沈问秋以后不留在他公司工作也无妨。

只作为回到社会前的复健，在他身边锻炼一下也好。陆庸如此思虑着，几乎是以搀扶瘫痪者的态度小心翼翼地教导沈问秋。

沈问秋虚心好学，像一块海绵一样疯狂地吸收知识。

他太多年没工作过了，对这一行业也没有深入的认知，就算当年跟着陆庸大致了解过些许皮毛，也不过是如今这家大公司的冰山一角的知识，早就过时用不太上了。

沈问秋原先还紧张，以为是一来就有很难的工作，但陆庸显然是在照顾他……估计全公司都知道他在被照顾。到这地步，他也顾不上什么不好意思，都已经麻烦了陆庸那么多，再扭捏就过了，不如赶紧上手。

世界上不会再有第二个人能如陆庸这般用尽力气地把他从泥潭里捞出来，还有耐心又温柔备至地扶他重新站起来。

他想站起来，站稳，可以重新站在陆庸的身边……

沈问秋想尽快适应，下班回去以后也会去记不熟悉的专业术语，还有各部门接触过的同事。他见一面，就会把对方的名字记住，再不济也会记住个姓。

因为他是顶头大老板亲自带来的人，谁都要卖他个面子，而他态度也好，至今为止和公司的人都相处得不错，起码在人际方面还算顺利。

天气渐渐转凉时，沈问秋已经对工作初步上手，每天跟着陆庸去上班，再跟着他下班回家，两点一线。

像是之前玩够了，他不打游戏不看电视，每天回家就是看书、学习，比高考还拼。

又到了这天的下班时间，陆庸起身，说："别看了，我们先回家。"

沈问秋说："冰箱里的菜快吃完了，得买新的，今天回去的时候顺路去一趟超市吧。"

两人一边商量着，一边一起去停车场。

在电梯遇见了丁念。

沈问秋现在当然和首席研究员丁老师熟悉起来了，打招呼问："丁老师好。"

丁老师忍不住问："你们又一起回家啊？我看到好几回了，上班也一起来。"

沈问秋不知道怎么回答。

陆庸坦荡地说："嗯，他住在我家。"

沈问秋补充说："我来H城不久，还没找好落脚，手头没什么钱，打算安稳一些，再在附近租个房子。"

丁老师欲言又止，看了一眼陆庸，意味深长地说："是，附近的房子不太好租。"

沈问秋总感觉有哪里不对。

该不会被误会了吧？他声名狼藉，并不顾惜自己，但陆庸的名声多好啊。

等上了车，没旁人在场，沈问秋才问："丁老师是不是误会了什么？我改天去跟他解释一下。"

陆庸平淡地说："没有误会，丁老师不是那种八卦多嘴的人。"他知道丁老师刚才想说什么。公司包吃包住，有职工宿舍，沈问秋因为是直接被他带来的，最近一门心思钻研业务，反而没问过这方面的待遇，以为只有操作间的工人是住在统一宿舍。

车开到半路。

沈问秋的手机振动了下，他打开看，是短信提示，他账上的余额被银行作为抵债划走了。

是他刚发的第一笔工资，四千五。

他欠着的钱，现在还了一部分。为免再被不法分子骚扰，他拉下脸皮问陆庸借了一千多万，把非法贷款的钱先给填上了。但他并不觉得那是还完了，只是债主转变成了好脾气的陆庸。

这份工资跟他背着的债务全额比起来是九牛一毛，但却是他认真工作以后自己第一次赚到钱还上银行欠款。

这工资放在他家没破产前，他压根儿瞧不上，出去吃一顿饭都不止花这点钱，但现在他觉得太不容易了。

要知道在之前的几年里，他不光一毛都没入账，还在不停地倒欠。

沈问秋感到说不出的高兴，放下手机，主动说："发工资了啊！真好！今天我给你做饭吧！"

给沈问秋发工资的老板本人陆庸被他感染得亦是忍俊不禁，点点头："嗯，好。狗狗的病也好了，我们去把它接回家来吧。"

两人去超市采购了一番，又去宠物医院接那只小京巴。

这只小狗命够硬，生了重病还是活了下来，陆庸最后还是办了会员充值。

才到大厅，两人正有说有笑地往电梯去。

有个男人走近他们，沈问秋察觉到不对，回过头，看清对方的长相，慢慢地笑意凝固住。

对方冷冷瞥了他一下，没说话，良久，再转向陆庸："好久不见了，陆庸。"

陆庸起初没认出来，只觉得对方看上去似乎有些面熟。

这个男人脸瘦长，下垂眼，长而疏朗的眼睫毛直直地压垂着，黑眼圈略重，眼眶微陷，左眼下中有颗泪痣，高眉骨搭配上过高的鼻梁，还有个驼峰，不笑时嘴角下撇，眼皮也略耷拉着，显得颓丧厌世又桀骜不驯。

他穿得并不正式，一看就是随便裹的日常服装，并没有过于醒目的logo（标识），可是从纽扣和领针等每个细节都能看出价格不菲，颇有版型，浪荡不羁。

陆庸端详了对方的脸几秒，觉得好像有点眼熟，可还是很迷惑。

他紧皱眉头，觉得应当是自己认识的人，但一下子对不上号。见年龄相仿，听这语气，他猜测……大概是高中同学？

男人站没站相，站得很不直，即使见到他们，还是没有个正经样子。他朝陆庸走近了一步，用掂量商品般的目光睃着陆庸，以跟年少时一模一样的冷诮态度轻声说："现在混得很不错嘛。哦，我应该尊称一声'陆总'是不是？"

啊，这个语调，这个目光，这个讽刺嫉妒的微笑。

他记起来了。

陡然之间，往昔回忆里许多零零碎碎的片段像羽片一样被这句来意不善的话给掀起，叫这一阵邪风吹得在脑海里狂飞起来——

"陆庸，帮我们跑腿去买下饮料吧，剩下找回来的钱都算你的跑腿费。"

"你们还瞧不起陆庸了？行行出状元啊，就不许捡破烂也有个状元啊？"

"干什么啊，陆庸？你又来？沈问秋是你谁啊？要你多管闲事？"

"你说不能跟我去看电影，说要补课。沈问秋，你跟我撒谎就是为了跟陆庸一起捡垃圾？"

"沈问秋，你都拒绝了我几回了？"

"沈问秋，你怎么跟陆庸一桌了，你们最近真是不一般地要好……"

"沈问秋，你为什么老是带着陆庸一起啊？他跟我们又玩不到一块儿，还老是冷场……"

他脑海里当年那个总是不好好穿校服、时常与沈问秋相伴而对他的存在挑刺的少年他一直想不起相貌，终于在此刻一下子清晰起来，自面目模糊到有了详细五官。

"……盛栩。"陆庸艰难念出这个名字，他总算是记起来了。

陆庸和老同学们都不怎么联系，当初学生时代他就只跟沈问秋相熟，对其他人就如失忆一般，隐约有个印象，日子久了，连相貌面孔都记不起来。

非要说的话，沈问秋那会儿玩得好的几个他还能记着名字，但脸也早就忘了，只在他的回忆中有个大概的印象，反正那几个人对他说话的态度都相差无几。

不过，努力回忆的话，其中好像是有一个人格外特别，是跟沈问秋认识最早、玩得最好、家境相近的男生，作为小团体的另一个核心人物。

——盛栩。

盛栩脸上笑着，笑意不达眼底："老同学见面，不请我上去坐坐？"

陆庸问："有什么事吗？"

盛栩仍似笑非笑地注视着陆庸，让陆庸觉得很不舒服："我特意过来找你，当然是有事啊。"

说着，盛栩稍稍转过头，看沈问秋："是吧？沈问秋。"

"你这人，真不讲义气，搬家找工作也不告诉我一声。"

"还是前几天我见到老吴，才知道你把那边的借债居然还上了。我还纳闷你哪儿来的那么多钱，原来是陆庸给的啊。"

沈问秋紧抿嘴唇，说："不是他给的，是我问他借的。"

盛栩不留情地说："还得上才叫借，还不上就是给。你还得了吗，沈问秋？呵。"

这太扎心了。沈问秋脸色煞白。

沈问秋一开口，陆庸的注意力就被拉走，回到了沈问秋的身上。他发现沈问秋脸色很不好看，眼神有点涣散，额角还冒出了细细冷汗，精神恍惚起来，先前刚被他捡回家时的模样像是要再次出现。

"沈问秋！"陆庸不由得着急起来，厉声呵斥一句，像是把沈问秋的魂儿给喊了回来。他的身体比意识先行动，果断坚实地上前一步，切断了沈问秋像被抓住一样的发愣的视线，继而转身朝向沈问秋，强行让沈问秋看向自己，像用肩膀为沈问秋隔开了个可以呼吸的空间，影子罩在沈问秋身上，如一件宽松大衣兜头要将沈问秋裹住藏起来。

沈问秋慌张无措地仰头看着他，脸上才略有了点血色。

陆庸把袋子递给沈问秋，温和嗓音像是在抚摸沈问秋瑟瑟发抖的情绪，说："你先上楼吧，把东西拎上去，不是要做新菜式吗？去做饭嘛。"

"盛栩找我，我和他聊一聊，我再回去。"

陆庸没说什么"别怕"之类的话，可被他平静的眼睛一望，沈问秋立时被安抚住了，愣怔地点头："嗯……"

陆庸把人送进电梯，他则挡在门口，别说盛栩，另一个回家的住户也被拦着，上不了电梯。

盛栩的目光越过陆庸，冷冰冰地紧盯着沈问秋，即使沈问秋一直没有回过头。

直到电梯门关上，他再转而看向一旁显示电梯上升层数的电子屏。

陆庸打断他："小区外面有家还不错的咖啡店，我请你喝杯咖啡吧。你找我有什么事慢慢谈。"

盛栩颔首："行。"

两人步行五分钟过去，一言不发，不像去谈和平事项，像要去干架。

到了咖啡店，他们各点了一杯咖啡，陆庸要了美式黑咖，盛栩要了招牌的拉花拿铁。

咖啡很快送上来。

陆庸随意喝了一口，回想着盛栩的事情，慢慢记起一些来。以前沈问秋跟他讲过，说他们是小学五年级时认识的，盛栩是转学生，沈问秋作为小班长很照顾新同学。两人都是有钱人家的小孩，又上差不多的兴趣班，顺理成章地玩作一堆。后来初中同校同班，高中也是，自然而然地成了彼此的头号好友。

盛栩是个挺叛逆的人，那时大家规矩地穿成套校服，里面是T恤或衬衫，盛栩都是在里面穿卫衣，外面不拉拉链地套校服上衣，裤子还穿自己的牛仔裤。因为他的发型不符合中学生标准，老师把他头发给剪了，他第二天就自己剃了个像少年犯一样的平头，把教导主任气得够呛，是个出了名的刺头儿。

时不时能看见沈问秋劝他别生气，别违反校规。沈问秋私下偷偷告诉陆庸："小栩家里人不管他，你别生气，他性格很叛逆……"

盛栩挑剔地看了眼咖啡上的奶盖拉花，捏着杯把晃了晃，才喝了一小口，舔了下嘴唇上沾到的奶盖，嫌弃地说："涮锅水。不过想想这种小店也不会用多好的咖啡豆。你喝不出来吗？你现在不是挺有钱了？"

真是熟悉的味道。陆庸也依然不以为耻，说："喝不出来。我不怎么喝咖啡，我也喝不出来好不好。"

盛栩："你的衣服哪儿买的？我看不出牌子。"

陆庸："在商场随便买的，我也不记得牌子，国产的吧。"

盛栩："你现在不是都开了三家工厂了吗？怎么不换块好的手表，还戴着这个便宜货？"

陆庸："能看时间就行了，计时很准确，还可以用。"

盛栩一句一句被堵了回去，也分辨不出陆庸是奸诈还是木讷，好笑地说："呵呵，你还跟以前一样欸。"

陆庸端正坐着，如屹然耸立的礁石，不置可否地应了一声："嗯。"

盛栩掏出香烟和一个黑漆打火机，刚抖出根烟，陆庸说："公共场合不能抽烟，你不知道吗？"

盛栩被噎了一下，他瞪了陆庸一眼，陆庸一脸无辜，完全看不出是不是在故意硌硬他。

盛栩半晌无语，但也没坚持，一边把玩着手机打火机，轻轻磕碰桌面，一边用略微颓丧的目光看着陆庸，无声地对峙。

"咚、咚、咚、咚……"

有规律地间断敲击，然后突然停下来。

"我真想不通。"盛栩说，"你以前那么穷，好不容易有了钱，不应该更珍惜吗？居然会这么舍得地大笔大笔地送给沈问秋，不觉得是肉包子打狗有去无回吗？"

陆庸沉声："沈问秋不是狗。"

盛栩哈哈笑："比喻啦比喻，你还是那么假认真，抓不住重点，跟你说话就是这样，老是听不懂别人的话。"

"别岔开话题。"

盛栩敛起笑意，靠在桌边，问："你知道沈问秋总共欠了多少钱吗？你也不看看他现在是什么样子……"

陆庸毫不犹豫地点了下头："知道。我都知道。"

盛栩如鲠在喉似的停顿了几秒，胸腔鼓起，深深吸了一口气，又吐出："……那你应该知道其中有三千万是我借他的吧？"

陆庸回忆了下沈问秋写的债务名单："知道。"

跟机器人似的，听不出情绪。

说完，陆庸像是想到什么，直接从怀里拿出了支票簿和钢笔，尽管没明说，却是一副打算爽快垫付的架势。

盛栩的目光温度骤降，本来就冷，一下子更是冰得几乎要凝成冰锥，却似气极反笑："要帮沈问秋还钱是吧？还啊，现在把支票写给我。"

陆庸停住笔，惹得盛栩一声嗤笑。

陆庸在他鄙夷的目光中拨通沈问秋的电话，沈问秋先开口："还回来吗？我已经把饭煮起来了……"

陆庸说："嗯，回去的。"

盛栩阴阳怪气地嘀咕："他什么时候会做饭了？还给你做饭，能吃吗？"

陆庸没理他，只是坐直，往后挪了挪，尽量远一些，不清楚电话那头的沈问秋听到没有，然后口齿清晰、不紧不慢地问："盛栩跟我讲了你欠债的事……说不介意我帮你还钱，需要我帮你还吗？我可以帮你还吗？"

沈问秋："……"

电话那头半响没有声音，陆庸还看了一眼是不是被挂断了，但是还在通话中，他就重新问了一遍："喂，小咩，你听到了吗？我可以帮你还吗？"

盛栩这时像有了点锐气，睁开眼睛，不再是睡不醒的颓丧神情，刻薄至极地说："陆庸，你贱不贱啊？他让你还钱你就真的给？过了那么多年还是沈问秋说什么你就做什么？"

盛栩说完，他希望看到陆庸气急败坏，至少脸色大变。结果反而他自己才是座上情绪最激动的人，如刚做完剧烈运动深呼吸着，一副压抑着火山爆发的模样。

陆庸惜字如金，答："不是。"

陆庸越是比盛栩想得要平静，就越让他怒火中烧。

陆庸这样的态度，对他来说就好像在高处看好戏，显得他如个跳梁小丑。

陆庸沉稳平静地说："刚才你说第一句话的时候我就把电话给掐了，后面的话他没听见。你这人过了那么多年还是口不择言，什么最伤人你就说什么。"

盛栩用不善的眼神说：要你管？

陆庸不以为意，继续说："你和沈问秋从小认识，他是怎样的人你最清楚。你明知道他现在精神状态不好，为什么还这样肆无忌惮地恶语伤人呢？"

盛栩更受刺激，如血往脑袋冲，紧随而后的尖锐话语亦涌至舌尖，却又像避讳什么，硬生生咽回去，像吞刀片，着实不好受。

手机"嗡嗡"振动起来。

陆庸低头看一眼新发来的消息，抬起头，说："他说不要我还，还问你要不要一起吃饭？"

盛栩"友善"地笑了笑，说："我刚骂了你们还请我吃饭，有病啊？"

"你不想去就不去。"陆庸思忖片刻，迟疑了下，审慎地说，"其实……我看过小咩列出来的欠债单子，你那份借款不收他任何利息，我就想，你们一定还是朋友。"

"只有真正的朋友才会对他那么好。"

钱不能代替感情，但钱有时候可以折射感情。

盛栩并不承认，也没否认，被陆庸说中反而让他更生气了，阴阳怪气地说："你凭什么像站在制高点一样跟我说话……好像你对沈问秋多好一样，真是搞笑啊。哈哈，沈问秋家里破产的时候是我伸手帮了他，你连个影子都没出现！"

他用手指着自己，理直气壮地说：

"是我，在沈问秋他爸做手术的时候彻夜不眠地陪着他。"

"是我，为他跑前跑后帮忙一起办的葬礼。"

"是我，在他需要钱的时候二话不说问家里拿了三千万给他！"

盛栩越说越有底气，直视着陆庸，掷地有声地说："是我，在沈问秋最需要支持的那段时间寸步不离地陪在他身边。"

"你呢？你在哪儿？"

"过了这么多年，现在平平静静了，你倒是突然蹦出来了……再说了，沈问秋之前一直好好的，还能混日子，为什么见了你以后就要去找死了？"

"是不是你跟他说了什么，刺激到他了？"

陆庸这下真被刺中心窝，一时间答不上话，脸色难看极了。

他被问住了。

盛栩见陆庸脸色终于变了，舒坦了点，好整以暇地打量陆庸的手臂："你什么时候装上的义肢？很逼真啊，你现在看上去真像个健全的人，不仔细看发现不了是个残废。"

陆庸很多年没被人这么侮辱过了，乍一听见不免有些心神恍惚。生气倒是不生气，他还沉浸在之前的质问里，无法欺骗自己。

沈问秋又发来消息，手机因此而振动不停，信息一条接一条地跳出来：

"盛栩是来找我的，还是把他带过来吧。"

"带到你家是不是不好？"

"要不还是我下来，我和他谈。他是我债主，我欠他那么多钱本来就该还，我躲着他好像怪怪的……"

"你是不是因为我被他骂了啊？"

"我换个鞋子下楼。"

陆庸再抬头看盛栩一眼，说："你不去我家的话他说他就下来找你。"

盛栩站起来："去，怎么不去？以为我怕了你们？"

于是陆庸回沈问秋："不必，我带他过去。"

数分钟后，陆庸就领着第二位老同学回家叙旧。

见到沈问秋，这时的盛栩脸色和善了些许，大抵是已经喷过最恶毒的话，在面对一无所知的沈问秋时反而流露出几分近似愧疚的不自在，见他第一句就是："你一见我就躲干吗？"

沈问秋讪讪笑了下："这……欠钱的当然会躲债主，我已经是下意识习惯了，欠你那么多钱，我心虚嘛，呵呵。"

盛栩不把自己当外人一样，故意不换鞋子，就要走进门，牛皮靴子的鞋底敲在地板上，"啪嗒啪嗒"地踩出一串脏脚印。他径直要往厨房走："做什么吃呢？"

沈问秋连声叫住他："你先换下拖鞋。"说着，很熟悉地从鞋柜里找出双新拖鞋给盛栩。

盛栩小声说："你住我家的时候也没见你这么讲究卫生。"

盛栩憋了憋，不爽地补充："……更没见你做饭。"

"头发也剪了。呵呵，什么时候又变回人样了啊？"

沈问秋没接话，木头疙瘩一样，连话都不会说了，只困扰地看着盛栩，跟被欺负了一样。

陆庸马上接了过去："他刚住进我家的时候也不弄，最近振作起来了。小咩的手艺挺好的，他照着网上的菜谱做菜，学一次就像模像样，你尝尝看。"

盛栩鼻子都要被气歪了，哼了一声："显摆什么啊？"

陆庸倒不是没察觉到气氛更糟糕，他迷惑了一下。

这时，电饭煲煮好饭的提示音恰到好处地"嘀嘀"响起，打断了他们之间毫不和善的叙旧。

沈问秋心想：饭煮少了。

刚才他上楼时，心情恍惚，没想到盛栩会过来一起吃饭，所以下意识地还是按照平时两个人的饭量煮饭。

盛栩无心吃饭，气都气饱了，挑剔着这桌菜，难以下咽地捧着饭碗随便吃了两口，问："你跟着陆庸住就变这么勤快？以前你在我家的时候从没见你做饭过。"

沈问秋："不是……你说什么呢？先吃饭吧，饭桌上讲话你也不嫌喷饭粒难看。"

"等吃完了，我再和你仔细谈欠债的事。"

前阵子，他把债务整理清楚以后好好想了下该以怎么个先后顺序还，但一时半会儿也想不到从何开始，颇有种愚公移山的感觉。

然后一个个地联系债主，最后才联系上盛栩，就前两天的事，今天盛栩就一声招呼不打地从天而降了。

盛栩不听他的话，不但不闭嘴，还追着问："怎么谈？谈怎么让陆庸帮你还？"

"陆庸在咖啡店的时候连支票簿都掏出来了，差点就直接写给我了，呵呵，很有钱啊，你怎么不让他还啊？"

沈问秋："……"

陆庸放下碗筷，颔首说："呃，现在也可以的。要吗？"

盛栩紧盯着沈问秋，头都没转，咬牙切齿地说："你闭嘴！我没跟你说话，我跟沈问秋说呢，要你插嘴了吗？那么多年了，你还跟以前一样，根本不会读气氛。"

陆庸困惑提醒："你说话真的很没有逻辑。"

沈问秋是觉得对不住这个发小，被骂得没敢吱声。

他们虽然都是富二代，但盛栩个人掏出这么多钱也不容易。而且当年他们才刚毕业没两年，爸妈平时是会给点零花钱，大数目却没有，盛栩是去找爸爸借钱给他的。

本来盛栩跟爸爸的关系就很紧张，以前还跟他说过这辈子再也不想去要爸爸的臭钱，可是为了他这个不争气的朋友，盛栩还是去低了头。

后来有一阵子他也住过盛栩家的沙发，过得浑浑噩噩，跟在别人那流浪的经历差不多。

有天他半夜迷迷糊糊地醒过来，总觉得浑身不舒服，睁开眼睛就看到盛栩坐在沙发边上，脸色阴沉像见鬼似的看着自己。问他怎么了，盛栩却不说。

再之后，他就发现盛栩每次离开以后会把门给锁了。

他没办法出去。

沈问秋就问盛栩为什么反锁门，盛栩没好气地说："那不然放你出去赌啊？还是让你带人回来赌？"

话是有道理，可沈问秋总觉得不对劲。

沈问秋那会儿还真的是想出去找乐子，哪憋得住，后面索性找了个机会溜出去，也自知还不上钱，不打算还了，自暴自弃，一逃了之。之后再也没见过这个以前相处得最好的朋友。

也是因为那一次，他有点杯弓蛇影，在刚住进陆庸家时，疑神疑鬼，怕自己被锁起来了。

一顿饭吃得食不知味。

沈问秋也吃不下，尽管打算开始还债。可其实他如今跟着陆庸跑到另一座城市，不用整日面对轮番上门的债主也是一种逃避行为。

盛栩还剩了半碗饭，坐在椅子上，抱臂胸前："行了，我吃饱了。现在可以说话了吧？你现在住陆庸家哪儿？也住沙发？"

沈问秋说："我住客卧。"又说，"我现在在陆庸的公司工作。"

陆庸看了盛栩的碗一眼，几不可察地皱了皱眉。盛栩自然敏锐地感觉到了，总觉得陆庸仿佛在鄙视他浪费粮食，只好继续吃饭，恶狠狠地吃。

盛栩盯着沈问秋，沈问秋很不自在，总觉得自己要被看穿了。

沈问秋起身："我们出去谈。"

陆庸不放心地问："我可以一起去吗？"

盛栩讥讽他："你干脆把人装在你口袋里好了，都多少年了，还当是小孩子一样要黏在一起？"

陆庸不为所动，他看向沈问秋，用眼神求取回答。

沈问秋看懂了，轻轻摇头说："不用。我单独跟他谈谈。"

于是陆庸站在原地，默默望着他，信任地闷声说："嗯。"

沈问秋把人扯走了。

电梯里，盛栩怒气未消，生闷气，不说话。

沈问秋看着下沉的楼层数，匀了一口气，伏低做小地问："钱我会慢慢还你的，但是能不能宽限我一些时间？"

盛栩暴跳如雷："沈问秋我问你，我什么时候跟你逼过债？你就是当没有这笔债都没关系，小爷给得起！"

"你真觉得我来找你是为了钱吗？啊？"

"沈问秋，你还把我当朋友吗？"

"你一声不吭地逃跑，你又不打招呼地回来，你把老吴他们送进局子，你跳江自杀，你告诉过我一句吗？沈问秋，你多厉害啊，别在这儿给我装可怜，这一件件事办的，大家都传得可神了！但我都是这两天才知道的！"

"我才知道你差点死了！"

"你敢去自杀，你不敢来找我？"

一句一句，像一块又一块的石头压下来，压得沈问秋抬不起头。

"叮！"电梯门开了。

盛栩大步跨了出去，沈问秋脚步沉重地跟在他后面。

走出大楼，微凉的秋风拂面而来，盛栩的脑袋稍微冷静了些，冷不丁地说："你现在是不是觉得很晦气，觉得你日子过得和和美美，我突然冒出来打搅你好心情？"

"你都打算去死了，你不找我，你去找他。呵呵。"

沈问秋低声含糊地说："……你知道的。"

纵使没有明说，毕竟是共同度过一段青春的人，又是发小，沈问秋认为盛栩晓得陆庸对他是特殊的。

正因为盛栩了解他。

在当年，假如暴露的话会让所有人都觉得荒唐：家境优渥、品学兼优的校草沈问秋在意同班那个身患残疾、性格阴沉的陆庸，还打从心底觉得自己配不上跟陆庸做朋友。

盛栩明知故问："啊？我知道什么？"

在发小面前，沈问秋又沉浸在了过往和现在的交织中，陆庸在他自杀时的拒绝仿佛就在昨天。他说："陆庸只是收留我，他就是老好心而已，他见不得人死在他面前。他就是人好，连路边遇见一只流浪狗都愿意花大钱去救。现在只是我单方面赖着他呢。都十年了，谁还记着老皇历的事啊？"

"你也说了，我现在就是一摊烂泥，我不用照镜子也知道。"

"我没去找你是我不好，但我那会儿没别的念头……我就想再去见他一面。"

沈问秋自卑地说完，再跟盛栩请求："我求你件事，我说的这些你别告诉他。"

在当初认识陆庸以后，他总感觉他们像是上辈子就认识了一样，和陆庸在一起时觉得时间过得如此快，以前玩得好的朋友也全被他抛到脑后，旁人都不被他放在眼里。

可沈问秋完全没有意识到自己沉迷其中，身边朋友越发频繁地表达不满，他还觉得对方小题大做。

那次周末撒谎去找陆庸玩被盛栩撞破以后，沈问秋忐忑了一整天。

下周一到学校时，他不由得担心会接受到异样的目光，受到嘲笑，于是做足了心理准备，但盛栩的态度仿佛无事发生，依然世界和平。

反而是沈问秋自己憋不住了，问他："你没告诉他们吗？"

盛栩不爽地反问："在你心里我就是那种漏勺嘴的八婆吗？你也是有病，好日子过了不舒服，非要去吃苦。"

沈问秋被讥讽得心头感觉古怪，辩解说："不是真的捡废品，陆庸很厉害的……"

盛栩根本不想听他说话："行了行了，不用在我面前夸他。我平时带他玩是看在你的面子上，我跟那样的人合不来，也就你觉得他善良老实。我看啊，他才是把坏心眼藏得最深的，谁都没他阴险奸诈。"

沈问秋哪听得进这样的话，快生气了："你不喜欢他就不喜欢，也不用说得那么难听。"

一对好朋友因此差点翻脸，闹了好几天脾气。

但就算他们吵成这样了，盛栩也没把他的事情说出去，一直帮他隐瞒着。

最后还是陆庸站出来，自责地问沈问秋："你们是因为我吵架了吗？"

当时陆庸还劝他们和好。

……就像这次一样，在十几年后。

可能这样说有点自私，但是沈问秋知道，这次盛栩也会帮他保守秘密的。

沈问秋送完盛栩回去，因为谈得不太愉快，脸色当然好看不起来。

他一回家，就看到陆庸等在客厅。

一见他回来，陆庸就立即起身，傻愣愣地望着他，想问又不敢问的模样，只说："吵架了？是我又害你们吵架了吗？"

沈问秋摇摇头，说："这怎么能怪到你头上。也不算吵架，小栩他一直是那个臭脾气，他借了我那么多钱都打水漂了，他家里那边其实也有压力。"

但一看到陆庸，沈问秋耳边仿佛又回响起刚才盛栩带刺的回答："你还把人当傻子呢？他一个能开大公司的人能笨到哪儿去？他心里清楚得很，轮得到我告不告诉？"

"我看你才是傻子，陆庸是个装老实的精明人。"

沈问秋看着陆庸，陆庸眼角眉梢都在欲言又止。

沈问秋心想，他们到底在咖啡店说了什么？陆庸不撒谎，但陆庸会瞒事儿，盛栩是个嘴里没几个真字儿的，他说的话也微妙，难道是在咖啡店的时候已经捅出去了？陆庸挂电话的时候，他好像听到盛栩要骂脏话了……

沈问秋摸摸鼻子，故作轻松地说："没什么，盛栩说他以后有空再来。他就是闹一下小孩子脾气，觉得我不够哥们儿。你知道的，他这人就是嘴臭点，人其实不坏。上次我跳江的事没告诉他，他快气死了才那样……那我觉得丢人嘛。你看着我干吗，还有什么事要说吗？还是我脸上有长东西？"

陆庸呼了口气，说："我是希望你能再多交几个朋友。会在你最困难的时候借钱给你的都是真心朋友，值得交往，就这样散了很可惜。"

"是挺对不住人家的，"沈问秋说，"我赖了这好几年多招人厌。先前我是真以为我都还不上了，现在就算还上也有裂痕了，不会想再和我交朋友……不过还总比不还要好。"

陆庸叫停，说："别想那么多了，你不是本来说要看书的？你先看，有什么不懂的词圈出来，等下我统一给你解释。还有 Y 镇的资料，后天你得跟我一起出差，过去考察一下。"

"好，我洗个澡就去看书。"沈问秋点点头说。

陆庸看着他走进浴室，关上门，像进入另一个世界，他们两人短暂被隔开。

陆庸也回自己的房间，一件件脱下衣服。拿破仑说，当你脱掉衣服时就是你脱掉一身烦恼的时候。平常他深以为然。

今天却不一样，还是很烦，他尽量抚平心烦意乱的情绪。

按惯例拆卸义肢清洁消毒，做好保养工作。

习惯戴义肢以后，拆下来反而会觉得身体少了一部分不太舒服。

——"你凭什么像站在制高点一样跟我说话……沈问秋家里破产的时候是我伸手帮了他……"

盛栩说的这句话像枚绵长细针，一下子挑破了某个一直隐而不发的脓疮。陆庸并非没想过这件事，沈问秋最困难最无助的时候他在做什么呢？他记得很清楚，是在国外考察项目技术。他知道，就是那会儿帮不上什么忙，可是有没有用是一回事，帮没帮是另一回事。

他这些年还真没去打听过沈问秋的事，为什么要那么直脑筋，就不会拐个弯吗？

要是他早点去找沈问秋，何至于到今天这地步……就算沈问秋再讨厌他，就算会被骂两句，也不该拖到现在。就因为他的懦弱，居然真的不敢去打听沈问秋的事情，闭塞自己的耳朵，这样又笨拙又迟钝。

还非要沈问秋打电话求他，他才知道要帮忙？以前他都上哪儿去了？

盛栩说得没错，他是没资格摆出善人姿态。

明明只要他多关心一下，再早一些的话，说不准沈叔叔也不会过世，沈问秋更不会堕落到那种田地。

陆庸想，他与沈问秋应当还是和路人不一样的，他的视而不见就是变相地加害。

沈问秋洗完澡，看了一个小时的资料书，回房间睡觉。

"咚咚！"

陆庸敲门。

这是陆庸的家，陆庸却要对一个像寄居蟹一样寄生在自己生活里的家伙敲门，沈问秋大概想想都觉得挺荒唐。

陆庸拿着药和一杯水，要来亲眼看着沈问秋服用。沈问秋每周要服用的药由陆庸保管，以免沈问秋情绪发作乱吃药。

不过有时沈问秋都会疑惑，这谁才是秘书？又觉得陆庸像爸爸一样，看他吃完药，还要不厌其烦地叮嘱他盖好被子，换季容易着凉，不准玩手机，看他关掉手机才说："晚安，小咩。"

沈问秋会恍惚觉得自己变成个小孩子一样，他也回："晚安，大庸。"

陆庸关灯离开，关好门。

沈问秋没睡着，他看自己的这个房间，一半是因为没钱，一半是他并没真打定主意赖一辈子，所以除了基本家具，他什么都没布置过。

哪能那么厚脸皮？他在医院时是怎么想的，居然能说出那样的话？

免费的才是最贵的。

一直、永远什么的才是最短暂易变的。

他已经很努力地让自己显得开心一些，可陆庸还是对他小心翼翼的。身边总有这样一个人谁会喜欢啊？

陆庸是出于愧疚和责任，大抵等扶他站起来自己会走路时，陆庸就能放心让他离开了吧？

Chapter 05✦
盛夏

转眼到了去 Y 镇出差的日子。

沈问秋整理好行李，跟陆庸一起出发去 Y 镇，先从机场坐飞机到最近的大城市，再乘车过去。

十年前他们也一起去过，当时非常麻烦，沈问秋记得当年他们两个人一起花了快三天才抵达目的地。祖国建设日新月异，如今交通可便利多了。

那真的是很多年前的事了。

当时沈问秋天天和陆庸泡在一起，突然有一天，发现陆庸好像更抠门了。以前在食堂还打个一荤一素，现在只打一份素菜，尽打饭吃，也不知道他怎么受得住？

在其他方面更不用说，在学校草稿纸用完也舍不得买，问沈问秋要不用的，在写过的纸上再写一遍。

简直抠门得令人发指！

沈问秋不理解地问："陆庸，你在省钱吗？我记得叔叔给足你生活费了啊。你要买什么材料的话，我资助你，别把自己给弄生病了。"

陆庸方才腼腆地说："不是，是我想省点钱做路费。"

沈问秋问："路费？什么路费？你要去哪儿？旅游？"

太让沈问秋吃惊了，陆庸居然想去旅游。他立即兴致勃勃地问："你是想去哪儿玩？"

陆庸连连摇头，说："不是，我是想去 Y 镇。"

沈问秋完全没听说过这个地方："啊？这是哪儿啊？"

陆庸好声好气地给他介绍说："我听同行的叔叔提起，说那里有很多电子垃圾回收厂，我想趁寒假的时候实地去看一下。"

不管什么事从陆庸嘴里说出来，沈问秋都觉得有趣极了，他二话不说，积极地说："我也去！你带我一起去！"

陆庸一直记得当时沈问秋说这话时的模样，像只可爱的黏人的小狗，眼睛亮晶晶的，他哪里忍心说得出拒绝的话？可他还是说："我没什么钱，我打算坐公交车坐火车，很累人的。那地方不好玩的，脏兮兮的。"

"我不怕。"沈问秋说，"平时我去你家，我也没嫌弃脏啊，不都是废品回收站吗？"

陆庸嘴笨，说半天说不过他，只好说："你爸爸答应吗？"

沈问秋："这有什么好不答应的。"

当时陆庸没有出过远门，不会买票，买得晚了，排了好久的队只买到两张坐票。

后来他才知道原本沈问秋定了要去国外旅游，去游乐园玩，结果背着个小书包就被他"拐"上了坐满返乡民工的火车。

火车站到处都是人，太挤了。

当年正值千禧年，没什么人有手机，流行诺基亚砖头机，2G 时代，信号差得很，陆庸好怕把小少爷给弄丢，走一步就要看看沈问秋还在不在。

那是陆庸第一次独立出远门，第一次自己搭乘火车去远方的城市。

犹豫了好几天，他做好计划，想足各种借口，自己筹好路费，才忐忑不安地跟爸爸提出，没想到爸爸非常爽快就答应了："嗯，你是男孩子，也已经十六岁了，是可以出去历练一下了。爸爸十三岁就从乡下拖着车去城里卖瓜了呢。"

对他是很放心，但当知道他要带着沈问秋一起去的时候，爸爸口风一转："什么？你先前没说你是和小咩一起去啊！人家沈叔叔答应了？"

陆庸用力点头："沈叔叔答应了。"

爸爸神情凝重起来，叮嘱："那你可得加倍小心，人家把宝贝儿子交给你，多信任你啊……你是去办事的，但小咩就当是旅游，你护着让着他。"

说罢，再问一遍他带了多少钱，觉得不够，给他塞了一千块。爸爸郑重其事地说："必须全须全尾地把人给带回来，知道吗？"

那不用爸爸交代，他也会这样做的啊。

陆庸强装成自己一点也不怕。他年纪小但长得老，天生凶脸，少一只手，不管往哪儿一站，都比人高一大截。他一直没说话，就板着脸，装成自己经验老到的样子。

其实光是找站台就找了好久，没有候车座位了，于是一起站着，站了两小时，站得腿都麻了。

他们那一班火车终于到站，人群排着队鱼贯而入，检票员拿着一把小剪子一边剪火车票一边声嘶力竭地大喊："先检票后入站！先检票后入站！"

去站台的路给人的感觉格外长，十分考验耐心。沈问秋没带行李箱，就背了个阿迪达斯的登山包，因为陆庸说只去一两周，过年前会回来，他觉得没有太多需要带的。

陆庸也差不多，肩上背了个斜挎的大包，不容易掉。

陆庸正拉着身后的沈问秋往上拽，沈问秋突然甩开他的手。

这让陆庸蒙了一下，回过头，看见沈问秋正在跟一个拎着大包小包的老奶奶说："奶奶，我帮你一起抬吧。"

陆庸也退回两步："我来。"

他虽然只有一只手，可沈问秋两只手加起来也没他一只手有劲儿。

到了车上，他单手都能帮人把行李箱直接给举着放到高处行李架上。他们俩没什么行李，就把书包翻到身前，抱在怀里坐着。

老式的绿皮火车速度慢，卫生环境更是糟糕，尤其是坐票车厢。他们刚坐下，就有一个提着蛇皮口袋的大叔问能不能分他一个角蹭着坐会儿，说自己没买过票买不来才买错了，站了很久很累了。当然是瞄准沈问秋请求的。

旁边那个黑大高个看起来就很不好惹。

沈问秋脸皮薄，看人家一副可怜的样子，就让出了半个座位。

陆庸还没来得及说话，大叔就紧挨着沈问秋一屁股"刺溜"地坐了下来，那大身板一下子把沈问秋往里面撞进去。

沈问秋哪经历过这阵仗？一看自己的座位起码被占去了大半，顿时傻了眼，这和本来说好的一小角完全不一样，还差点把他直接撞到陆庸那边。

那个大叔臭烘烘的，沈问秋理智上知道不该歧视人家，可是生理上实在难以接受，被熏得不停地往陆庸身边靠。

沈问秋小声地说："他好臭啊，怎么办，大庸？"

陆庸心想：我好像也一身臭汗，我会不会臭到小咩？

果然，沈问秋察觉到不对劲，凑了过来，说："……你好像也有点臭。"

陆庸浑身都僵住，冷汗涔涔，羞耻极了："对，对不起。"

沈问秋说："没关系啦，我也出汗了，还沾上了一股火车上的臭味，等到了旅馆我要马上洗个澡，唉。"

"换个位置吧，你坐里面，挤在中间多难受。"

沈问秋不逞能，他这辈子还真的没遭过这种罪，怏怏地点头，跟陆庸换位置，坐到靠窗的里座。

陆庸一换过来，那个大叔看了看他，看一眼，默默地往外挪一点，再看一眼，再往外挪一点，最后站了起来，一言不发地走开了。

陆庸心想，对方怕不是本来觉得他跟沈问秋不认识。陆庸沉思了下，平时他也时不时会被人当成是在哪个工厂干活的打工仔。一低头，他就看到他放在腿上的手和沈问秋抱着书包的手，肤色差距太大了，一个黑，一个白。

沈问秋忽然开口说："我饿了，你饿不饿？"

陆庸的思路被打断，结结巴巴："饿，饿……"

沈问秋笑了："你背古诗吗？要不要接句'曲项向天歌'啊？"

陆庸轻笑了下，淳朴老实腼腆就是他的真实写照。

沈问秋拉开书包，掏出两桶泡面，说："你看包，我去泡泡面。"

陆庸马上说："我去。"

沈问秋直截了当地拒绝了他："你那只手再有力气也只有一只手，怎么同时拿两份？还不得跑两趟，不如我去。你看，带上我还是很有用的吧？"

陆庸晕乎乎地说："谢谢小咔，幸好我带了你。"他当时也没想，假如只有他一个人，吃一份饭，一只手也够拿了。

沈问秋被夸了以后美滋滋地跑去排队接热水了。

跟十几年前不一样，现在火车上的热水装置比以前也先进了，有了防烫伤的安全设置。

二等座车厢也比以前要整洁干净许多。

陆庸说："直接买份火车上的饭吧。"

沈问秋答："又贵又难吃，不要，坐火车就是要吃泡面。"

于是陆庸起身，说："那我去弄，你坐着。"

沈问秋没跟他客气，让陆庸一个管理市值几亿公司的老板陪他坐绿皮火车本来就很离谱了，即使前年火车提速，前往离 Y 镇最近的市火车站的时间已缩减一半。

陆庸完全可以搭乘飞机，买头等舱。

但沈问秋因为欠着债，身份证被国家拉进了黑名单，限制高消费，高铁、飞机等高消费出行方式都不被允许，买票就买不了，最多只能购买火车二等座。

沈问秋提出可以分别搭乘不同交通工具过去，在目的地碰头，陆庸坚持要一起。沈问秋又说，那给陆庸买个一等软卧的票，陆庸也不答应，要跟他买连座座位。

于是成了现在这样——

沈问秋坐在靠窗位置，安静地阅读一本书。陆庸离开了几分钟，回来时双手各拿着一桶泡面，午餐就这么凑合吃了。

他们早上九点出发，下午五点多抵达火车站。

再搭乘专车前往 Y 镇，路上花了两个小时，到了地方先去旅馆登记入住，放置一下随身行李。

沈问秋跟在陆庸身边，陆庸掏出身份证："登记我的就行了。"按沈问秋现在的信用不能住比较贵的旅馆，只能住最低消费的，但目前登记入住管理并不算太严苛，登记一个人的身份证也能入住两个人。

那他像个影子一样跟在陆庸身边也不是不行。

前台服务员熟练地操办业务，给他们开了房间："七楼，豪华双人间大床房。"

陆庸："谢谢。"

陆庸拿好房卡，两人一起上楼去了。

沈问秋心底还有点罪恶感，其实这家酒店星级不算高，只是三星级的，毕竟 Y 镇是小地方，因为环境污染严重，旅游业糟糕，没有太好的酒店，可他毕竟是被限制消费的人。沈问秋跟着陆庸走到酒店房间门口，忽地说："我觉得不太好，要么我还是另找一家小旅馆住吧。"

陆庸愣了愣，心想，沈问秋是不想和他住一个房间吗？

但，陆庸还是拒绝了："不行。"

沈问秋的精神状况这么糟糕，尽管表面上看着完全没有异样，可谁知道会不会突然想不开？他得把沈问秋带在身边才行。

沈问秋没想到被拒绝得这么干脆，中间几乎没有停顿，陆庸还皱起眉，一副没有商量余地的口吻。

陆庸刷房卡、开门，毫不拖泥带水地进屋，沈问秋不知不觉地跟了进去，边走边嘀咕："我这样的人不配住这么好的酒店啊。"

陆庸停一步，他刚把外套脱了，挂在左手手臂，右手手指勾在领结上，没有继续扯领带，闻言道："那我们去把房间退了，我陪你去住小旅馆。"

都说由俭入奢易，由奢入俭难，他怎么没在陆庸身上感受到呢？也没见陆庸刻意摆行头。有些人或许只是说说，但他知道陆庸是真的不怕过回苦日子。

沈问秋没好气地说："你非要坐二等座就算了，干吗还非要陪我住小旅馆？你好好一个陆总，必须有点排场吧？不然人家怎么看你？"

陆庸说："我没关系。你的药在我这里，我得看着你。"

沈问秋没有继续坚持，陆庸的手机响了起来，陆庸接起电话："喂？您好……是的，我们已经到酒店了。"

换了身衣服，两人接着就去吃了顿接风宴。席上是相关部门的人和本地其他老工厂的老板，聊了一半正经事，一半闲话。

座上有人跟陆庸劝酒，陆庸笑笑说不会喝酒，对方非要劝酒。

沈问秋想了想，他作为秘书，总该要帮老板挡挡酒吧？于是把酒接过去都喝了。事发突然，陆庸没拦住，情愿自己喝，没法子也喝了一杯，刚灌下肚立即满脸通红，让人信了他是真不会喝酒。

然后便出现这一番奇特的场景：人高马大看上去很社会的陆总没沾几口酒，跟在他身边那斯斯文文的小秘书在喝酒划拳，愣是把一桌汉子都喝倒了。

沈问秋很上头，要不是陆庸在旁边拉着他，他能喝更多。陆庸第一次见他这样，真傻了眼，简直拉都拉不住。

这顿饭吃到十一点多才散。

沈问秋喝得酩酊大醉，路都走不稳，一身酒臭味，陆庸也不嫌弃，把人背回了酒店房间。

先把沈问秋放在床上。沈问秋喝得脸颊浮出不正常的酡红，紧闭着双眼，不大高兴的样子，也不知道是睡着还是醒着，躺下以后一动不动。

陆庸帮沈问秋把鞋子给脱了，两只脚也挪到床上去，再去洗手间，兑了点热水，浸湿毛巾，准备给沈问秋擦擦脸擦擦脖子。

刚走出来，就听见细小的啜泣声。

陆庸傻眼了，他只是走开了一分钟吧？这是发生了什么？

沈问秋翻了个身，侧卧着，缩成一团，正在抽抽噎噎地哭。那种像怕被人发现却又实在忍不住的哭声，哭得陆庸觉得很难过……即使理智上他知道沈问秋多半是在发酒疯。毕竟，喝醉酒的人干出什么事都不奇怪。

可这是为什么呢？他想不明白。

陆庸走过去，坐在床边，手搭在沈问秋的肩膀上，想把人翻过来好好问问。但沈问秋跟只小牛犊子似的跟他顶着使力，就不肯朝向他："你别动我。"

陆庸问："你哭什么啊？"

沈问秋说："我就想哭，我想哭就哭。你管我？"

陆庸叹了口气，喝过酒，今晚药是不能吃了。陆庸低声说："擦擦脸好不好？把脸把手擦一下我们再睡觉，不然多脏啊。"

沈问秋边哭边怼他："这有什么脏的，我在马路边都睡过，我不怕脏。"

陆庸强行把手伸过去给他擦脸，沈问秋推他的手："唔……"

好不容易把这个醉鬼安抚好了，他也该睡觉了。陆庸正打算把义肢拆下来消毒、安放，正在拆，又听见了轻轻的哭声。

陆庸无奈地叹了口气，坐回沈问秋的床边，问："你到底在哭什么啊？"

沈问秋迷迷糊糊地说："我也不知道……"

陆庸坐在他床头，轻声说："有什么事你偷偷和我说好不好？"

沈问秋哭了一会儿，前言不搭后语地说："那条围巾还在吗？"

陆庸问："哪条？"

沈问秋简单地说："菱格那条。"

明明沈问秋说得这么含糊，可是陆庸一瞬间就反应过来了。他答："在的，在我老家，我好好收着呢。"

沈问秋靠着枕头默默流泪，吸了吸鼻子："我不是故意要踩脏那条围巾的。"

陆庸："嗯……"

沈问秋好像清晰地知道自己在做什么，又好像不知道，有些话他一直没说："其实我本来回来找你，就是想跟你道歉，和你说声对不起。我不应该那么侮辱你。"

陆庸好多话塞在胸口，最后还是只有三个字："没关系。"

"没关系，小咩。"他又说。他真的从没怪过沈问秋。

沈问秋亲耳听见陆庸说"没关系"，他莫名地鼻尖一酸，哭得更凶了。

陆庸手足无措。

沈问秋继续说："我们本来那么要好……"

陆庸拿过床头的纸巾，塞给他："我知道了，我不生气，我不会生你气的，小咩。"

以为能安抚沈问秋，没想到适得其反："你这样我最烦了，你为什么不生气啊？你凭什么不生气啊？我都对你那样了，你好歹生气一下，你骂骂我啊！是我做错了事，我要和你绝交，我羞辱你，我冷暴力你，我自作自受，我活该，我该死！你骂我啊！"

陆庸被骂得一愣一愣的，半响才低低地憋出半句话："……我不会骂你的。"

一旁的沈问秋呼吸有些不稳。

陆庸伸手贴了下他的额头，感觉有点烫，以防万一，他还是去便携医药箱里找体温计。

沈问秋还在止不住地哭，带着歉疚之意地说："你这人，要不要这样？居然对曾经伤害过你的人都这么好？你其实不用觉得对我有什么责任的，是我擅自要重新出现在你面前。"

"我不介意。"

沈问秋说："可我介意啊。要不是实在没办法了，我真不想找你。"

被以前绝交的朋友看到自己最丑陋的状态多难堪，连最后一丁点体面都没了。

陆庸苦笑。也是，要不是沈问秋沦为烂人，走投无路，哪会来投奔自己？

沈问秋说着说着又说了回去："其实我早就想去死了，就是惦记着你，惦记着当初我对你说了那么过分的话，我就想和你道歉。"

"我在警察局的时候我其实想，要是你不接我电话，我出去了就直接去死。后来你把我接走了，你人那么好，我又担心，怕我死在你看得见的地方，你会伤心。你说我就是个烂人，你干脆不要去管我死好了。你为什么要管我呢？"

沈问秋背对着他，嗯嗯地说："你为什么要管我？"

陆庸半晌不知道该说什么，嘴巴发干，过了好一会儿，才轻声细语地道："别再想着去死了，小咩，我会陪着你的。"

沈问秋没说好或是不好。

等了等，陆庸轻声唤："小咩？小咩？"

没回应。

一看，原来是睡着了。

睡着了也好，陆庸想，睡着了，就可以暂时把痛苦给忘掉了，起码又好好地活了一晚上。

Y镇在二十多年前，九十年代初就开始陆续有人经营起电子废品回收行业，逐渐壮大，在彼时松于管理约束的国内开了数十上百家大大小小的公司，或者说是作坊。没几家正规的。

十年前，陆庸带着沈问秋走在路边，说："这里被人称作'电子垃圾的终点站'。"

沈问秋懵懵懂懂地说："是吗？听上去很厉害。"

"不，这其实不是一件好事。"陆庸说。他向来认为祖国的民族拥有世界上最吃苦耐劳的人民，不怕脏，不怕累。

沈问秋很好奇，他挠挠头，腼腆地问："但我们要怎么调查呢？我们还是学生……说是学校报社来采访的？这样人家也不会仔细地跟我们说吧？人家会信我们吗？我们还是外地人。"

陆庸这才停住脚步，看了看他，说："这事我有主意，你要么到处玩一玩，或者在旅馆打游戏等我。"

沈问秋迷惑："啊？什么意思？"

陆庸说："我打算直接去工厂应聘寒假工，这样自然而然就都能知道了。"

沈问秋目瞪口呆："去，去做工啊？"他没想到会这样，有点拉不下脸，但一看陆庸，就鬼使神差地说，"我还是想跟你一起去！"

陆庸："不行。"

陆庸自己轻车熟路地找到了本地的招工市场，问有没有工厂招人："我十六岁了，可以打工了。"

对方看看他只有一只的手臂："你能不能行啊？"

陆庸一改在学校里的木讷，即使跟成年人打商量也一点都不气虚，沉稳地说："那我只收别人一半的工资，您看行不行？我只打寒假的工，攒钱念大学，谢谢您了。"

沈问秋非要跟去，他实在不想被抛下，就想跟着陆庸，想了想，也站出来，用标准动听的普通话说："大哥，我，我也一起，我跟我朋友一起……"

陆庸直接把才说到一半的沈问秋拽到一边，他压低声音，着急到控制不住凶气地教训道："别闹了，小咩，在工厂做流水线工人和在我家帮把手完全不一样的，你受不住的。"

陆庸说得沈问秋脸一红。沈问秋自己心里也没底气，他就是一时冲动说出口了，平时让他多干点活他都懒，但眼下已是鬼迷心窍，陆庸越不让他做他越犟，对陆庸说："你瞧不起我？我有那么娇气吗？"

陆庸这次不给他留面子了，咬咬牙想，不能心软，斩钉截铁地说："对，你就是娇气的小少爷啊！"

沈问秋没想到陆庸这么不客气。陆庸说得如此理直气壮，关键他根本反驳不了，倒不是蔑视的语气，只是在讲事实而已，这让他登时哑口无言，气得头晕，还想不出来怎么吵赢陆庸。他有点无语地望着陆庸，想了想，决定装可怜。

明明平时陆庸那么嘴笨，他的口才多好。陆庸匀过气，也意识到自己语气太凶了，方才放缓语气，压着脾气，耐心地说："不只是累和苦，而且很危险的。我答应了你爸爸要照顾好你，万一你有什么闪失，我该怎么办？"

沈问秋拽紧斜肩书包的带子，仍不松口，他不服气地瞥了陆庸一眼，说："这有什么……那，那我现在打电话给我爸，我亲口问问他。"

然后当着陆庸的面，沈问秋掏出他的彩屏手机——在当年黑白屏手机流行的年代，他用的彩屏手机已经是最贵最好的了——打电话给爸爸：

"喂，爸，嗯，我和陆庸到了啊。"

"我们找了一家工厂，我也想跟陆庸一起报个寒假工……"

"我会注意安全的，要是有什么危险我就不干了呗，还能怎么样？"

"嗯，嗯。"

沈问秋把手机递给陆庸："我爸要和你说话，他同意了。"

真的假的？陆庸阴沉着脸，接过来："喂，叔叔好。"

还真的听到了沈爸爸的首肯，陆庸脸色一下子更难看了，他反复说危险，沈爸爸都不介意。

陆庸回完电话，更生气了。

沈问秋大获全胜，得意扬扬地说："我爸都不管我你管我？"

陆庸深吸一口气，第一次对沈问秋用这样不高兴的口吻说："我知道了。"

于是两个人一起进了工厂做小工，按日薪算，也是因为年底缺人，才会收他们。

因为陆庸是残疾人，只有一只手，一开始没被分配到流水线上工作，觉得他胜任不了，只让他做些粗活，反而是沈问秋直接被带去流水线上做拆解工作。

跟沈问秋在网上查到的先进发达的电子垃圾回收方法不同，没有太多高科技的机器，就是暴力拆除。譬如拆电视机，先将螺丝全部卸下来，再把塑料盖子掀了，分出其中的路线板、电路线、喇叭、调节器、变压器等各种零部件放好，后续处理也很粗糙。一个熟练的工人仅需要十分钟就可以拆掉一台电视机。

沈问秋当然不熟练，后来陆庸自告奋勇说让他试一试，结果陆庸一只手都比他快。

他们就又在一起干活了。陆庸将能够冶金简单提炼贵重金属的部件和能用于加工做二手翻新的零件都挑出来以后，其余的都堆到一起。

陆庸问："不再分了吗？我觉得还能再分一分，可以利用。"

对方笑笑说："分什么啊？没那技术，也不赚钱。"

在流水线上每天早上八点上班，晚上八点下班，倒是包吃包住，早中晚分别有半个小时吃饭的时间，但食堂的饭相当难吃，还不大卫生。沈问秋就是饿狠了也咽不下去，觉得那米饭粒很磨嗓子。

工厂在很偏僻的地方，他就是兜里有钱都没地方去买饭吃。两人去最近的一家小超市，买了好多方便面、火腿肠、饼干、小面包什么的屯着，他三餐就靠吃这个了。

职工宿舍不大安全，他们每次买了新的零食回来，总会莫名其妙地消失一些，也不知道是谁拿的，只好再去买新的。

才一星期下来，沈问秋就瘦了一圈，说不清是累的还是饿的，浑身上下几乎每块肌肉都酸痛。憋了那么多天，陆庸看到沈问秋一脸憔悴倦容就觉得又好气又心疼，他觉得沈问秋就是不撞南墙不回头，这会儿差不多可以问了："后悔吗？"

但一问沈问秋就来劲，异常倔强地说："不后悔！"其实第一天干完他就怕了，想回家，想吃好的，想睡在柔软的床上，想窝在沙发里吹空调打游戏，呜呜。可是输人不能输阵，承认就认输了。

陆庸整天觉得他娇气，他憋着一股气，就是想证明给陆庸看，他不是吃不了苦。

沈问秋其实早就怕了，他心想，假期结束回去上学，他再也不说苦了。读书只是偶尔有点无聊而已，跟在流水线上麻木地干活比根本不算累，老师再凶也没有那个听不懂口音的监工大叔凶。他现在特想回去念书。

想到要再干一星期，他就觉得眼前一黑，真想快点逃回家去，但还是有点心虚地问："大庸，你有什么调查出来的心得成果了吗？还没查到吗？"

陆庸沉吟："嗯……稍微有一点了"

沈问秋叹了口气，说："我觉得这儿跟我想的完全不一样。"

陆庸笑了："你想的是怎样？"

沈问秋艰难地形容："怎么说呢？我以为会像我在科幻作品里看到的那样，你不觉得'电子垃圾的终点站'这个名字听上去就有点赛博朋克的感觉吗？我知道我们国家没有发达国家那么先进，可现在这也太简单粗暴了吧？"

"而且还很危险。我看到他们把提炼以后的废渣倒进溶解液里，有毒气产生，可是工人连件合格的防护面罩都没有，就戴个口罩。我都好担心会中毒。"

陆庸深以为然："是啊，废水也直接排进河里，还有不作处理的掩埋和焚烧，都会污染土地、空气和水源。"

这跟陆庸先前想的也不同，但他多少有些心理准备，毕竟他从事相关行业，见多了利欲熏心的同行。不过这两天他跟混熟关系的工友也打听过了，附近的工厂都大同小异。

也是了。

国内连相关政策都少有，哪会有多少合法合规的厂家？并不奇怪。

沈问秋想到自己还挺傻地问别的工人，为什么不对废水作处理云云，惹得一阵嘲笑。他回头想想，能省钱谁要平白增加成本？傻的吗？就算污染了环境，工作环境恶劣，老板又无所谓，生病的是工人，这个病了，辞掉换一个好的，并不比换一颗螺丝钉难。

沈问秋说："你以后想做的就是这个吗？"

陆庸也知道自己的话有多理想天真，他回想着这些天见过的诸多触目惊心的场景，凝重而坚定地说："科技在迅速发展，以后电子垃圾会越来越多，总要有人做这个。"

想了想，他又说："我觉得我能做。这应该是个很需要社会责任的行业，不应该这样，假如谁都不去做，就会越来越糟。"

沈问秋迟疑着说："我感觉，要是一切都按照严格的环保标准来做估计赚不到多少钱……"

面对这个问题，陆庸没有半分迷惘："我只是想做而已，钱够用就好了。"

陆庸斟酌了一下语言，平静自然地说："小咩，你觉得人的一生怎样度过才是最好的呢？我以前一直没想好，但是这次来了这里，我想到了。或许我这一生挣不到多少钱，但我想不到还能有什么是比保护万物生灵更有意义的。"

陆庸说这话的语气太有魄力，气定神闲，又大义凛然。换作别人沈问秋会觉得是在说大话，但陆庸不一样，陆庸是极其认真的，就算是乍一听上去再荒唐的事，你都会信以为真。

沈问秋整个人都被定住了，他觉得自己的心脏狠狠地搏动了下。他想，世界上没有比陆庸更酷的男孩子了。

沈问秋半晌才缓过气来，重新可以正常呼吸，幸好光线暗，不然就要被陆庸发现他的崇拜。明明他们年纪一样，为什么陆庸就这样有理想呢？沈问秋只好干巴巴地说："希望我们国家能早点向发达国家看齐吧，升级发明更好更环保的回收方法。"

陆庸像是想说什么，笑了笑，没说话。

在他们离开工厂前的倒数第二天，新运来两大卡车的废品，这是过年前的最后一批货。

他们都去搬东西。终于到了中午休息的时间，其他工友先走了，他们稍微慢了点，沈问秋也想走，但是陆庸还在干活，他就陪着一起留到最后。

沈问秋累极了，随便坐在一台电器上，他看到陆庸还站着，沉默地仰望着如山的垃圾。电子废品在冬日的阳光下折射着奇异的光泽，散发着一股浓重呛鼻的金属气味。光自对面照过来，有些刺眼，描出陆庸坚毅冷峻的侧脸轮廓，陆庸胸膛鼓起，又伏下，从鼻子深深出了口气。

沈问秋完全不懂他在发愁什么，问："怎么了？你叹什么气啊？累着了？"

陆庸摇摇头，没回头，问："你知道处理垃圾污染最少的真正办法是什么吗？"

沈问秋傻头傻脑地说："我，我不知道啊，我哪知道，我又不是你，整天研究这个。是有什么最先进的科技吗？国外有吗？能从国外引进吗？"

"跟技术没有关系。"陆庸低下头，声音冷冷的，像是雪粒，"最好的办法就是运到别的国家去，污染别的土地。"

沈问秋目瞪口呆："啊？这不是耍赖吗？这算什么科技啊？"

陆庸略带讥讽地说："你看到的这些，这些都是老板特地从外国人那里买来的垃圾，还是从同行那里抢来的。你知道每年我们要从外国买多少回来吗？"

沈问秋："不知道……这不是害自己吗？就为了赚这点钱？"

陆庸走近电子垃圾山，他穿着脏污的蓝色工装服，黝黑的脸上也脏兮兮的，挑拣着拿起一块金属零件，金属的冷光映入他的眼睛，如有烈焰起于孤山。

沈问秋看了只觉得好像眼睛也被灼烫了。

陆庸又说："但凡事有弊也有利，他们辛苦地挖掘了贵重金属造了这些东西，这些资源是有限的。只要有合适的方法，这就是白送的矿山。"

即使时隔多年以后回忆起来，沈问秋依然会觉得心头发热，当时没意识到，只觉得陆庸身上有种与外表五官交融的直击心灵的帅气。

他在隐秘沉默地燃烧着，他不是在夸下海口，而是真如愚公移山般地在一步一步地实现自己说的话。

休息一晚。

早上，他们下楼在附近的早餐店吃了饭。

陆庸还是没有解除紧张的状态，浑身上下每个细胞都像在紧绷着，事无巨细地观察着沈问秋的一举一动。

但沈问秋看上去太正常了，反而是陆庸心乱地记不清今日的行程，被沈问秋提醒了好几次。他尽职尽责地履行自己做秘书的义务。

本地环卫局的相关负责人过来接他们，派了一辆公用的轿车，两人都坐在后座。

对方则在副驾驶位，跟他讲事情："陆总，您看是今天过去参观吗？"

陆庸心神不宁，难得地走神，没听进去，只是恍惚地时不时回应两句："啊？唔，哦。"

对方又问："……您觉得可以吗？陆总……陆总？"

陆庸这才回过神："啊，我刚才在想事情。没听清楚，不好意思。可以再说一遍吗？"

那人倒也没生气，给他找台阶下，呵呵说："没关系。您远道而来，没睡好吧？快到目的地了，我等下再介绍一遍。"

说真的，那人打从心底不理解为什么陆庸都是这么一个"总"了，还偏偏要住在星级那么低的破旧小旅馆，他见过很多干这行的，没见过这么勤俭节约的。

"咔！"一声合上笔记本的轻响，沈问秋往前倾倒身体，手搭在副驾驶座椅背上，挨近过去，态度温和谦逊地说："对不起了，刚才您说的，我已经都记下来了，离开会还有一会儿，我会跟我们老板仔细说一下。"

他们到得早，沈问秋坐在他身边，小声认真地给他讲了起来。笔记本上的摘要写得一清二楚、主次分明，陆庸扫了两眼就明白了，但还是耐心地等着他说完。

看这工作完成得多用心。陆庸心上略不是滋味，重回故地，但好像格外介意的人只有他自己。

陆庸曾经有本日记，里面的内容只有跟沈问秋有关的事情，没有其他。

陆庸以前没有写日记的习惯，实验记录手册倒是写了不少，他无法分析写那本日记的动机缘由，像是灵感而发，从遇见沈问秋的那一刻起。他忽地想，得记下来，不能忘了。于是从那天晚上开始，他莫名地拿了一个空笔记本，如做实验般严谨地写下来：

2001 年，8 月 1 日，晴。

在去报到的路上，我家的车跟一辆小轿车相撞。车上的男孩子问我是不是中暑了，给了我一瓶冰可乐。后来到了学校，我发现我们是同班同学，还住在一个宿舍，而且是上下铺。真巧。

他主动要与我交朋友，或许，我拥有第一个朋友了。但他看上去娇生惯养的，我想，我得多照顾他。

便是从这一天开始。

他开始学着写日记，或许是下意识地想要记下人生里的第一个好朋友，纪念这份来之不易的友情。

他什么都记，不过他本来就是个没有文笔的理工科男生，通常内容只是平铺直叙的记录。

笔记本上写的东西都是无聊的东西。比如，沈问秋新买了一双鞋子，又是某某牌子的，新款，看来沈问秋喜欢这个牌子；又比如，今天在食堂沈问秋吃了红烧茄子很喜欢，改天他要去问问后厨傅有什么诀窍。

各种琐碎的小事，陆庸巨细无遗地记录了整整两年半。

第一个笔记本写完以后，正好得了一张沈问秋的照片。他忽然觉得随意地把照片夹在书里不够郑重。记下第一行字时很随意，没有用漂亮的本子，后来再怎么看都觉得配不上沈问秋。

于是陆庸在图书馆翻阅了一本讲装帧技法的书，读了三天，决定自己制作一个空白笔记本。他把本来简陋的外封给拆了，只取内页，另拿了一沓同尺寸的白纸，计算好天数，将纸张整理在一起，花了数月时间，亲手装订成了一个全新的独一无二的日记本。

用了锁线打结缝法、多帖硬皮装帧。还做了布书衣，小心地包在外面。

现在回想起来，其实还是做得挺粗糙的，而且因为周末又要写作业，又要做实验，还得避开沈问秋，所以做得很慢。

最后大功告成了，才把加了塑封的照片牢固地贴在日记本的最后一页。但去Y镇的那个月，陆庸并没有把笔记本带去记录。他知道沈问秋是个尊重他人隐私的好男孩，可他还是怕会被发现。

他一直攒着两个人的回忆，回家以后，他才花了一天时间，一口气写下十几页近万字的记录。

返校以后，两个人的友情比以前又更进一步。即使笨拙如陆庸，也能隐约感觉到沈问秋更亲近自己了。

盛栩时不时要酸几次他们关系太好，说沈问秋只要新人不要旧人。沈问秋每次都会帮他辩解，说："你懂什么？陆庸是有理想有抱负的人。"

沈问秋说得理直气壮，陆庸暗暗下定决心，必须要成功，不成功都对不起沈问秋这么吹他。

盛栩不屑一顾，奚落道："什么理想抱负？开垃圾站的理想？难道他还能靠这个当上亿万富翁不成？啧，垃圾堆里的亿万富翁，真厉害，真厉害。你也是好骗，他随便忽悠几句，你就真信了，你现在跟他的小粉丝似的。"

沈问秋没好气地说："你这破嘴。算了，我不和你说了，真是小孩子，懒得和你吵。"

盛栩被气跑了："什么嘛，我就是小孩子？我们不是都一样大吗？陆庸只是长得比我高，别的也没比我好吧！"

回头，沈问秋私底下跟他说："他们说得也没错，我就是你的第一号粉丝，你别听他们的，听我的，我觉得你一定能行。小栩……小栩我也没办法说他，他就是那个狗脾气，忍不住要刺别人几句，你别放在心上。"

陆庸点点头："我知道，我没放在心上。"他听过的冷言冷语多了，早就练得无坚不摧，但以前只是当耳边风，现在他知道还有个人回来安慰自己。他很期待沈问秋的安慰。旁人就是说上一千句一万句的嘲讽，只需要沈问秋的一句支持，他就很开心了。

沈问秋盯着他，像是想说什么，默默地憋红了脸，话在舌尖徘徊。

陆庸等了一分钟，见他貌似突发性结巴，主动问："你要说什么，小咩？说就好了……是什么为难的事吗？"

沈问秋迟疑了下，说："我，我觉得光是说说好像轻飘飘的……我是真心支持你的。我们以后，我们以后要不……一起创业吧？大学毕业就开公司，你出技术，我出钱，我第一个支持你。你觉得行吗？"

陆庸怔了怔，被人承认和支持的满足感在心口飞快地膨胀。

陆庸一时激动，快按捺不住胸口快要溢出来的欣喜，他低声"嗯"了下，又觉得含糊，补充说："好。"

他太激动了，然而话到了嘴边，还是一句干巴巴的："你真好。"他觉得世上任何华丽的辞藻都没办法用来形容沈问秋的善良大方。

或许世界上有比沈问秋更聪明的人，也不是没出现过在事业上也很理解支持他的人，但沈问秋的支持跟理解对他来说就是最好的。

最好最好的。

沈问秋被他这反应给弄得挺不好意思的，抱着几分羞愧地说："也，也没有，我觉得，假如你要跟我合作，还是我占便宜了呢……唉，反正，我觉得挺好的。我们俩之间刚刚好合适。"

这时突然响起同学的声音："陆庸，沈问秋，你们俩愣在那儿干吗呢？"

两个人才如梦初醒地回过神，沈问秋结结巴巴地说："没，没什么，聊天呢……"

不过，计划还是赶不上变化。

两个少年才立下口头誓约不久后的一日，下了晚自习，他们去食堂吃夜宵，食堂的电视机正在放晚间新闻节目。

端庄的女主持人一本正经地播报：

"……近年来我国电子产品发展迅猛，电子垃圾的危害也不容小觑……于12月底，信息产业部将颁布《电子信息产品污染防治管理办法》，并在Z省、S省首先设立相关贴息贷款试点，进行电子垃圾回收规范……"

啊？Z省？这不就是他们所在的地方吗？

陆庸愣愣地想，像一股热流猛地被泵上心脏一样，胸膛一下子炽热起来，他感觉像是一个馅饼当头砸在脑袋上，有点蒙。

陆庸还仰着头望着电视机发呆，沈问秋忽地抓住他的手，那一刹那，像是野心烫了一下他的手背。他的脑海中瞬间浮现出他们的约定，他们是约在几年后，可要是等几年，黄花菜都凉了。他不禁踟蹰起来，一低头就照见沈问秋明亮的笑脸。

沈问秋打从心底为他高兴，压抑不住兴奋地脱口而出："大庸！太好了！"

陆庸想了想，还是摇头说："我还没成年……我们说好大学以后再一起创业。我们赶不上这次机会，等下次吧。"

沈问秋比他还着急，火急火燎地说："你不用管我啊，你没有成年，但你可以让你爸先上啊。"

沈问秋说到这里，才觉得自己太激动了，松开陆庸的手，挠挠头说："不过确实，我们都还小，开公司这样的事太重大了，回去我帮你问问我爸爸。我还是觉得不可以放过这个好机会。"

"你都有好几项专利了，没钱的话我给你想办法。我爸有钱，还有我认识的叔叔伯伯，我觉得他们之中肯定会有人愿意投资的。你是千里马，绝不会缺伯乐。"

陆庸当时想，大概这辈子只有沈问秋会这样不遗余力地夸自己了。他是想去做的，或许就算没有沈问秋他也会走上这条路，但沈问秋仍是必不可少的，他完全无法想象没遇见沈问秋的人生是怎样的。

少年时最单纯也最有拼劲，充满了勇敢，觉得世界上没有做不到的事。总想着，不是我去适应这个世界，而是我要改变这个世界。也不会考虑破产、失败，想做就做。

天真到可笑。

可这个世界正需要少年的天真，若是连少年都不敢去幻想，那未来就完蛋了。

沈问秋想，大抵这世上有天运存在，而陆庸就是那个被命运眷顾的人。可假如他是老天爷，他也会偏爱陆庸这样脚踏实地的好人。

时隔十年，再次来到 Y 镇，这里的变化非常大。

曾经破破烂烂的村庄和道路现在大不一样，道路平整，充满了现代化的气息，路边随处可见豪车楼房。本地人依然以电子废品拆解产业为支柱，相比十年前的规模有过之而无不及：全镇二十几个村，竟然有三百多家相关企业、五千多户经营户，从业人员多达六万余人，去年的产值足占全镇经济总产值的 90% 以上。

如今大家都富起来了，而且法规年年完善增添，Y 镇领导被上头敲打了好多次，点名批评过，便想着是时候该治理一下污染了。在这方面陆庸的公司拥有相关技术，而他本人也不吝啬于教授给别人，还愿意以低价共享，无疑是一个很好的合作伙伴。

但本地的地头蛇们完全不欢迎陆庸入驻，说得难听些，这块大蛋糕他们已经分好了，吃了那么多年，陆庸在别的地方跟他们抢生意就算了，居然还跑到他们的老巢来，未免太嚣张。

于是几度谈崩。

这几天下来，沈问秋都觉得头疼，跟陆庸说："陆总，在这里建工厂的计划要么还是缓缓吧，有几座城市的政策更有利，我觉得更适合接洽。而且，在还没污染严重的时候开始防患于未然，我觉得是不是更好一些？"

作为当事人，陆庸还是很淡定，甚至觉得比起沈问秋来，这些人好处理得多。他大致也预料到不可能太顺利："嗯，不过，也不能一直放着不管。"

他们在室外散步，走到一条河边，或许不能称作散步。

因为这条依傍在工业区旁边的河流被污染得极为严重，已经变成了黑色，呈现出犹如沥青般的质感，上面浮满各种垃圾，散发着一阵阵让人难以忍耐的恶臭。别说人了，连小动物都绕着走。

漆黑的河面倒映着灰蒙蒙的天空，这番魔幻的场景不像是会出现在现实中的。

陆庸在河堤旁蹲下来："一颗纽扣电池就可以污染六百吨水，相当于一个人一生的饮水量。"

"他们本地人根本不喝这里的水，都是从外面买水来喝。当地人生病的太多了，连小孩子做检查也基本上都是重金属超标。赚到钱污染了土地，发家以后就直接搬走，可还是有很多人前赴后继地做这个。人类真是贪婪。"

但是，河边竟然还长有野草。陆庸站起来，拍了拍手掌上莫须有的尘土，说："我并不是指责他们的做法，当人在穷得吃不起饭的时候，哪顾得上几十年、一百年以后的事。先发展，再治理，眼下能活下去更重要。"

"可现在呢？现在明明吃得起饭了。我以前觉得是因为缺乏技术，现在看来并不是，或许贫穷并不只是指物质上的贫穷，还有精神上知识上的贫穷。你看，还不规范，他们就可以继续钻空子，就像这一颗小小的纽扣电池，有回收流程、方便的回收渠道网络吗？暂时还没有。"陆庸摇摇头说，"假如一开始就有法规，又何至于发展到这个地步。可就算是现在，规定也不算很完善。"

沈问秋隐隐约约意识到了什么，看着陆庸的背影，在这脏污的地方，陆庸干净得格格不入，他问："你是怎么打算的？"

陆庸站定，颀长笔直的身影倒映在深黑如镜的河面上，他不疾不徐地安抚道："这里谈不成也没关系，你压力不用太大。"

"嗯。"

"我现在说话还是没什么人听我的。"他转过身，说，"我打算报名候选国家科学技术进步奖，评选上的话，我在回收协会就能有更多的话语权。"

陆庸望向沈问秋，一点也不像在说笑，异常认真："到时候，我会参与制定规则。"

陆庸是认真的。在那一瞬间，沈问秋仿佛看到了海市蜃楼的幻影，眼前的人是现在的陆庸，也是他十六岁时认识的那个少年。

又觉得怀念。

这么多年了，陆庸还是那个陆庸，从未变过。

真好。

当年为了抓住机会，陆庸让爸爸先把公司开起来。父子俩这些年终于还清了当年为治病欠下的借款，有了点积蓄，但假如要开公司的话，就得把刚赚到手还没焐热的钱全部投入，即便如此，也不一定够，又得去借钱。陆庸的爸爸不免犹豫。人嘛，手头没有积蓄心里就不踏实，他没有什么大富大贵的念头，当下的生活也很让他满意了。

于是沈问秋陪陆庸去劝说他爸爸，陆庸的爸爸老实巴交地说："这些钱是准备将来给你买房的，这两年房价一直在涨，现在不买的话以后涨得更厉害，房子我都看好了……这年头，还是得有个房子，这才是个退路。我们好不容易才熬过来，我不安心啊。"

陆庸没怎么样，沈问秋听了以后心里却莫名有点难受。

陆庸说："爸，你说得太远了。"

陆爸爸说："不远。过几年你大学毕业，还不得有个车有个房？开公司？你才几岁？你以为是过家家吗？我见过太多破产的人了。"

陆庸仍然非常坚持，他并不是空口去说服，而是做了一整本关于公司的策划案，极尽严密，且这不是他做的第一版，而是第六版。先前他在调查尝试着写了以后，拿去请沈问秋爸爸帮他看了，得到意见之后再修改，改了好多次，直到这一版才获得肯定。

这份策划案才终于被他拿回来，让爸爸亲自过目。

陆爸爸本来就没什么文化，只有经营一个小回收站的本事，其实策划案拿给他看,他也看不出个所以然来。但还是硬着头皮去看了,没怎么看懂,云里雾里的,也挑不出毛病,看着看着,忍不住抽起烟来,愁眉紧锁地对他们说:"你们别盯着我,你这东西这么厚,我一下子也看不完,我得拿回去慢慢看。"

沈问秋能够理解,好不容易才脱贫致富,刚要过上好日子,却要孤注一掷地把钱扔进一个不知道会不会成功的项目,谁都会不安。

沈问秋现在只恨自己为什么从小到大那么会乱花钱,有了钱就拿去买跑鞋买游戏,都不知道省省钱,不然他就能掏出他的私房钱独家赞助陆庸了。他给陆庸的钱,他愿意白给,就算赔了也没关系。但如果是问爸爸要钱就不一样了。唉。

他不是没问过爸爸,可不管他说得多么天花乱坠,爸爸都把他当小孩子,还说可以资助他们一点钱。这一行没赚头,爸爸是这样委婉地跟他说的。

不赚钱就不做了吗?沈问秋很生气。爸爸笑笑说,可我是商人啊,商人就是图赚钱。

沈问秋迟疑地说:"你要是压力太大的话,我还是回家问我爸爸借钱吧?"实在不行,算是他问爸爸借的钱,不归陆庸的债务。

陆庸拒绝了:"还没到那种地步,叔叔已经帮了我很多,我很感激了。"

倒不是出于什么自尊心,只是单纯认为目前他还应付得过来。

陆爸爸考虑了一个星期,陆庸写的计划书被他翻阅得边角皱起,上面写写画画,显然是确实认真看过了。在下一次学校放假的休息日,他给了陆庸答复,批准了陆庸的策划,答应以自己的名义,投入目前父子俩手头所有的积蓄去开公司。

那是梦开始的地方。沈问秋想。

毕竟公司是陆庸拿主意开的,忙活小半年,各种手续要办,还有诸多新业务要操心,还要订制机器,进行调试,联系各方面的人,陆庸忙得不可开交。

过了初期，沈问秋帮不上什么忙了，再往陆庸那里跑就有点添乱的味道了。而且，课业也紧张起来，他的成绩落下来点，陆庸仍稳稳当当，跟老父亲似的为他忧心，跟他说，让他专心学习，不要操心其他。

沈问秋知道陆庸很忙，周末不敢去找他，怕耽误陆庸办正事。如此一来，两个人渐行渐远，回过神来才发现，陆庸已在某个他没注意到的时刻长成了大人，而他还是个幼稚的小孩子。

乖孩子就该自觉不去打扰大人的工作。他小时候就知道爸爸工作的时候不可以吵闹，现在也是。

不找陆庸玩以后，时间一下子变多了，于是空隙时间他又时不时被盛栩逮住一起玩。

就是不得劲，所以沈问秋总是心不在焉的。由此，盛栩生气了，问他："怎么，不是跟陆庸一起玩就觉得没意思？我就不明白，你怎么就对陆庸刮目相待？"

沈问秋坐直身体，闷声闷气地说："我就是觉得，陆庸跟其他男生都不一样。你又不了解他。"

盛栩不屑："都三年了，还了解不了解的？我认识他的时候跟你不是一样吗？我真没看出来他跟别的男生有什么不同，除了少一只手，成绩稍微好一些。别人也就算了，陆庸我真不明白，就算是在我们的年纪，又不是没有别人比他更优秀。"

就外在客观条件上，确实不是没有。他们这一大帮富豪圈子里的小孩子，从小接受精英教育，不少人在这年纪已经能拿出一份漂亮的履历，沈问秋就可以。

沈问秋觉得大概在别人看来，他就比陆庸优秀，他们成绩差不多，而他家境好，钢琴十级，在英语演讲比赛拿过奖，参加过好几次国外中学生夏令营，书房里一柜子的各种比赛奖杯。可他一想起陆庸，就觉得既敬佩又自惭形秽，眼前仿佛浮现出陆庸憨直的模样，他叹气似的说："……我觉得我比不上陆庸。"

盛栩觉得太荒唐了:"哈?"

沈问秋也不知道该如何描述,由衷地说:"陆庸那么好,而我就只是家里有点钱。"

后来沈问秋想想还觉得挺庆幸,庆幸那时候他家里有钱,不然他更没底气跟陆庸交朋友。

明明是同龄人,他就比陆庸晚出生几个月,为什么能差那么多?陆庸又有决心又有行动力,而他只是个随波逐流地做家长老师眼里的优等生、压根儿不知道自己人生的意义是什么的傻孩子。

以前小的时候总是盼望着长大,觉得等到长大了,人生中的一切烦恼都会迎刃而解,可以自然而然地发现自己这辈子的价值和理想。但转眼这么多年过去,过两年他就三十了,别说人生的意义,他连活下去的勇气都没抓紧。

这次重返 Y 镇倒是让他隐隐约约又思考起这个问题来。当然,老板改变计划,他作为秘书,当然要听老板的,便一起打道回府了。

回来以后,冷空气降临,天气一下子冷了起来。

连下了几天雨。沈问秋什么衣服都没有,先穿陆庸的顶着,但陆庸的尺码比他大许多,所以陆庸还是特地带沈问秋去买衣服,一进商场就直奔名牌服装店。

沈问秋站门口不想进去,问:"你想干吗?"

陆庸说:"冬天了,你没衣服穿。该买衣服了。"

沈问秋半响无语,然后严肃地说:"……这里的衣服动辄上万一件,你知道吗?"

陆庸理所当然地"嗯"了一声。

沈问秋差点被气笑:"嗯?你还'嗯'?我们哪有那么多钱啊,别浪费钱了，随便买两件就行了。"

陆庸提起："起码买一件吧。下星期是我爸生日，我们一起回去。你得有件新衣服。"

"叔叔生日了吗？"沈问秋问。过了这么多年，他都记不清了。先前他也给陆叔叔过生日过，现在都忘了。以往的事，回忆起来太痛苦，多变模糊，只有关于陆庸的他都记得清清楚楚。"但这跟给我买贵的衣服没什么关系啊？你应该给叔叔买新衣服。"

陆庸就是想给沈问秋买好的，他费劲地思考，也想不出一个能被信服的理由，嘴笨地说："你穿去给我爸爸看，他才知道你在我这儿过得好啊。"

又想了想，他补充说："贵没关系，也不差这一星半点。你穿好看。"

胡说呢。沈问秋没好气地说："用不着，都那样。而且你自己平时都不买贵的，给我买干什么？"

陆庸一直秉持着小时候爸爸教导他的"勤俭节约"的原则。他从小是个小抠门，因此被同学嘲笑，爸爸跟他说：你不要学那些人，有点钱就大手大脚地乱花，攒钱是一件光荣的事，抠门一点也不丢人，但是我们抠门必须搞清楚对象。像爸爸一样，爸爸也抠，爸爸把钱抠下来都给你妈妈，我们抠门是为了让家里人过好日子。

陆庸本身没有什么物欲，保持抠门的习惯也不过是因为抠习惯了，现在沈问秋回来了，就不一样了。

抠门，抠门，抠门的要义是抠自己不抠家人。钱抠下来就给家里人用，他是从自己的生活费里省下一笔钱，想给沈问秋买一件好衣裳。被拒绝了，让陆庸有些沮丧，他坚持说："买吧，没关系。"

沈问秋不高兴，反把他拽走："不买，在商场买大衣不是傻吗？去小市场买也行啊，便宜。来之前你不跟我说，我还以为只是吃个饭。我不管你，谁让你要骗我乱花钱买那么贵的衣服？我就不买！"

沈问秋横眉竖眼，他一凶，人高马大的陆庸立刻就蔫儿了。

沈问秋生气，抢先一步走了，陆庸默默跟在他身后。

结果最后沈问秋拿他的一件旧大衣到裁缝店里改了改尺寸穿，就花了几十块钱。陆庸都觉得心疼，觉得小咩太可怜了，一个小公子要穿他的旧衣服。他真想把自己能给到的最好的东西都给沈问秋。

沈问秋自己挺高兴的，很喜欢这件衣服，就穿着这件衣服，跟陆庸一起回他乡下老家给陆爸爸过生日去了。

陆叔叔现在住在乡下的私人流浪动物救助中心，他们到的时候正是个寻常的晴天。趁着天气好，陆爸爸把几只狗拎出来洗了，正在院子里晒太阳，见他们过来，高兴得不得了："小咩来了啊！快过来快过来！"

他笑起来依然是憨态可掬的样子，没陆庸那么凶，一晃眼，沈问秋觉得好似回到当年。

陆爸爸身上还系着围裙，局促不安地抹了抹手，像怕自己身上的臭味熏到孩子们，和以前一样，腼腆地说："不好意思啊，这里猫狗味道挺重的哦？"

陆庸纳闷爸爸诧异什么，便说："不是你在电话里千叮万嘱让我把人带来吗？"

陆叔叔说："我不叮嘱，你就不准备带小咩来了啊？"

陆庸斩钉截铁地回答："要带的。我肯定不能把他一个人放在家里，我都把他带在身边的。"

彼时，沈问秋正在与陆叔叔身边的一只狗狗对视，大眼瞪小眼。这是一只普通的田园大黄狗，仰着头望着他哈气，嘴角的弧度像是在笑，尾巴快活地摇个不停："汪汪！"

有一瞬间，他感觉对这只狗狗有种看到同类的亲近感。又想，什么叫"带在身边"？我是什么小猫小狗吗？

沈问秋这时终于有空插嘴了，他郁闷地说："陆叔叔好。"

陆叔叔眯起眼睛笑："小咩好，小咩好。"

陆叔叔说："走，小咩，我带你看看我的动物基地。"

自从把小垃圾站交给儿子以后，陆叔叔就提前过起了退休生活。但他不好打牌不爱旅游，也不喜欢钓鱼，闲了两年，最后打算自费开救助流浪动物基地，顺便在周围租了好多田，种一些果树什么的，尽情地享受田园生活。

为了不妨碍到别人，基地建在村子的一隅，这样不会吵着其他农户。

基地里住满了猫猫狗狗，就算仔细打扫，依然有一股动物特有的浓重气味。狗狗汪汪乱叫，吵得要死。每一只看上去都特别有精神，后厨阿姨正在用大锅做新鲜的狗粮和猫粮，陆叔叔则给他们介绍每只小动物，如数家珍。有好几只狗狗沈问秋看着长得真的太像，陆叔叔却都能分辨出不同。

逛到一半，陆叔叔神秘兮兮地说："小咩，我带你去看一只狗，你一定会觉得很好玩。"

沈问秋好奇："什么？"

陆爸爸说："看了你就知道了。"

然后给沈问秋介绍了一只膘肥体壮、憨头憨脑的大黄狗。与其他狗狗不同，这只狗狗少一只前臂，陆叔叔哈哈大笑地说："是不是很像大庸？我给它取名字叫'小庸'。"

当事人陆庸就站在旁边，一脸无语，自我评价："是很像。"

沈问秋说："没陆庸好看。"

陆庸在一旁默默路过："我都听见了的啊，你们背着我讲我的坏话。"

沈问秋冲他笑："胡说，是当着你的面讲的。"

逛完了，陆叔叔给他们俩一人发了一件围裙、一双粗布手套，并刷子和彩色油漆，说："乡下没什么好玩的，反正你们俩也没事做，不如帮我涂一下墙上的花花草草。"

两人系上围裙，戴上手套，把墙上因为日晒雨淋而褪色的图案填补上色彩，挺简单的，像是他们小时候念的幼儿园上的壁画课。

陆庸专心工作，沈问秋也没搭话，闷头各自干活。

早前好不容易才恢复到可以正常工作的状态，可脱离了公司，又不知道该怎么交流了，现在只是待在一起就有点若有似无的尴尬和在意，根本没办法自在地交流。

沈问秋涂了一会儿，累了，停下来休息。

陆庸马上注意到："怎么了？手酸了吗？放在那我来做吧。你去坐着休息一会儿。"

沈问秋不好意思看他，别过头："没……这才多少活？我就是稍微停一下。我没那么娇气，你不用那么紧张。"

陆庸更紧张了，连忙辩解："我没觉得你娇气。你现在是病弱，生病了，没力气是正常的，不用逞能。"

沈问秋说："那才更需要多锻炼嘛。"

说着，他往边上一看，发现陆庸画了一只圆滚滚的小绵羊，笑了："你真好笑，养猫养狗的地方你画只小羊崽？"

陆庸找借口说："我觉得小羊最可爱。白色颜料这么多，画小羊正合适。"

沈问秋说："那也可以画白猫、白狗，还可以画熊猫啊，都会用到白色颜料。"

"好。你说得对。"陆庸一口答应下来，"你说画什么就画什么。"

还真的画了一堆各种各样的小动物，沈问秋看陆庸画得可真好，他在这方面其实也颇有天分，并没有特意学过。以前要在实验记录册上手绘工具和过程，陆庸大多时候连尺子都不需要，就能画得惟妙惟肖。一直画到傍晚，大家都过来看，夸他画得好，不愧是老总。

陆庸现在是厉害角色，不管做什么出色都是理所应当的。

干完活，两人去洗手，沈问秋说："时间也不早了，现在开车去城里也要天黑了。"

陆庸"啊"了一声，说："不去城里啊，就在这里过生日。"

沈问秋："就在这里吗？"

陆庸摸摸鼻子："我爸说不用大肆操办，就在乡下买了些新鲜食材，让厨子置办一桌，他也不爱吃奶油蛋糕，让做碗长寿面就行了。就我们，加上基地里的伙计们一起吃一顿。"

这也太简朴了，沈问秋想。他们父子俩真是有其父必有其子，如出一辙地不忘初心，发达了也不会铺张浪费。

转念一想，沈问秋想到个问题："那我们晚上在这留宿？"

陆庸点头："是啊。"

晚上给陆爸爸过生日。

一张大圆桌，加上陆庸和沈问秋满满当当地坐了十个人。桌上都是些家常大菜，红烧肉、土豆炖鸡、红烧茄子、清蒸鱼等，还有个大蛋糕跟一大盆长寿面。桌上没有酒，只有果汁、椰奶，这父子俩都不喝酒，所以今天没有劝酒文化。

一桌人乐呵呵地给他老人家祝寿，饕餮一餐。

吃完饭，陆庸很自觉地站起来帮忙收拾碗筷，沈问秋哪好意思做金贵客人，连忙抢着干活。

陆叔叔阻止他："小咩，放着让大庸做就好了。"

沈问秋说："我已经给你们添了很多麻烦了，还是让我来吧，我可以的。"

两个人低头，各做各的，诡异的井水不犯河水。

陆叔叔全程围观了，若有所思，在陆庸捋起袖子要洗碗时，把他叫住："大庸，过来，我吃得有点撑，陪我去田边散步吧。"

陆庸看了一眼沈问秋，皱了皱眉，说："我把碗洗了就去。"

陆叔叔说："小咩说他要洗就让他洗嘛。"

陆庸跟没听见似的，利索地把碗筷碟子都洗了，才脱了厨房手套，跟爸爸走了，临走前犹自担心地交代沈问秋说："我就走开十分钟，你看看电视，我马上回来。"

稍走远了点，才刚出院子，陆庸就紧张兮兮地回头看沈问秋还在不在。

陆叔叔也跟着看了两眼，说："你看得也太紧了吧……"

陆庸惶惶不安地说："爸，你知道小咩生病，必须关心着。我以前大学时候认识一个朋友，他的女朋友就有抑郁症，他也一直陪着女朋友，表面上看上去像是都好了，谁都看不出有什么异样。结果有一天，他稍微疏忽了一下，他女朋友找着机会就自杀了。"

听得他爸无言以对，无法赞同，但也反驳不上来。

两个人走在田埂上，凉风徐徐，田里的玉米叶子被吹得沙沙作响。

爸爸的回答跟陆庸想表达的重点完全对不上，他说："干吗？他只是你的朋友。"

陆庸哽住："他是我最重要的朋友，他都走到我身边了，我肯定要管着他的。我，我好不容易才把他救上来。"

又走了一两分钟。

爸爸问："你们俩今天看上去怪怪的，吵架了？"

陆庸心尖跳了一下，说："没吵架，我哪会跟他吵架？就是想起一些旧事而已。"

他们不知不觉地越走越远，陆庸为难地说："还往外走啊？已经五分钟了，爸，我想回去了。"

爸爸无语地看着他，无奈地点头。

父子俩又往回走。陆爸爸心想，拉只狗散步都一定比这要久。

陆庸又跟他爸说："爸，还有件事，我想去参加国家科学技术进步奖的比赛，也不知道能不能评选上……"

爸爸没正面回答，只说："有些事呢，先去做。当年啊，我就没想到你妈妈会愿意嫁给我，她是我们村最好的姑娘，又漂亮又能干，喜欢她的小伙子能排到十里地外去，可她最后要了我。"

爸爸转过头来，盯着自家打小就看着不怎么聪明的儿子："你哄我拿钱去开公司的时候不是很会说话吗？你还记得我那时间过你什么吗？"

"我问你，要是不做，你是不是会后悔一辈子。你说是，还说就算输了，大不了回到原点，从头再来。那时候不是很有魄力吗？"

父子俩快走到院子门口，爸爸看到陆庸正要推开铁栅栏门，像是突然想起什么，回过头，问："对了，只剩一个房间了，你们凑合着睡一晚上吧。"

陆庸："嗯，我也好照顾他。"

他们住的小楼就在院子后面，大半夜，猫猫狗狗也比白天安静了许多，间或有一两声犬吠，更衬得这乡野田间与世隔绝一般。

到现在，陆庸也不知道究竟是谁病了，才那么一会儿没见到沈问秋，他就觉得心里不安。一回去就找人，进门就看见了，沈问秋正坐在一楼客厅看电视。门开着，陆庸越接近越放轻脚步，直到站在光的一线之外，没跨过去，在阴暗中默默地看了一会儿沈问秋的侧脸。

不过离开十几分钟，陆庸却有一种脱离开很久的感觉，感到说不出的焦躁。这几个月来，他几乎没让沈问秋离开过自己的视线。

沈问秋发现了他："你站在门口干什么？"

陆庸走进门去，坐下，沈问秋正剥碧根果吃，问："你也要吃？我剥给你吃。"

陆庸傻不愣登地摇摇头，没头没尾地说："看到你好好的，我就放心了。"

沈问秋笑了："什么啊？你只是走开了十分钟吧？"

正好桌上有项圈狗绳，沈问秋随手拿起来放在自己的脖子上比画了一下："你干脆在我脖子上戴个项圈系上狗绳？你走到哪儿牵到哪儿？"

陆庸郑重其事地否认："不行，不行，这跟带在身边是两码事，我是……我是……"

沈问秋已经放下狗圈，嬉皮笑脸地说："我开玩笑的啦。"

沈问秋想，他们闹别扭闹了好几天，也是时候该和好了。陆庸是这种沉闷性格的人，他一直一清二楚，只能由他去主动化解矛盾。

陆庸在他身边坐下来："其他人呢？"

沈问秋颔首说："去打麻将了。他们问我玩不玩，我说我不玩——我答应了你以后再也不碰这些了嘛。"

其实被问的时候他是有点心痒痒的，可是一想到陆庸失望的眼神他就难受，尤其是回忆起陆庸坐在赌桌旁的样子，还是不玩了。

陆庸低低地笑了两声，手闲不下来地剥橘子给沈问秋吃："嗯。不玩。你不玩。我们都不玩。"

沈问秋瞄了陆庸一眼，陆庸嘴角带着笑，只看一眼，他觉得自己的心情也被照亮了些许。

两个人分这一个小小的砂糖橘吃，沈问秋不想光坐着享受，就在一旁剥着坚果给陆庸，两个人你来我往，心思压根儿没放在面前的电视上。

"你是怎么做到这样心无旁骛的啊？"沈问秋自然而然地问了出来。

陆庸愣住："什么？我没听懂。"

沈问秋若无其事地说："就比如白天的时候你爸用狗狗调侃你，你都不生气……我一直……一直特别敬佩你这一点。你断了一只手，可从来没见你自卑过。你好像除了自己喜欢的东西以外，对什么都不会生气。"

陆庸脱口而出："你为什么会觉得我没有自卑呢？"

沈问秋蒙了："你有吗？"

陆庸大大方方地点头："高中那会儿要不是你主动和我交朋友，我肯定是不敢做你的朋友的，等回过神来的时候，我好像是变得开朗了很多。我曾经也很后悔因为自己的调皮而失去了一只手，他们会嘲笑我是残疾人，嘲笑我家里开垃圾站，但是你不会。我就慢慢放下心结，也不在意自己的缺陷了。"

陆庸一边说，一边看沈问秋，眼神像是在说：我这辈子最幸运的事就是遇见了你这个朋友。

沈问秋好不容易才别开视线，指尖捻来捻去，全是碎屑，他抽了张纸巾，擦手，生硬地转移话题："挺晚了，我们该睡了吧。"

客卧里摆着两张床。

沈问秋去洗澡，陆庸不知为何有些发呆起来，直到沈问秋洗完澡出来，见他还戴着义肢，问："你还没摘义肢啊？"

陆庸慢吞吞地说："……正准备要换。"

水汽萦绕的沈问秋坐在陆庸右边，问："我可以帮你摘义肢吗？我一直挺好奇的。"

"好，好啊。"

这只价格昂贵的义肢当然不能完全替代真正的手臂，手指有最尖端的触感传导，可是跟他真实存在的手也天差地别，更不用提别的地方。而且也只有指尖能有感觉，胳膊并没有。

沈问秋找到一处开关："是按这里吗？"

陆庸说："是。"

沈问秋按下按键，模仿着陆庸拆下手臂的动作，轻轻一扭，把他的义肢摘了下来："我再帮你的义肢做消毒吧。"

说完，拿了酒精棉片，埋头仔细揩拭这条"手臂"。

他都快擦完了，陆庸还不去洗澡，于是抬头看了一眼，问："怎么了？我擦得不对吗？"

陆庸望着他："上次我们说了一半，都没说完……"

沈问秋装聋作哑："啊？什么啊？不记得了。"

陆庸说："你说，你本来就打算去自杀。你说你希望我不在乎你，让我别管你。我不会不管你的。"

气氛渐渐变冷。

"嗯。"沈问秋说,"其实你别管我更好。"

陆庸:"……你别这么说。"

沈问秋把棉片放好,抬头,对他虚假地笑了下:"没事啦。我现在不是好好的吗?那次是我喝醉了酒,乱说的,别放在心上。我们现在就很要好啊。"

沈问秋想,以后可不能乱喝酒了。他自己悲伤就算了,但他不想丧到陆庸。抑郁的情绪像是缠在他灵魂上的黑雾,陆庸总是明亮干净,能驱散他的阴霾,而不该被他传染。

沈问秋一夜没睡好。

第二天一早起床,发现陆庸不在了。

他发消息问陆庸去哪儿了,但陆庸没回他。

早起干活去了吗?沈问秋想。

"叮。"

手机收到新短信。

沈问秋低头,随意地点开一瞥。

××银行:您的××××账户于×日10:48转入8,000,000,目前可用余额8,000,347,对方账号××××,转款人:陆庸。

沈问秋蒙了,只觉得耳边嗡嗡作响。

他皱起眉,屏住呼吸,目不转睛地盯住手机屏幕,反复看短信里的数字,数了三四遍,确定是八百万。

八百万?八百万!

沈问秋重新呼吸,直接拨通了陆庸的手机号。

陆庸没设置任何来电彩铃。

电话"嘟嘟"响起两声,陆庸就接了起来,他没事人似的说:"喂?小咩,你起床了啊？我正在回去的路上，你稍微等等……"

没等陆庸说完，沈问秋劈头盖脸地说："我刚收到了转款短信。你是弄错了所以往我的卡里打了八百万吗？我虽然很想弄清楚你这么做的动机，但是，你不是知道我的账号里一有钱就会被银行划走销债吗？这么大的数额必须去银行处理，你赶紧取消了，赶紧。"

陆庸理所当然的语气让沈问秋简直想吐血，说："我知道啊……小咩，我等下慢慢和你说，你别着急，等一下……"

沈问秋骂骂咧咧："你知道你还往我卡上打钱？你有病吗？！"

"去撤回转账操作——现在！马上！"

陆庸那边无人应答。

沉默是什么态度？这更让沈问秋焦躁。过了一小会，沈问秋才听到陆庸茫然无知地回答："我刚才靠边停车去了，你刚才说了什么？"

沈问秋气得简直快脑溢血："我说，让你去撤销转账操作！给我调转车向，回银行去！你他妈的别给我打钱！"

沈问秋看了看左右，确定没人会听见，但还是快速地走远了两步，压低声音，咬牙切齿地说："陆庸，你真的不用这样？"

给八百还能说是随手给的零花钱，八百万？那肯定是陆庸认真给的。谁会手滑打款八百万啊？

陆庸紧赶慢赶，正好在开饭前回来了。在电话里，沈问秋那么生气，他好怕沈问秋会一跑了之。

幸好，一进门，他就看到沈问秋安然无事地坐在院子里，边晒太阳，边陪他爸爸下围棋，听见他回来了，也没抬头，装成无视他。

陆庸站到沈问秋身边，默默等他们下完一局。

沈问秋收起棋子，说："还玩吗？叔叔。"

陆庸插嘴："沈问秋，我有话要跟你说。"

沈问秋置若惘闻，直接摆起棋子。

陆庸把棋盘直接端起来走，沈问秋无法再无视他，生气地追在他身后："陆庸，你是不是有毛病？"

陆庸也生气："对，我就是有毛病。我都少只手，明摆着的毛病。"

陆叔叔追上来，把棋盘抢回来，将两个闹别扭的人轰出院子外面去："我还要玩呢，我跟别人继续玩，你们俩要吵架出去吵！吵得头疼！"

于是沈问秋和陆庸都被扫地出门。

沈问秋只觉得生气，生他自己的气，无处发泄，盯着地面，一股脑地往前走。陆庸一言不发，像只忠心的大狗一样紧跟在他身后。

谁也不说话。

就这么快走了十几分钟，走得脚开始发热。

在荒无人迹的田野边，沈问秋终于停下脚步，他背对着陆庸，残忍地说："你别对我那么好了行吗？"

这话说出口，他不知道有没有伤到陆庸，反正他自己感觉像是一柄利刃扎进心窝："我还不上的。我烂透了，你别跟着我一起烂。"

陆庸"哦"了一声，温温和和，不像放弃，也不像生气。

沈问秋感觉被刺激到了，肩膀抖了一下，他觉得好丢人，可还是忍不住落眼泪，抽了抽鼻子，问："陆庸，你说我是你的朋友，但那是以前的我，又不是现在的，你不是……你不是也说我是个烂人吗？"

陆庸脸色大变，如被当头棒喝。

他是说过这样的话，沈问秋刚来不久的那个时候，还满身利刺，对他说："我早就不是十年前的我了，我早就不是了。你还以为我是个好人吗？"

他回答了什么来着？哦，对，他说："我没有那样以为。我知道你是个烂人。"

他总是无法说谎，他想要坦诚地对待沈问秋。

当时沈问秋就有点恼火，他追着解释，放着放着，还以为这件事就这样平淡地揭过了，其实只是埋下一个地雷而已。

那时的沈问秋完全不柔软，他的灵魂被诸多挫折痛苦扎上了一根又一根的利刺，假如别人要问是否因此而无法拥抱，他还要坏声坏气地说："我又不是抱你，你别自作多情觉得抱我会扎到自己。"

有时候就是这样。

一句话，说的人是这样的意思，听的人却要理解成那样的意思，南辕北辙，造成重重误会。

陆庸心急如焚，深吸一口气，想要和他面对面说话，抬脚想要绕到他前面去。

但陆庸才刚抬起脚，沈问秋听见他的脚步立马要逃，陆庸好不容易追上，沈问秋再转过身来背对着他。如果此时有外人在，或可看见他们俩在原地滑稽地转圈。

陆庸再没脾气，这会儿火气也有些上来了，他知道沈问秋有病……他该更有耐心！不能逼迫沈问秋！要温柔，要温柔，他原本就是个温柔的人。

可现在实在是温柔不起来了。拖了太久，这件事得说清。

陆庸恼极了，直接牢牢抓着沈问秋的手臂，硬生生把人拽过来，扳正，面向自己。

沈问秋别过脸，他就用左手扣住沈问秋双手的手腕，右手捏着沈问秋的下巴，义肢被太阳晒得微微发烫，强逼着人抬起脸，他沉着嗓子匪气十足地说："看着我，沈问秋。"

沈问秋闭上眼睛。

陆庸真是火冒三丈。

沈问秋被陆庸盯得心生怯意，那锐利的目光像是正剖开他懦弱的泥壳，要他露出最后一点点柔软的地方。

陆庸的性格很是极端，分明是个如此软弱木讷的人，即使有人嘲笑讥讽他，他也能做到泰然自若无动于衷，像是世上没有任何事可以让他生气，很少很少见到陆庸生气。

可一旦惹他生气，陆庸就会像变了个人一样，谁见了都会害怕。

譬如上次在老吴那里。

譬如现在。

沈问秋能清晰地感受到，陆庸身上的怒意仿佛热气腾腾，炙人心扉，叫人心惊胆战。其实陆庸偶尔是会这样，像是不经意间流泻出来的暗黑气质。

沈问秋现在的精神状态本就敏感，不由得瑟瑟发抖起来。

陆庸看他吓成这样，才黑着脸放过他。

陆庸一边凶巴巴地紧紧拉住他，一边僵硬地拍着他发抖的肩膀，犹未消气："我不是想吓你，小咩……你老是听不进我的解释，我都不知道该怎么办好。"

陆庸郁闷至极地说："你当时那个状态，我难道还要撒谎骗你，说你是个好人吗？"

果然是这样，沈问秋又想哭了，他想要挣脱开，说："我知道，又不用你提醒。"

但陆庸的手臂太有力气了，陆庸只有一只手的时候他还能甩开陆庸，陆庸装上义肢，有了两只手，他完全逃不开，死死地被陆庸按住。

就像那天在河里一样。他再想自暴自弃地溺在沼泽生活中，陆庸都会用尽全力地把他拉出来，不由得他自己想放弃。

陆庸偏执疯狂地说："我不在意那些，沈问秋，我在意的不是那些……"

像是怎么说都说不完，如诅咒。

沈问秋慢慢停下来，放弃挣扎，任由陆庸抓住他。

陆庸脑袋一片炽热，他完全没有组织语言的能力，全然是出于本能驱使地在表达自己压抑多年的想法："我不想像这样，像个疯子，会让你害怕，我知道你其实胆子很小，我不想吓到你。所以我一直不敢和你说。你对我是很重要很重要的人，比任何人都重要。你是个好人也好，你是个烂人也罢，我其实无所谓。"

"你知道我很笨，我无法跟人相处得好，我也不清楚朋友究竟是什么。但我敢认定你是我的挚友，无论你是怎样的，不只是你十几岁时的乐观善良，你的胆怯自卑偏执我也接受。因为那是你身上的，对我来说都是好的。"

"你是好的沈问秋那再好不过，你要是变成糟糕的沈问秋我也不讨厌。这些年，我都没有过另一个比你更交心的朋友！"

"我是一个如此卑劣的人。"

"我清楚你是出于寂寞，是出于病理原因，所以才愿意来找我。你只是想感受自己存活在世界上，而我就是无法拒绝你，我卑鄙地趁机利用了你的寂寞。"

沈问秋狼狈极了，红着眼睛，紧咬牙齿，用力到脸颊生疼。他恶狠狠地瞪着陆庸，半晌后才生硬地问："那你为什么十年都不来找我？"

陆庸凝视住沈问秋，目光深沉。

"因为你厌恶我，你让我别出现在你面前。只要是你说的，我就遵循。我的规则在你手上，你可以打破，我不可以。我不想让你更厌恶我。"

多荒唐！多荒唐！可陆庸就是认真的。所以是他让陆庸别出现，陆庸就能忍十年不出现，即使还关心他；所以他在派出所打电话给陆庸，只一句话，就又能召唤到陆庸抛下其他，直接奔赴千里来到他身边。

像是这十年的时光只是一眨眼就过去了。他们站在彼此的面前，有那么一瞬间，似乎看到的仍是少年时的模样，再眨一下眼睛，却又成了长大以后的模样。

"沈问秋，我比世上的任何人都希望你能够幸福，我想要你能够获得最好的人生。"

"我不可以否认我们重逢时的你是个烂人，假如不是变成那样，不是别人都不管你，你也不会来找我。"

"我不知道对他们来说是怎样，但对我来说，沈问秋就是沈问秋，我所在乎的就是沈问秋本人而已。"

"我知道我对你来说其实只是无可奈何、走投无路的选择。"

"以后你的病好了，真正振作起来，曾经对你失望了的朋友都会回到你身边，不缺我一个。"

"可对我来说，你就是沈问秋，不加任何定语的沈问秋。即使你厌恶我。"

沈问秋眼睛酸涩、喉咙发干，心脏一抽一抽地疼，他缓钝地说："我怎么可能厌恶你呢？你别污蔑我。你以为我为什么最后没出国留学啊？"

Chapter 06

泡沫

陆庸这个看上去跟沈问秋最要好的人，竟然是高中班上以沈问秋为中心的小团体里最后一个知道沈问秋很可能要去国外留学的人。

大抵是因为他跟除了沈问秋以外的人关系都不好，一学期也不一定说得到十句话，还都是"好""哦"之类的废话。非要说的话，大概跟盛栩说的话比较多。

但不是什么好话。盛栩专爱针对他阴阳怪气。

这件事还是私下盛栩无意中说漏嘴的。

当时陆庸就蒙了，盛栩从他过于直白的反应中明白沈问秋没告诉他，颇为高兴："原来小咩没告诉你啊？哈哈，我们都知道呢，我准备跟他一起去留学哦。手续都准备得差不多了，学校肯定能申请到。"

"更多的你自己去问他吧，沈问秋居然连这都没告诉你哦？"

太扎心了。

陆庸这个看上去跟沈问秋形影不离的人，竟然是班上沈问秋小团体里最后一个知道沈问秋要出国留学的人。

陆庸无比理智地知道他没有资格去问沈问秋，他总不敢去干预沈问秋。他想，那是沈问秋的人生，他只是个朋友，告诉他是沈问秋善良，不告诉他也理由充分。可他无论怎么安慰自己，还是揪心地难受着，憋得整夜整夜睡不着觉。

陆庸对考试并不发愁，虽然还要忙公司的事，但是他以前基础打得好，成绩很稳定，没怎么落下过。他确实没问过沈问秋将来的打算，反而是他，早早决定好了将来要选的专业，八百年前就跟沈问秋说过了。

他们会相遇成为好朋友已经是一件奇遇，他跟沈问秋的成长、生活环境天差地别，原本应该一辈子都不会有交集，却萍水相逢，倾盖如故。即使沈问秋没说过，陆庸大抵也清楚沈问秋不会跟他读一个学校。他们的兴趣爱好、未来发展规划都截然不同，他想，沈问秋一定要继承家业，会选商科或者管理吧？他自然也希望沈问秋能读到最合适的学校。不在一个地方也没关系，他可以一放假就去找沈问秋，他不怕麻烦，不怕累。

但出国就不一样了，他没办法轻易地跑到国外去见沈问秋。那打昂贵的越洋电话？还可以用电脑进行视频通信？……能做到吗？ 2000 年初的网络可没现在这样发达，平时电脑课开个难开点的网页都会卡半天，流量费也奇贵无比。这些陆庸其实都不介意，他可以省钱去得到一个跟沈问秋说说话的机会。

最严重的问题是倒时差，想见一面，彼此的时间还得协调。他都可以，他愿意去配合沈问秋。但是沈问秋在国外会交到更多的好朋友吧，认识了那些有趣的人以后，还会愿意那么麻烦地跟他见一面吗？

他总去找沈问秋，会惹得沈问秋厌烦他吧？这个频率和尺度该如何把握呢？他只是想到现在每天都能见到的沈问秋以后要一星期，甚至一个月才能见一面，很可能渐渐把自己给忘了，就心塞得食不下咽。

当时，沈问秋也不住校了，一星期有一半时间不上晚自习，回家有一对一私人家教补课复习。陆庸愁了一星期，可面对阳光灿烂、一无所知的沈问秋实在问不出口，他自己倒是憔悴了一圈。

沈问秋还以为他是操心的事太多，累成这样，每天给他塞好吃的，关心他。陆庸看着沈问秋一如既往、毫无保留的善良热情的目光，绞尽脑汁也想不通为什么沈问秋不把留学的事情告诉他一句。难道是沈问秋心里觉得他们不是一个阶层的人，即使告诉他，他也给不出什么好的建议吗？而他确实在此方面毫无帮助。他只是想知道，为什么？为什么不告诉他？

想要询问沈问秋的冲动越来越强烈，陆庸压抑着这种冲动，以至于连说话都不想跟沈问秋说，变得越来越沉默。

陆庸整个人又阴沉了回去，即使他们是同桌，两个人也不怎么说话了，这次竟然是陆庸不理沈问秋。

有天午休自习。

陆庸正在写卷子，转移烦躁的心情，他看了一眼，沈问秋在走廊和别的同学聊天说话。过了一会儿，沈问秋回来，手上还拿了一封信。用的是浅粉色的信封，有一股香味，上面还印了可爱的卡通图案，一看就是女孩子写的情书。

这阵子沈问秋收告白信收得特别多，毕竟不管能不能成，再不说就没机会说了。沈问秋每封情书他都会收下，放好，但是也会毫不拖泥带水地直接拒绝掉，说不上是温柔还是残忍。

这时，沈问秋把信递到他面前。

陆庸疑惑，抬起头："这是什么？"

沈问秋打趣着说："一个不认识的女生让我转交给你的，是情书吧。"

陆庸："……"

陆庸拿过来，直接放进了书桌里，没有马上拆开看。

沈问秋拉过椅子，反过来坐，双臂靠在椅子背上，盯着他，闲得发慌地问："不看看吗？"

陆庸一直低下头，专心写考卷："没有空。"

沈问秋趴在手臂上，喋喋不休似的说了起来："我还挺想知道的，叫什么名字啊？我不认识，你认识的吗？你们什么时候认识的啊？那个女生长得蛮可爱的，小圆脸，眼睛也圆圆亮亮的。我觉得她眼光挺好的，看中了你……"

陆庸觉得沈问秋像是在一瓢一瓢地火上浇油，他烦到了极点，把那封信拿出来，拍在桌上："行了！你想看就看吧。"

沈问秋没有拿，有点被吓到了似的，坐直身体，摇了摇头，略带歉意地说："我不看，这是你的，又不是我的，这点个人隐私权我还是会尊重的啊，你当我是什么人了。"

说完，默默地给他放了回去。

过了好一会，沈问秋还没有回过神来，他一脸茫然地站起来，像是想离开，可是又不知道该去哪里，只是怔怔地伫立原地。

然后上课铃响了，他们一直到晚上都没有再说过一句话。一下课沈问秋就像躲避一样地跑去跟别人玩，待在走廊，留陆庸独自在教室座位上。除了上厕所，陆庸几乎一整天都坐着没动过。

沈问秋不在的时候，他倒是也想了下要不要看这封情书。

于是拿了出来，先看了看外面，写了女生的名字，陆庸没什么印象。对方足足写了三页纸，陆庸看完第一页，大概想起来了……好像是有那么一回事，有回他看到一个女生在搬东西，就顺手帮她分担了一半。

这样的举手之劳他做过很多，并没有特地记住哪次。

陆庸不禁走神——

他想，对沈问秋来说，与他交朋友也只是个没怎么被放在心上的举手之劳而已吗？

所以他羡慕沈问秋这样生在大富人家的少爷羔子，小少爷在充满爱的环境里长大，得到那么多那么多的爱，又明亮又大方，所以完全不会吝啬于分一点点给别人。可对于"贫瘠"的他来说，小少爷自我感觉微不足道的示好却让他如获珍宝，比他拥有的所有都要多都要宝贵。

体育课。

难得的放松时间，沈问秋打了一场篮球，但今天状态不佳，连连失误。

于是半道他就退出了，一屁股坐下来，坐在地上，咕噜咕噜地喝水。陆庸看他一瓶水喝完了还是很口渴的样子，把手边的矿泉水递过去。

沈问秋接过水瓶，站起来，直视着他。

陆庸说："回去休息吧。"

沈问秋"嗯"一声，跟他往教学楼走。

走到没什么人的地方，只剩他们俩，沈问秋问："你要去见她吗？"

陆庸说："不会。"

沈问秋低声，絮絮叨叨地说："是吗？可是她看上去人还挺好的。"

陆庸心烦意乱："那也不关我的事！"语气有点凶。

沈问秋的声音像是断了弦的风筝一样，突然戛然而止，然后沮丧地说了个音节简短的"哦"。

到了晚自习，沈问秋难得今天没请假回家上课，而是留在学校写作业。第一节晚自习下课，盛栩到他们的位置旁边找沈问秋聊天，两人聊着一场NBA篮球赛。陆庸对此毫无兴趣，根本插不上话，也不想插话，自顾自地写作业。

陆庸觉得很吵闹，一听到他们聊得那么开心的声音就觉得更吵闹，难以忍受。

沈问秋背对着他，一向很能忍耐的陆庸突然觉得忍不下去了，他抬起头望过去，正巧看到盛栩靠坐在旁边别人的桌子上，双手抱臂胸前，居高临下地睨视着他，脸上是他一贯的痞里痞气的表情。盛栩勾了勾嘴角，仿佛在嘲笑他，说："小咩，我们放着陆庸不跟他说话不太好吧？跟他一起说吧。不过他好像不太清楚的样子欸。"

沈问秋迷迷糊糊地说："陆庸是不了解这些啊，跟他说了他也不清楚。"

陆庸气得快炸开。

"咔咔！"

他手里握着的圆珠笔的笔壳被捏裂开了。他闭上眼睛，深吸一口气。

陆庸站起身，说："我出去一下。"

沈问秋也跟着站起来，有点慌："你去哪儿？"

陆庸回头冷冷瞥他一眼："我一个人去，你别跟过来。"

陆庸快步走出门，没有去看沈问秋跟没跟上来。

陆庸不想再继续待在那个让他火冒三丈的窒息环境里，他下了楼，径直去操场，想要跑两圈发泄一下，还没到，他就忍不住奔跑起来。

夜里的学校运动场没有开灯。路边好像有几个人在，陆庸跑到一半，连一圈都没跑完，被一个女孩子惊喜地拦住了："陆庸？你来了啊？"

陆庸迷惑地停下来："有什么事吗？"

女孩子不安地理了理头发："你……你不是因为我在信上写的东西过来的吗？"

陆庸他就没看完那封信，原来后面约了他晚上在操场见面。怎么这么巧？

陆庸站正，深吸一口气，对她说："对不起。"

女孩子明白了，默默地含泪点点头。

"陆庸。"他听见沈问秋的声音，回过头，发现沈问秋就站在跑道的一端。

陆庸头皮发麻，有一瞬间竟然有种被抓包的错觉。

沈问秋小跑过来，对他说："你走得太快了，要我给你把风吗？最近教导主任管得挺严的，他们会蹲在边上抓人的……呵呵，你们聊，你们聊。"

陆庸说："没有。已经聊完了。我们回去上课吧。"

再对那个女生说："你也赶紧回去吧，晚上挺冷的，你穿得好少，别感冒生病了。"

说完，陆庸就抬脚往回走了。

沈问秋慢了几步才跟上来："我是不是打搅你们了？其实你不用介意我的，我好像有点烦哦？"

陆庸好几次加快脚步，想要尽快赶回去，可还是来不及，才到半路，突兀的铃声就响了起来。

破罐子破摔的心情陡然冒出来。

陆庸从像要跑起来的快走到突然停下，站稳，转身。他背对着光，面向沈问秋，沉默凝视片刻，冷不丁地问："沈问秋，你要去哪个国家哪个学校留学啊？"

陆庸看着沈问秋的脸色顷刻间变得煞白。

沈问秋问："你怎么知道了？谁告诉你的？"

陆庸说："你不用管是谁告诉我的。"

好半晌，沈问秋才支支吾吾地说："还，还没完全决定好……申请了几所学校，还要过几个月才知道会不会被录取了。"

陆庸看他一副被吓到的模样，消气许多，心想：我凭什么用这种凶恶指责的语气跟沈问秋说话？沈问秋要选择怎么样的人生规划都由他自己做决定。

想是这样想，可就是控制不住地要生气。陆庸尽量敛起自己的匪气，如此便显得冷漠疏离："嗯。"

沈问秋想了想，觑着他的脸色，小心翼翼又无比内疚地说："对，对不起。"

陆庸冷声冷气地说："这有什么好对我道歉的，你要读什么学校本来我就插不上嘴。"

"不是。"沈问秋着急地说，"我是应该告诉你……但我本来也不知道能不能申请上，假如最后没申请到我就急吼吼地跟你说了，不是显得很尴尬吗？"

话音没落，陆庸脱口而出地问："那为什么他们都知道？"

只有我不配知道吗？陆庸很想问，但这后半句话卡在嗓子眼，还是被他咽回去了。

沈问秋僵住了。

"在你心里，我就是这样一个无足轻重的朋友吗？"

陆庸看他一动不动尴尬地呆立原地，找不到借口无从解释不知所措的模样，又觉得心疼。即使沈问秋这样对待他，他还是想跟沈问秋一起玩，为什么他不能心胸宽广？为什么他要这样嫉妒猜疑？

陆庸握了握拳，胸膛里鼓满的怒气想要找一个途径进行发泄，可惜不行，最后还是以他的风格闷声闷气地说："对不起。"

想不出更好的语言，所以再重复："对不起。"

说完，陆庸转身走了。

这次沈问秋没跟上来。

他觉得自己一败涂地，理智重新回到他的脑子里。陆庸还是不想回教室，他在楼下像游魂似的兜圈，被班主任逮住。班主任骂了他两句，可见他失魂落魄、心不在焉，还是关爱了一下学生的心理问题。

陆庸深吸一口气，抬起头，说："老师，我想换位置。我想换回去一个人坐在最后。谢谢老师。"

沈问秋魂不守舍，不知道该怎么回教室面对陆庸，在操场躲了一节课到放学，然后匆忙逃回家去了。

明天早上要说什么和陆庸打招呼？表现得自然一些，装成什么都没发生？对，对，就这样，装成什么都没发生。沈问秋失眠到凌晨，才如此做好决定。

第二天一早，沈问秋揣着早饭来到学校，他还特地多带了一份小笼包一份牛奶，准备送给陆庸，结果一到教室，就看到自己课桌旁边的那张属于陆庸的桌子搬走了。

搬回到最初陆庸坐的靠近垃圾桶的孤僻角落去了。

沈问秋傻眼了，这下是真慌了。

沈问秋问同学："陆庸呢？这怎么回事？他的桌子怎么搬那儿去了？"

同学说："他昨晚就搬了啊。不是你们都不见了吗，他一回来就把桌子搬了。"

沈问秋茫然问："怎么回事？"

同学反问："你和他要好，你都不知道我们怎么知道？我还想问是怎么回事呢……"

沈问秋一口饭都吃不下去了。

终于等到陆庸回来，又正好上课铃声响起，陆庸踩着点到教室，沈问秋没来得及问就上课了。

一下课，陆庸就离开，他转头看陆庸，陆庸连对视都不和他对视。

熬了一上午，沈问秋都没逮住陆庸好好问两句。

沈问秋干脆去宿舍蹲陆庸。

他走读以后是不能随便进住校生宿舍的，为此还跟同学借了住校生的通行证，趁宿管阿姨不在，赶紧混进去，然后去了他之前住的宿舍，坐在陆庸的床位上守株待兔。

这下可算是抓到陆庸了。

陆庸看上去不像是生气，反而在面对他时，有种躲躲藏藏的心虚："你怎么跑到宿舍里来了？"

沈问秋说："我找你有事。"

沈问秋用眼神示意他两个人单独出去说，陆庸像装不懂，当着其他同学的面，说："什么事？"

沈问秋揪心不已，看了看别人，说："你怎么突然搬开座位？"

陆庸答非所问："班主任答应的。"

沈问秋没好气地说："这件事的关键是有没有跟班主任说过的问

题吗？"

宿舍里的其他同学看他们好像快吵架了，悄悄地走开，还记得帮忙带上门。

房间只剩下他们俩。

陆庸慢慢地弯下过于高大的身体，蹲了下来，一条腿膝盖点地，半跪在地上，仰头看他，说："对不起。"

沈问秋："……"

陆庸补充说："昨天晚上的事，对不起。"

"我觉得我不该继续坐在你身边了。本来班主任也快换座位了，你坐回原来中间的位置吧。"

可要说这是撕破脸的摊牌，似乎也说不上。

含糊而青涩。

想要留以后一分体面，陆庸不挑明，沈问秋本人更没脸说。

沈问秋既伤心又生气，胸口疯狂膨胀起一团怒火，他气极反笑："行。你都帮我定好了是不是？也不问问我的意见。你以为是我上赶着要跟你同桌吗？"

沈问秋也不知道自己在说什么，恶意直刺骨髓般："我是看你没朋友可怜，你以为除了我还有谁愿意跟你同桌吗？"

陆庸沉默，过了好一会儿，才像忍受疼痛地答："嗯。"

沈问秋红着眼眶，却笑着说："好。很好。那就这样吧。"

老师重新排了班上的座位。

沈问秋回了中间组第三排——看黑板视角绝佳的位置，旁边一圈全是他交好的同学。同桌换回了盛栩，可他一点都不觉得开心。

时间过得太快，沈问秋还没想明白，转眼就到了期末，在他换上羽绒服的时候收到了理想学校的录取通知书邮件。

这意味着，他可以去国外念书了。

沈问秋其实设想过这个场景，可即使在他的想象中，他也高兴不起来，反而觉得心里空落落的。

爸爸问："……你哭什么啊？还不像是哭得高兴的样子。"

沈问秋才发现自己哭了，他想找纸巾擦一下眼泪，可是桌上没有抽纸，就胡乱用袖子揩拭："爸爸，我想到要去国外我就慌。"

爸爸抱了抱他的肩膀，叹了口气。

沈问秋哭得停不下来。

爸爸心疼地说："唉，别哭了。你害怕是正常的，你从小都没离过家，你要一个人出去，爸爸没办法看着你，爸爸也很担心。爸爸倒不是逼你要多有出息，以爸爸现在赚的钱，养你一辈子也不是不行，但人都要长大……这是一个很重要的决定，我不能帮你做决定，你自己慎重地想一想，假如实在不想去，就不。你要是不想去就不去了嘛，留在国内，我觉得国内的大学也挺好的啊。留在国内，也未必就比去国外发展要差。"

沈问秋沮丧地点点头，他不想去了。

他就是因为这件事才和陆庸闹翻的。他甚至在心里想，和陆庸填报同一所大学，陆庸知道了会跟他和好吗？

他已经一个月没跟陆庸说话了，自从他们成了好朋友以后，从来没有这么久没说话过。

两个人就这样僵持着。陆庸是个那么沉默被动的人，他不主动，陆庸怕是不会来找他。

沈问秋想，要是陆庸还愿意和他做朋友，那就好了。他忐忑不安地去了陆庸家。

当时陆庸不在。沈问秋去惯了，陆爸爸不知道他们吵架冷战的事，见到他来，还非常热情地招待了他。

陆爸爸说："院子里乱糟糟的，你去你们的秘密基地等他吧。"

"好的，好的。"沈问秋答应下来，然后去了陆庸的技术宅工作室。

沈问秋一进门，就看到桌上放着一个摊开的笔记本，装帧非常漂亮。

他小心地翻开了，紧张到没听见有人走近的声音。

"沈问秋，你在看什么？"

陆庸的声音里带着些愠怒。

沈问秋他终于动了，逃也似的跑了。

等逃远了，沈问秋才发现自己手上还抓着那个笔记本。

沈问秋对自己简直哭笑不得。

他在干什么呢？

偷看别人的日记！

回想起陆庸刚刚的声音，他觉得陆庸应该不会再原谅他了。

沈问秋没有带包，身上也没有能装得下这个笔记本的口袋，最后还是只能麻烦碍事地直接将本子拿在手上。

路过一个大垃圾桶，沈问秋看了看手上的笔记本，他觉得应该要拿去丢掉，反正他们也不会和好了。他浑浑噩噩地走到垃圾桶旁，一闭眼，一咬牙，直接扔了进去。

他听见"扑通"的坠落的轻响，听上去又沉又轻，却比扎心窝一刀还疼。

沈问秋缓了两口气，转身走开，没走出两步，他眼角看见一个大妈过来翻垃圾桶。

反正都丢掉了，丢掉才好。沈问秋反复在心里说。

那个大妈嘀咕："多好的一个本子啊，怎么就扔了呢？啧，写过的，卖废纸也值不了几个钱……"

沈问秋觉得自己的脚被牢牢粘在地上，他实在忍不住，折身匆匆赶回去，把本子要回来："婆婆，这是我的，请还给我！"

她还不乐意还："上面写你的名字了吗？就是你的了？你都不要了，给我吧。"

沈问秋一点体面都不要了，憋红了脸，丢人地在路边和她争论起来："是我的，就是我的！请还给我！"

拉扯一番之后，沈问秋把书抢了过来，用力到差点跌跤，惹得路人围观。他自觉丢人现眼，一拿到手，赶紧小跑着离开。

沈问秋不知不觉地来到公交车站。

这两年他在自己家和陆庸家之间奔赴，这几条路他闭着眼睛都能走，下意识就走到了这里。

公交车到了，沈问秋麻木地跟着人群上车，走到车门口时，他停了两秒，回头看了一眼陆庸家的方向。

没有人。陆庸没过来。

司机问："你堵在门口干什么？到底上不上车啊？"

沈问秋低下头，走上公交车，在最后一排的座位落座，他把陆庸的笔记本放在腿上。

因为刚才被他丢进了垃圾桶，都弄脏了。沈问秋掏了掏自己的裤子口袋，没带纸巾，他就用自己的衣袖去擦布书衣上的污渍，擦不干净。

他也知道肯定擦不干净，可他就是想擦，越擦越想哭。旁边没有别人，他鼓起勇气翻开。

厚厚的书里夹着什么东西，沈问秋翻到最后，是他俩的合照——之前一起去游乐园的时候拍的合照。

那是个阳光灿烂的晴天，他们跟游乐园的玩偶拍照，陆庸看上去真不能说是英俊，他完全不知道该怎么对着镜头拍照，表情和动作都很僵硬。沈问秋还记得自己反复哄陆庸，让他放松一点，笑一下，结果陆庸扯着嘴角弯了个特别古怪的笑容，惹得他哈哈大笑。

这一刻被定格下来。

沈问秋吸了吸鼻子，眼泪却落了下来。后来他想，或许他的少年时代在这一刻就结束了。

......

田边。

陆庸和沈问秋一前一后，深一脚浅一脚地往回走。

两个人敞开天窗说话，对着当年的细节。

沈问秋刚哭完，没停好，还带点哭腔，时不时打个哭嗝，慢慢地说："我就是害怕，我太懦弱了，那时候年纪还小……但我当时已经把出国的事给推了，我那次就是想去告诉你。"

陆庸："嗯，我后来还很奇怪，你怎么没出国。他们我都不熟，我没办法去问，我还以为是你没申请上……"

陆庸这臭嘴！沈问秋破涕为笑："我申请上了啊，我那会儿还是很优秀的，你瞧不起谁呢？"

陆庸慌慌张张地嘴笨道歉："我不是那个意思。你成绩那么好，一定能申请上，所以我才更奇怪嘛。"

沈问秋笑笑："我知道……"

陆庸憋了一会儿，又问："那我的……我的笔记本被你扔了吗？"

沈问秋说："我本来想扔掉，但我舍不得扔掉，最后还是带回去了。"

可是沈问秋搬到他家来的时候就没有行李，压根儿没有那个本子。

沈问秋长长叹气，看了看天空，说："我一直把它带在身边的。后来我家破产，我整理行李搬出去，把那个日记本跟别的一些书装在一个纸箱里，但是寄出去以后寄丢了，我找了好几个地方，都没有找到。"

"对不起啊。"

"没关系。"陆庸完全不生气。

沈问秋静静望了他一会儿，还是摇了摇头，问："我有件事得先问清楚，大庸，我当年给你寄高考谢师宴的请帖，你为什么不来呢？"

"我没有收到过……"陆庸如胸口遭受重重钝击，灵魂意识都像因震

.228.

惊而偏离出身体，怔立原地，"我知道你那天请酒，还邀请了很多班上的同学，发了请帖。我一直等着，你说不定也会找我，没等到。但我以为，我们俩闹得那么僵，你不请我也是应该的。我也不好意思厚着脸皮过去。"

沈问秋知道陆庸不会说谎，皱起眉，陡然间觉得喉咙干涩，不可置信地说："我当时为了掩饰要邀请你的事，特意给全班同学都发了请帖，这样就算他们问起来，我也可以找借口说别人请了只不请你一个不好。可是，就只有你没来。"

陆庸便不再去回忆自己的伤心，只想安慰他："对不起，对不起，都是我不好，我太傻了，竟然也没觉得反常，问都没去问一句。"

沈问秋见他这傻乎乎的样子，也积极把过错都揽到自己身上："你道歉什么？这又不是你的错，是我撂狠话，不让你来找我啊。是我的错。"

陆庸："怪我。"

沈问秋："不怪你。怪我。"

陆庸："真的怪我，你没有错。"

沈问秋："我怎么没有错呢？"

他们你看看我，我看看你，谁都不知道其中究竟发生了什么，才导致原本应该送到的那份请帖弄丢了。

对视着。

默默发现彼此的脸似乎有些狼狈滑稽，于是看着看着沈问秋不由自主地笑起来。陆庸见他笑，虽然不明所以，可他也跟着笑起来。

陆庸的笑很勉强，惹得沈问秋更想发笑："你笑什么啊？"

陆庸数分钟前展露过的可怕魄力已如退潮消逝，那暗黑的海水亦浸入了沙地之下，再看不见，他又成了那个傻头傻脑的老实疙瘩："我看你笑。"

他由衷地说："笑一笑好，还是要多笑。我想叫你每日都笑，不要哭。"

瞧瞧，这就是嘴笨老实人最可怕的地方。沈问秋笑着笑着便笑不下去了，突然这么多误会解开，虽然是有种云销雨霁的感觉，但是到底错过了这么多年。

他现在心底有种说不上来的异样感觉，他觉得陆庸大概也是如此。

气氛便显得很古怪。

像是突然改变设定，他们一下子都适应不过来，意识在过去和现在之间摇摆。他们现在说是挚友，似乎又有一点不一样。

沈问秋甚至又怀疑自己是不是在做梦，一切都显得那么不真切。

方才有那么一瞬间，他觉得像回到了过去，但真的踏进现实中，还有诸多困扰。人成长的过程就是学会放弃的过程，他一直在失去，失去他的家，失去爸爸，失去梦想，失去朋友，在此路上只能不停地说服自己不去在意。不在意就不会难过。

那么，现在时过境迁，该怎么办呢？

陆庸是个值得他在意的人，绝不会让他错付。假如这世上连陆庸都变了，那他就真的可以毫无留恋地去死了。他知道他该鼓起最后的勇气去在意，可他现在有心气吗？他静下心来仔细看，倒也不沮丧，只是真的没有罢了。

"那可能是快递寄丢了吧。"沈问秋说，又对陆庸笑了笑，"好，这下弄清楚了，不是你的错，也不是我的错。那就好。"

他说："那就好。"

这时。

"嘀嘀！"

尖锐的鸣笛声在他们背后突兀地响起。

陆庸没多想，赶紧拉了沈问秋一把，往边上躲，让出路，一辆电动三轮车从他们身旁"嗖"地开了过去。他们原本是他走在边上，沈问秋走在路中间的位置，因为怕沈问秋掉下去。沈问秋只享受了短暂的放松，他听到了狗吠声，将他的意识从飘在云端的轻飘飘状态拉回泥泞里打滚的现实中。

沈问秋深吸一口气，虚声问："接下去怎么办呢？"

陆庸自然而然地说："就继续这样下去啊，你现在总能安心地被我收留了吧。"

沈问秋再放心不过了。

"唉……"沈问秋愧疚地说，"我反正声名狼藉，可你不是啊，你是青年才俊。你继续同我混在一起，难免遭到非议。我不想成为你唯一的污点。"

陆庸皱眉，严肃地说："你不是我的污点！我不可能这么想……"

"我知道，我知道。"沈问秋点点头，又摇头，"但是别人不是这样想的啊。"

沈问秋本来想说"人家不了解我啊"，可想了想，就算了解，估计也不会觉得他是个好东西吧。

他们再吃了一顿午饭就走了。

这顿午饭好多菜还是昨晚生日宴上的剩菜，按陆家父子两代相传的勤俭节约美德，没吃完的菜不可能直接倒了。

生活就是这样，精心布置很多只为某个特殊日子，但不可能天天都这么过。

尽管沈问秋有些迷惑，因为陆庸预计是两天不去公司，再加上周末，有四天时间呢。

完全可以在乡下多待两天放松放松，陆庸先前和他商量好的安排就是最后一天再回城，结果现在提早了。

沈问秋没多问，他是陆庸的秘书，老板说什么就是什么。

告别了陆叔叔，后备厢装满乡下土特产，两人满载而归。

陆叔叔站在大门口，跟他们挥手道别："路上小心，别着急，慢慢开。你现在不是可以跟小咩换着开车吗？困了就换一下，两个人互相帮着。"

沈问秋连忙答应下来："好的，我知道了，叔叔。"

回家以后，他们去把小狗接了回来。

这只狗因为医治腹水在医院一住三四个月，他们去的次数多了，一进门，不用报宠物的名字，店里的兽医和助理一下子就把他们认出来了："小家伙，爸爸来了啊？"

小京巴一见陆庸就摇尾巴，快活地"汪汪"叫了起来。

沈问秋还记得刚见到这小家伙的时候，瘦得皮包骨，肚子却诡异地胀得老大，浑身的毛都脏污打结，像是很久没洗的毛毯，眼神恓惶不安，一见人就龇牙咧嘴，让人觉得它说不定晚上就会死在某个肮脏寒冷的角落里。

现在呢，因为病治好了，下午刚洗了个美容澡，修剪过的毛发柔软雪白，身躯娇小可爱，两颗圆溜溜的黑眼睛湿润明亮，变得温和平静许多，隔着笼子栅栏望着他们，简直判若两狗。

陆庸把小狗爱惜地抱在怀里。

沈问秋好想伸手摸摸，说："洗干净了也很可爱嘛。"

陆庸问："你要摸吗？"

沈问秋踌躇片刻，还是摇头："暂时不了吧，怕它咬我，它喜欢你，又不喜欢我。"

在回去的路上，沈问秋还是给这只小狗取了名字，叫"皮蛋"。

陆庸早就把养狗的东西都准备好了，狗窝、狗碗、狗项圈、狗衣服、狗毛梳子等等，一应俱全。

现在终于把小狗接回来，沈问秋瞅着他那架势，还真有点像养孩子。不过养狗好，狗狗多可爱，你对它好，它就对你好，而且比人类幼崽要省心多了。

陆庸说："回家的第一顿饭，你来喂它吧，多喂一喂，摸摸它，它就喜欢你了。"

小狗狗看了他一眼，没有拒绝他的抚摸。

沈问秋心里升起淡淡的高兴，都说小动物是有灵性的，它们能分辨谁是好人谁是坏人。那这样是不是说明他现在已经变好了呢？他们俩蹲在一起摸狗，摸了又摸。

撸小狗撸得正高兴，沈问秋的手机响了起来。是个陌生号码。

沈问秋看了一眼，觉得不像是假号码，于是接起电话："喂……你是？"

一个有点耳熟的男声响起："沈问秋？是沈问秋吧？终于联系上你了！"

来电的人有多激动，沈问秋就有多困惑。他在脑海里检索了一圈，依然想不出是谁，只觉得声音耳熟，好像是他以前的牌友。

沈问秋可不高兴，他心里似被针一刺，一点也不想跟这些和他黑历史有关的人扯上关系，但想了想，叹了口气，还是礼貌地问："我不太记得你是谁了，有什么事吗？"

对方说："我是老董啊，你怎么连我都不记得了，我还请你吃过饭呢……算了算了，我是听他们说你现在在大公司上班？你手头有没有余钱，能不能借我一万周转一下……"

没等他说完，沈问秋就把电话给挂了，干脆利索。

沈问秋甚至有种不真切的感觉。他想，原来他离过去的生活已经这么远了。

沈问秋皱眉望着手机一会儿，然后才发现陆庸就站在自己身边，差点没被吓了一跳。

陆庸隐约听见一些内容，问："你朋友？"

"不是。"沈问秋冷漠地摇头，"只是以前一起玩过。想问我借钱呢。"

陆庸看见他垂下眼睫毛，身上又仿佛溢出厌世之极的冰冷气息。

沈问秋冷笑两声，平静而冷酷地批判说："呵呵，不说我现在压根儿没钱，就算有钱也不可能借他啊。"

"我记得这个人，他妈早就去世了，他爸出什么事故意外死了，获赔了一百万，然后他转头把钱都败光了不说，还倒欠了上百万。他家里还有个奶奶和在念书的妹妹。"

沈问秋清醒地说："我太了解了，不管说得多好听，他们说要借钱还债重新开始好好生活，都是骗人的，借到了转头就会拿去继续玩，根本不值得相信……"

陆庸突然抓住他的手："小咔，别说了。"

沈问秋方才戛然而止似的住嘴，他一时上头，说不清是在骂别人还是在骂他自己。须臾之后，他才轻声略带神经质地说："不是小咔，小咔是好孩子，不做那些，做坏事的都是沈问秋。"

陆庸紧抿嘴唇，脸颊绷着，半晌才说："我相信你的。"

是吗？他真的值得相信吗？连沈问秋自己都不太相信自己。

晚上，沈问秋做了个梦，梦见少年时的自己站在一条坑坑洼洼的老马路边上，穿着校服，探头张望。

别人问他："沈问秋，你在等谁啊？"

沈问秋说："我在等陆庸。"

他们残忍告诉他："别等了，等不到的，别等陆庸了。你给他送了请帖，他却不来，就是不想理你的意思啊。"

沈问秋气炸了，说："不行，我要亲自去问问他。"

于是他往陆庸家跑去，不停地跑，不停地跑，跑得又渴又累，才终于看到了陆庸家的院子。

陆庸家大门敞开着，陆庸就站在门口，一见他，便问："小咔，你怎么来了？"

沈问秋半路还以为自己找不到了，又急又气，一看到陆庸，心头所有委屈都涌了上来："我送你请帖了，你为什么不来我的酒宴？"

陆庸慌慌张张："我没收到……我就是站在门口等通知呢，你别生气。"

沈问秋见状，心头的火渐渐消了："是我先骂你，是我不好……你不要生气。"

于是，他们和好。非常简单，毫无曲折。一到假期就一同出去旅游，互相鼓励彼此学习，为将来事业出谋划策，谁都知道他的挚友是陆庸。

但他刚毕业那年，家里还是出了大事。

他想偷偷借钱给家里周转，陆庸把事情及时地告诉了爸爸，爸爸和陆庸一起劝了他，把他拦了下来没做傻事。他们家公司申请破产清算，但日子勉强还算过得去，不至于吃不上饭，他也没欠一屁股的债。

有天陆庸打电话给他，说是觉得他爸爸好像身体不舒服，差点晕倒，强行带他爸爸去医院做了个检查，查出毛病，现在正在办住院手续。

沈问秋赶到医院，看见爸爸穿着病号服，坐在病床上，见他来了，苍白的脸上扬起个亲切和蔼的笑："怎么啦？你看上去那么害怕，爸爸不是好好的吗？"

然后沈问秋醒了过来。

唉，是做梦，只是一场梦，这要是真的该多好啊。他发现枕头沾满泪水。可是错了就是错了，有时候人生只是做了一个乍一看并不算多么错误的选择，却走上了截然不同的道路。

沈问秋一睁眼就看到陆庸睁着一双牛眼担忧地凝视自己，顿时被逗笑了："你在看什么啊？你怎么过来了？"

陆庸说："我听见你哭了。你在梦里哭了停，停了哭，止都止不住。你梦见了什么？"

沈问秋熟练地撒谎："是吗？我都不知道。记不清了。可能是什么难过的事吧。你看到我哭怎么不把我叫醒啊？"

陆庸答："在我老家有种说法，假如把沉浸在梦里的人强行叫醒，他的部分魂魄会留在梦里，人就会变傻了。"

沈问秋忍俊不禁，破涕为笑。

沈问秋看一眼时间，率先起身："不早了，赶紧起床了。"

他一打开门，小狗就睡在门口，一见他就站起来，摇头摆尾，对他快活地汪汪叫。

沈问秋哈哈笑，蹲下来摸它毛茸茸的脑袋："喂了你一次就这么亲近我了？你也太好收买了吧？"

沈问秋把小狗抱起来，回头跟陆庸说："你先洗漱吧，我给小东西喂点吃的，梳梳毛。"

沈问秋觉得自己怪无聊的，光是蹲着看小狗咔哒咔哒地吃东西，竟然觉得可爱有趣，也看不厌，时不时地伸手摸一下。

陆庸早起挺麻烦的，还得重新把义肢装上去，要等挺久。

沈问秋还在看小狗吃饭呢，手机响了起来，他看一眼，是盛栩打过来的，没多想，接了起来："喂？"

盛栩问："你在干什么？"

沈问秋答："在喂狗。皮蛋，'汪'一声给哥哥听。"

小狗沉迷干饭，不搭理他，沈问秋也不介意，笑了起来。

盛栩跟着笑两声："你傻乐什么呀？要养狗我也可以送你一只啊。"

沈问秋拒绝："不了不了，这是陆庸养的，我顺带摸两把而已。你有什么事吗？"

盛栩没好气地说："没什么事就不可以打电话给你吗？你看你，过了好些日子了，你也不主动找我。"

沈问秋说："我有钱还你了就主动找你啊。"

盛栩："没钱你就一直不找我了啊，我又不催你还债。"

"行行行。盛大少爷。"沈问秋说，"可我找你，我也不知道该干什么啊，我现在穷成这样，和你也玩不到一块。也没路费，还得问陆庸借。"

盛栩气笑了似的说："上线一起打游戏总行了吧？"

沈问秋这次答应了："平时不行，我得看书。你知道的，我现在复健工作很不容易，得多学习，不然要干不下去，只有周末可以。"

盛栩说："那就周六晚上，你总有空吧？"

沈问秋说："有空。"

他希望在陆庸眼里自己看上去是积极生活的。

等陆庸一出来，沈问秋就跟他说了这件事。

陆庸说："小咩，我们周末要出差，参加协会的活动你忘了吗？"

沈问秋："……"

陆庸补充说："你想留在家里打游戏也没关系，我自己去出差也行，或者让盛栩过来跟你玩。"

沈问秋敲敲自己的头："我怎么忘了呢？我现在去跟盛栩说。"

于是，盛栩满怀期待地等了不到五分钟，等来了沈问秋的临时通知："不能陪你打游戏了，我得跟陆庸一起出差，下星期再玩吧。"

盛栩生气地问他怎么回事。

沈问秋跟盛栩道歉："对不起，我记性不好差点给忘了。"

刚说完，就被盛栩生气地挂了电话。

沈问秋碰一鼻子灰，尴尬地摸摸鼻子。

转眼到了周末。

沈问秋跟随陆庸第一次去参加华国环保回收协会会议。该协会成立于90年代初，至今已发展了二十多年，回收行业的各巨头皆在其中。陆庸是五年前加入的，颇受赏识，算是核心成员之一。

这次又是陆庸陪他买的二等座坐票。

上车前，陆庸开玩笑和他说："我们这行被人戏称成'丐帮'，这应该就算是'丐帮'各大长老跟新秀集会吧？"

本届华国废品能源回收大会照例仍在首都 J 城召开。

陆庸他们到得晚，上午才刚入住酒店，中午稍作休整，换身正装擦把脸，下午就直接去开会。

会议上陆庸还作为杰出代表进行了演讲——稿子是陆庸自己写好，再由沈问秋进行校对检查。

陆庸不是第一次发表演讲，早就不紧张了，但这回沈问秋坐在台下，他不得不背上偶像包袱，久违地紧张起来。即使他没望过去，也能感觉到沈问秋的目光，就好像他是个明星一样，这使得虚荣心在陆庸的胸口越发鼓胀。他想要让自己看上去更加游刃有余，好显得更帅气一些，让沈问秋再更多地崇拜自己一些。

会议一结束，回收协会的徐会长就过来把陆庸给当场逮住。

徐会长是个矮个子的中年大叔，其貌不扬，但肤色健康红润，这个年纪了还有一双明亮的眼睛，瞧着比他的实际年龄要小一些。他跟人说话时慢条斯理，不紧不慢，会耐心认真地等你讲完再回答，任是脾气再差的人与他说两轮话下来，也会不由自主地平和柔顺下来，愿意跟人商量事儿。

沈问秋觉得，这一点倒是与陆庸很是类似。

徐会长红光满面、兴致勃勃，开门见山地问陆庸："今天看你演讲得与平时不一样啊，很有干劲。真好，真好。我隐约听说你想要参加国家奖评选是不是？怎么不来问我？"

陆庸腼腆回答："想要跟您说，但这不是为时尚早，我想做好万全的准备了再去问问您的意见。"

"嗯，是你的性子了。就爱闷头干大事，不鸣则已，一鸣惊人。"徐会长说，"但这事你真得先问我，不是你一个人就能干得成的，你连怎么准备都不大清楚，准备什么？而且这也不是光科研成果足够就行的。正好来了首都，我有几个老朋友介绍你认识。"

他越说越起劲，两眼冒光，说："这事我们一定要帮助你做成，我们协会办了那么多年，一直不温不火……就是没个特别拿得出手的奖。上面说不重视也不算，说多重视也没有。着急又着急不来……幸好现在有你这个有出息的……"

就算是局外人如沈问秋，也能看出徐会长对他的赏识，俨然一副将来要把"丐帮帮主"之位传给陆庸的架势。

沈问秋在心底开玩笑地想，陆庸现在就算是拿到了打狗棒的少帮主了吧？

接下去的几天，徐会长就领着他们奔赴辗转在各种饭局，穿针引线，拉拢关系。

可说实话，陆庸这种企业家，在当地还能称一声年轻有为，到了首都根本不够看，像他这样档次的遍地都是。

他们这行相较于普通工作挣钱，可跟那些真正日进斗金的行业比起来，只是一碟小菜，得看人家大佬乐不乐意去吃。

要是真的多挣钱，陆庸也不至于干了这些年连一个亿的存款都不能轻轻松松拿出，还得想着靠卖房卖车去凑。所以，在饭局上，多是热脸贴别人冷屁股。

就在这当口。

恰好在某一桌上遇见了一位伯伯，是沈问秋爸爸不知多少年前的老同学，竟然认出了他来，于是聊了起来，还帮陆庸拉到了一个新关系。

沈问秋就此渐渐发现，原来自己还能这样子派上用场——他家破产那事儿闹得很大，圈子里的人都有耳闻。他爸以前也算是业内翘楚，就算不认识他，也知道他爸的名号。他们家那是很经典的破产案例，业内谁没听说过啊，从反面来说也是一种名气了。

沈问秋甚至摸索出一套他个人专用的话术。这天，他就用了自己酝酿了好几天的新人设话术，上来便介绍自己，他就是那个沈某某的儿子，才二十几岁就欠了一个亿的倒霉蛋，现在正在帮人打工重整旗鼓，等等。他用说笑话的语气讲出来，倒是个离奇的谈资，且很能用来活跃氛围，顿时桌上就能笑成一团。

沈问秋听见徐会长对陆庸说："你这朋友挺能干的。"

沈问秋很开心。他也就这点价值了，能有价值就是好事。

沈问秋看出来陆庸不大高兴，也知道为什么。还能为什么？心疼他扮小丑呗。

可沈问秋自个儿现在也很茫然，他想要再多有用一点，在工作上不再是个废物。他总觉得自己现在在公司，说是干活，其实就是陆庸故意给他找点事做，怕他闲着想不开。

他知道是异想天开，但他真的想慢慢还上钱给陆庸，就算要花三十年，五十年，甚至到死为止。

所以他急迫地希望自己能多发挥作用，即使是作为丑角也没关系。

一直被陆庸呵护着不是回事，那不就是心安理得地让陆庸帮他背债吗？他作为朋友，也心疼陆庸辛辛苦苦赚的钱啊。

酒席结束。

陆庸率先走了，陆庸说："我喝了酒，有些醉了，我想走一段路，散散酒劲。"

沈问秋"哦"了一声，跟在他后面。

沈问秋在后面嘀咕："你让我别喝酒，自己倒是喝起来了……"

陆庸没好气地说："我有时候也会心情郁闷，也会想喝酒啊。"

略凶。沈问秋仿佛被凶到，闭嘴不说话。

陆庸闷闷说声"对不起"，继续埋头往前走。沈问秋紧赶慢赶才追上，气息不稳地说："别生气了嘛……我知道你有些生气，我那样说好像我自轻自贱一样。其实你往好了想，我现在都敢提这件事了欸。以前我连想都不敢去想，说明我已经走出来了啊。我还想，果然万事有利有弊，起码让它派上点用场不是？挺好的。我不觉得我可怜，真的，你也别生气，我就想给你帮上点忙。我想起来我还认识好几个叔叔，之前我都没往那方面想，现在想想，人家说不定愿意给我套这个近乎呢？等我回去好好给你一个个问过去。"

"好不好？大庸。"

"好不好？"

"大庸……"

"你走太快了，大庸。"

"大庸？"

沈问秋快追不上了，他盯着陆庸的背影，心慌得不得了，终于停下脚步，像是突然断了呼吸，蓦地说："我真不觉得自己可怜。你这样，让我觉得我很可怜似的。"

"大庸。"

陆庸也停下来，转过头来，随即大跨步地走过去，站定在沈问秋面前："小咩，你不要着急，我觉得你一定能有更好的办法，不用急于一时。我……我也不说什么一定，不能给你压力，我就希望你心理负担再小一些。只要你接受，我现在就可以想办法把你的债都先还上……"

沈问秋连忙摇头拒绝："不要。"

"我知道。我知道。"陆庸着急，"就是因为我知道，所以我才没有违背你的意愿这么做。你是个骄傲的人，在你找到自己价值所在以后，你应该就会答应了。"

沈问秋叹了口气，他低下头："你再让我想想。现在倒不是你帮我把债还上了，我就能重新有自信的。"

陆庸说："不是的。我想帮你还债，只是想给你一个从头开始的机会。你想做什么都可以，而不是接下来只为了还债而活。小咩，我们相识那么多年，你知道的，我不会说什么漂亮话。把你从水里拉出来的时候，我就想，我得帮你。"

"我希望你能再世为人，自由自在，不受约束。为此我愿意付出我的所有，也不需要你付出任何代价。"

这话谁说都荒唐，陆庸说就是认真的。

沈问秋鼻酸："你傻吗？"

陆庸点头："嗯。"

陆庸难得喝醉酒，絮絮叨叨说了好多。

陆庸："我去派出所接你的时候我就想，你看上去好瘦，身上都没几两肉了，一定没有好好吃饭。我看到你躺到车后座上蜷缩着睡觉，像只小流浪狗一样，又瘦又小……"

沈问秋："嗯……"

陆庸："但我就是怕，怕你还讨厌我。我想，你要不是实在找不到别人了，才不会找我呢。"

"你吃饭的时候，我犹豫了很久，觉得再不说就没机会了，才敢问你要不要住我家。其实我那时就想说，你要住一辈子也没关系。你答应我的时候我真的好开心。"

沈问秋低声说："我那次向你借了五千，其实除了买了两包烟，其他的我都拿去捐给山区女童助学基金了，用你的名义。我说我把钱拿去赌了是骗你的。以为你会赶我出门，结果你就没跟我生气。"

"你怎么就相信我不会真干坏事呢？"沈问秋无奈地问，"赌狗无药可救。你还主动把我接回去，还对我那么好……我随时可以把人带回你家偷钱，再坏一点，绑架你，要你把钱都给我。"

陆庸毫不犹豫地说："你不用绑架，你直接问我要，我就会给了。"

沈问秋有点鸡同鸭讲的抓狂："我说的就是这一点，你还这么理直气壮！"

陆庸说："我又不给别人，你是我最看重的人。"

陆庸不管不顾，闷声闷气的，像是不知道该怎么表达一般，低语着："沈问秋，我想，你要知道一件事——你不是什么都没有了，你的身边还有我。"

沈问秋说不出话来，鼻子像被塞住了。

所以啊，陆庸也是他良心的底线。这使得他在那段过得最浑浑噩噩的日子里，想变好又无计可施，想麻痹自己做个烂人，可又做不到烂到彻底，不上不下，徒增痛苦。

明明去见陆庸的时候都想好了，可真见着人，对上陆庸望着自己的眼神，他就无法说服自己真的对陆庸做足够过分的坏事。大抵在潜意识里，他是在想，就算全世界的人都认定他是个烂人，他也希望陆庸认为他是个好人。

而陆庸确实也是这么做的。

两个人都喝得酩酊大醉，回家以后蒙头睡到天亮。

陆庸醒来，就看到了坐在沙发上的沈问秋。

沈问秋身上披着晨光，柔声与他说话："我想到了。"

陆庸好奇地问："你想到什么了？"

沈问秋一夜之间都想通了，这一觉神清气爽，他如释重负地说："你做什么我都支持你。大庸，这些日子以来，我一直在想以后我要做什么，只是还债还一辈子吗？我总觉得还不够。"

陆庸点点头："你想做什么就做什么，要钱就问我拿，想创业尽管去创业。"

沈问秋摇了摇头："我知道，我知道你肯定会这么说。但我发现，我好像是没有特别想做的事情，我从小到大都没有，所以我高中的时候才特别崇拜你，觉得你好厉害。"

"我那时候看你，就像是在看未来的明星，不知道为什么我就是相信有朝一日你会把你所说的全都实现。"

"我真的不明白，人真的非要有个伟大的梦想吗？"

"没有就不行吗？"

"说实话，我觉得我就是个普通人，别说是创造什么伟大的事业，只是平凡地活着就需要用尽全力了。"

沈问秋说着望向陆庸，浅柠檬色的光雾映照在他眼眸里，不知怎的，在这时候他看上去像是披着薄雾一样迷幻脆弱。他轻声问："假如非要有个梦想的话，我只想追随你，或许我可以帮助你成就事业，可以吗？"这话说得简直像个"迷弟"。

陆庸没说什么激动的非凡的话，只是轻轻地"嗯"了一声。

陆庸很是愧疚。

他才发现自己先前又陷入了另一种思维误区，他觉得自己耽误了沈问秋，觉得沈问秋该有自己想做的事。

可沈问秋其实没有。那他一定要沈问秋去想，岂不是也在变相逼迫沈问秋？

他说："我知道了。"

沈问秋感觉，自己那颗一直飘摇无可归之处的心终于有了可落下的地方，这世上，终于有他可安身的一隅。

徐会长对陆庸简直堪比亲儿子，又是提携，又是推捧，该走的关系都帮他走遍了，协会上下非常之齐心一致。

用徐会长的话来说就是，时候差不多了，国家的经济已经搞上来了，现在华国已经是世界第二大经济体，接下来要开始严抓污染，发展科技的同时也会盯紧电子废品的产生和处理，上面也有意要立个人做模范代表。

正是推陆庸这个"紫薇星"上去的好时机。

万事俱备，只欠东风。

陆庸自己也非常积极。他很少有想得到的东西，对公司的要求也是收支平衡就满意，略得盈利就更好了，但一旦有个需要完成的目标，他就会全力以赴地去做，以一种近乎孤注一掷的冲劲。

反正，尽人事，听天命。

他们在首都待了半个月，回了 H 城，继续工作。

沈问秋没再拒绝陆庸的帮助，陆庸取出自己目前大部分的存款，前后共填了沈问秋名下共计五千多万的债务。

因为沈问秋不让他卖房子，债务还剩了一些。

但按照他们公司的业绩，五年内陆庸便能赚到足够的钱，帮沈问秋把债务都还清。

沈问秋没别的想法，就想辅佐陆庸当上真的业界龙头，跟陆庸一起每日在家和公司两点一线地奔忙。

倒没有一个确切的可称之为转变界限的日子，只是等到回过神来，才发觉这次是真的开始过新人生了。

其实沈问秋心里还有个想法，但暂时还不能做，得再等一等，等个更好的时机。

就忘了一件事。

沈问秋现在满心装着工作，先前拒绝了盛栩一起出去玩的建议，之后也一直忘记再去找盛栩。

这天。

沈问秋跟陆庸吃过晚饭，正在遛狗，商量着下星期陆庸过生日的事。

盛栩又不知道从哪儿冒出来，黑着脸问："你上回不是说下次打给我吗？你有空遛狗，没空找我？"

沈问秋顿时很尴尬。

陆庸把狗绳接过去："你跟盛栩聊吧，我先带狗狗去逛一圈。"

沈问秋走到盛栩面前，对他说："我们去店里说，太冷了。"

盛栩没好气地"哼"了一声，快走了两步，发现沈问秋走得慢，才慢了下来，转头看了一眼，却正好看见沈问秋在和陆庸招手。

盛栩脑子一热，径直问出口："你和陆庸是不是和好了？"

沈问秋犹豫了下，面对盛栩咄咄逼人的目光，索性承认了，说："是。"

盛栩听到以后，瞬间被刺激到了，浑身上下的气氛随之一变，眼睛死死盯住沈问秋，让人浑身不舒服。

好一会儿，他才阴阳怪气地说："好，很好……"

沈问秋见到盛栩总是有几分心虚的。他没剩下几个朋友了，假如可以，他不想和盛栩闹得太僵，二十几年的交情，沉没太可惜。

沈问秋为难地说："你别这样……"

"滚吧。"盛栩说。

沈问秋站着没动。

盛栩才想起来，哂笑一声，说："哦，对，是我来找你的。"

"那该是我滚。"

说完，他转身走了。

沈问秋没追上去，盛栩转过来，倒着走，似乎是发现了沈问秋站在原地一动不动，眼神彻底灰暗下来。他最后以他特有的口吻，撂狠话似的说："祝你们事业有成！"

然后彻底转身，大步离开，再没回头。

沈问秋呆了很久，不太好受。

他听见小狗的"汪汪"叫声，回过神，循声看去，瞧见陆庸牵着狗，站在不远处。

沈问秋问："你什么时候过来的？"

陆庸踌躇了一下，诚实地说："从盛栩和你快吵起来那段开始，我看你们气氛不对，我很怕会出事，就跟过来了。你们吵得太认真，都没发现我。"

沈问秋顿时顾不上盛栩的事了。那岂不是陆庸都听到了？沈问秋傻眼，一时间完全不知道该怎么整理心情。

陆庸对他笑了下，说："回家吧。要牵狗狗吗？"

沈问秋也笑了笑，把狗绳接了过去，两人遛着小狗往家里走。

陆庸憋了一路，到了家，一关上门，他就问："你说你以前就崇拜我，是真的吗？可我高中的时候毫无成就……"

沈问秋边换鞋子边说："可你高中的时候在我看来就是很耀眼啊，大家都还是小孩子，你已经有理想了。你回头看看，说不定现在还有好多同学过得浑浑噩噩。你可能不是最有钱的那个，但一定是对人生最坚定的那个。"

陆庸憋了又憋，才犹豫着说："我现在卡里就剩下不到一百万了，我觉得，要么别剩了，我都打到你卡里去吧，早还一点是一点。"

沈问秋忍不住笑了："你好歹是个陆总了，怎么琢磨半天，张嘴就是傻主意？你好歹给自己留点应急资金啊！别这样，有点钱就想打给我。"

陆庸摇摇头："其实可以的话，我想直接把我的房子车子都……"

沈问秋瞪了他一眼，陆庸闭上嘴。

不过，这么一通话聊下来，沈问秋觉得心安静许多。

其实他大概有个主意了。

沈问秋以前的朋友亲戚们都发现他振作起来了。

听上去有点邪门，原先人间蒸发、不知去向的沈问秋突然冒出来，过年期间四处走亲戚——

沈问秋主动找上门还钱，虽然说是分期还，但是会约定好时间和金额。

债主们原本还以为这会变成一笔烂账，没想到有朝一日居然能等到沈问秋主动上门。起初不太相信，真拿到钱以后——尽管并不多，但好歹是开始还了——才想，大概沈家这个可怜的儿子总算是要翻身了。

沈问秋前几年名声实在太臭了。

亲戚都晓得沈家这个小儿子打小被他爸爸捧在掌心养大，乖巧娇惯，后来从云端落到泥里，经受不起这个打击而一蹶不振。

但旁人就算关系再好，顶多随手拉他一把，毕竟承担一个人的人生是很沉重的责任，交情还没好到那份上。

况且升米恩，斗米仇，不如不惹这个麻烦，于是这些年冷眼旁观着他沉沦。

曾经在街上偶然碰见过沈问秋的亲戚，对他的印象还停留在形销骨立、面容枯槁的样子上，人不人，鬼不鬼，甚至怀疑他还能再活多久。

过年的时候也没人提起沈问秋。

他奶奶去世了，爸爸也不在了，有人想，假如沈问秋真的死了，谁为他办葬礼呢？谁都不想沾上。

然后现在沈问秋再出现，居然摇身一变，瞧着人模人样的啊！看上去很有气色，精神奕奕，总算是可以看出来他当初的模样。

要知道，沈问秋从小就是孩子们里面长得最伶俐可爱，讨大人们喜欢的男孩子。

于是他跟亲戚们又慢慢走上关系。

人人都爱浪子回头、改邪归正的戏码，如今沈问秋改好了，大家自然也都愿意与他来往。

沈问秋不但要偿还他自己的债务，他爸也问亲戚朋友借了钱，沈问秋不是当事人，并不是十分清楚数目，他挨个询问过去，有借条的就记下来，承诺将来会还。

这并不是他本人的欠债，而是他爸的遗留问题，即使他不肯还，在法律上也没有任何可指摘的地方。

不过这笔钱，沈问秋就不打算让陆庸帮他还了，他会自己好好工作用自己的工资慢慢还。所幸他家破产以后清算资产，他爸的债大部分都清了，欠亲戚朋友的钱还好，他觉得慢慢还的话，最多花个十几年，也能还掉。

起码现在他有了个奔头，还有陆庸陪在身边帮他。

别人也都发现了，沈问秋走亲访友时，总有个男人跟在他身边，不进门，像是他的司机一样，会开车接送他。他谈事情，那个男人就会坐在车里等，等到他谈完了，再开车接他走。

比较好客的亲戚甚至会主动邀请陆庸进来坐坐，上门皆是客嘛，就当多认识个朋友也好。

沈问秋便可以顺理成章地将自家以前的各种关系人脉都介绍给陆庸。陆庸长得不算多英俊，还不大面善，但给人的感觉十分可靠，再一问，得知他年纪轻轻就创业成功，名下好几家公司，是优秀企业家，还是地区代表。

如此，一切疑惑就迎刃而解了。

商圈说大不大，说小不小，沈问秋给陆庸介绍了好几位做电器、电子产品的叔叔伯伯。

上次去开会，沈问秋听到一个消息，接下去国内要继续跟国际看齐，制定更严格的制造商回收责任制，让制造商承担废旧家电的回收利用，生产者在其商品被最终消费后，继续承担有关环境保护的责任。譬如 R 国，在十五年前就第一个推出了相关法规，处理范围一步步扩大，从最初的产品包装，扩大到废电子电器产品。电子电器的生产者责任制也在相关环境法的基础上相继出台。

去年国内还设立了废旧电子电器回收处理的专项资金和机构补贴，不过还是杯水车薪，全国上下总共十几家公司拿到了补贴，陆庸的公司就是其中一家。

但这个资金拨得很慢，陆庸必然不可能把重心放在这里，也并不指望能靠这个带来很多利润，他不着急。

污染一个人一辈子的饮水量只需要一颗电池，摧毁一个人的一辈子有时候也只需要一件事。但治理污染却是一场持久战，要几年，甚至几十年上百年，而在他看来，开公司也是如此。

养好一个人也是。

因为生产商责任制，沈问秋想的是，帮陆庸对接还没有相关处理方案的公司。

这是一个双赢的事情，对方不用自己再投入大笔资金和人力在回收技术的开发上，专业的事就交给专业的人来办。

而陆庸则有了固定的大客户。沈问秋就是对陆庸充满自信，觉得在这方面，陆庸是国内业界翘楚，甚至在国际上都不逊色，有眼光的人一定会选陆庸。

沈问秋铆足了劲写策划案。

倒不能说是一门心思觉得必须做出成绩来，应当说是终于有了一件他感兴趣并且很想做的事情，一切像是水到渠成一样自然而然。他沉浸在工作中，完全不觉得累，反而每天都在期待下一天，他可以再多完成一点工作。他隐隐约约感觉到完成的时刻即将到来。

这天。

沈问秋又准备去拜访一个客户，他打理好自己，正要出门。

陆庸问："要我陪你去吗？"

沈问秋愣了下，陆庸以前是不问这个的，因为他一定会一起跟去。

沈问秋："你有事吗？"

陆庸摇头："没什么事，但我觉得你最近的状态很好，一个人出门也没事。"

看陆庸的表情，就像是个咬牙狠心答应孩子从今天开始放学自行回家的爸爸，他惆怅担心地说："我不能事事都跟在你身边，你得有自己的自由和隐私。"

沈问秋觉得很开心，他其实也希望陆庸能一起去的，可是不能辜负陆庸的一片好意。

而且，他也不能永远做个让陆庸无法安心放手的累赘吧？

所以，沈问秋"嗯"了一声。

陆庸脸色不好看。

沈问秋笑了，问："你什么表情？"

陆庸没自信地说："我还以为你不会马上答应。"

最后沈问秋还是一个人去了，陆庸给他整理了一堆东西，生怕他忘掉什么，千叮咛万嘱咐。

沈问秋服了他："又不是小学生去春游，你别给我塞东西了。"

等到回过神来时，沈问秋发现，他持续几年的"水逆"好像过去了，最近运气一点点好起来，也或许并不是转运了，而是他自己变了。

谁说得清呢？

翻过年，春风和煦的时候，沈问秋的企划终于有了头绪，而首都那边也传来了消息。

获奖名单出来了。

陆庸拿到了国家科学技术进步奖。

今天沈问秋和陆庸要坐飞机出发去首都，去领奖。在两天后，国家科学技术进步奖将进行颁奖仪式。

沈问秋紧张得一晚上没睡好觉，陆庸比他淡定，按惯例六点半起床。

他们的飞机票订的十一点。

还早，不着急。

先前沈问秋下意识要订火车票。陆庸好笑地说："你现在不在银行黑名单里了，为什么还要辛苦坐火车？我们可以坐飞机啊。"

沈问秋方才反应过来。哦，他现在已经不在黑名单里了……陆庸已经帮他把银行的债务给销了。他现在是个清清白白的公民，在社会信用角度是再世为人了。于是两人改订了机票，陆庸甚至奢侈地买了头等舱，他自己先前也都是买的商务舱，第一次买头等舱，主要是想让沈问秋坐坐看。

国家奖不是一般的奖，届时会有领导为他颁奖。

沈问秋一想就觉得紧张。他是觉得陆庸帅气，可是要去正式场合亮相又不一样，想拉陆庸去做个发型，定做一身新衣服，买新鞋子，最好再配上手表、领针，等等。

结果都被陆庸否决了。

陆庸说："穿我一直以来出席正式场合的旧衣服就好了，看上去也很体面，体面就够了，不必太光鲜亮丽。"

沈问秋想想，觉得陆庸说得对。

陆庸就往行李箱装了一套黑色西装，沈问秋看着有点眼熟，没直接问，而是说："我觉得另一套更好看吧，怎么不拿那一套？"

陆庸老实坦白地说："这身衣服是我去接你回家的时候穿的，意义不同，我也想穿着它去领奖。"

沈问秋回忆起当时的画面，陆庸站在过于炙热强烈的正午阳光之下，隔着一条车水马龙的马路，站在漆黑的轿车旁，像一块静默的礁石，在那对岸眺望着他。

那时他是怎样想的来着？

他想，真好，在死之前能再见陆庸一面，陆庸居然还愿意来见他。那时他以为自己死定了。没想到有朝一日，自己能活过来。

陆庸真是厉害，连他这样烂透了的人都给救活了。

沈问秋默默帮陆庸把衣服叠得整整齐齐，码进行李箱里："那就带这套，你穿着也好看。"

他现在回忆起以前，已经像是在上辈子一样遥远。

早上洗漱完以后，他们把牙膏牙刷什么的装进去，顺便检查行李。昨晚已经收拾过一遍，只是怕有遗漏，有点神经质地再打开检查一遍，确认并无遗漏。陆庸是个很细心的人，他还列了单子，一一对照过去。

沈问秋看一眼陆庸的记事本上打的草稿，写着：

……

洗漱用品一套√

资料√

笔记本电脑√

……

凡是带了，他就打个钩。

见沈问秋在看，陆庸瞥了他一眼，然后当着他的面，在最后加了一项：

小咩一只

接着打上钩。

沈问秋笑起来，说："出去了不准叫我小咩啊，我那么大的人了，多丢人。"

"我觉得挺好的。"陆庸一本正经地说。

检查过行李，看一眼时钟，才七点半。

煮了两个鸡蛋，蒸了一屉大包子，配上一杯豆浆，两个人坐在一起吃这顿家常便饭，如这几年的每一天一样，好像没什么稀奇的。

沈问秋下意识要给狗狗也倒早饭，走到狗粮桶边上，总觉得太安静，才记起来因为他们要出远门几天已经把狗狗送去宠物店寄住了。

他现在跟皮蛋关系可好了。平时他躺在沙发上，皮蛋都会跳到沙发上挨着他一起呼呼大睡。陆庸忙，还是他遛狗遛得多，最近皮蛋都不爱找陆庸，一到点会自己叼着狗绳过来，一脸期待地盯着他。

想到离家这几天要好几天见不到狗狗了，他还觉得怪寂寞的。

陆庸接到爸爸打来的电话，因为知道他今天出发，爸爸特地慰问他一下，先叮嘱了一下路上小心什么的，再说："……你还是要带小咩一起去吧？要照顾他一些，他生病呢。"

沈问秋有种梦回高中时代的感觉，陆叔叔也是每次都要叮咛陆庸关照他。

沈问秋插嘴说："叔叔，我现在好很多了。"

陆庸对他笑了下，一边说："是，忘了跟你说，小咩最近开朗了许多，不过我还是要带他一起去，这样重要的时刻，我希望他能跟我一起见证。"

爸爸说："是，也正好。没有小咩，说不定就没有你的公司，哪会有今天？"

这话说得沈问秋不乐意了。他可是陆庸的头号铁杆粉丝。

不好反驳长辈的话，但等陆叔叔挂了电话，沈问秋同陆庸说："我作用哪有那么大？我觉得就算没有我，你也肯定会成功。我就是运气好，遇见了你，凑上了这个数。"

陆庸摇摇头："不，你就是不可或缺的。很多机会，假如错过了，就不会再有了。要不是你劝我，我怎么可能高中就开公司？如果没有你的话，我顶多会像丁老师一样在某家大企业做个高级研究员吧。"

陆庸想了想，自觉好笑地说："其实我还挺喜欢做研究员的工作。有时候感觉当老板挺麻烦的，应酬多了，脑子都要变迟钝了。"

沈问秋兴致勃勃地说："那你以后可以多分点精力在研究上，没关系，公司管理和项目规划我来做，你就能有更多时间做你觉得开心的事。"

陆庸笑道："好，你开心就做，不开心的话，也别累着自己。"

两人正说着话。

沈问秋的手机铃声响了起来，他接起电话："嗯，是我。这么快的吗……我在家……好，好，送过来吧。"

然后挂了电话。

陆庸问："快递吗？"

沈问秋点头："嗯，有个以前弄丢的快递。对方居然联系上我了，然后到付给我送过来。"

"我以为要过几天再到，没想到这么快。"

"这两年快递业也发展得很快嘛。"陆庸说，他下意识地分析起来，"以后电商和物流越做越好，包装垃圾也会越来越多……"

两人便讨论了起来，讨论到一半，快递送到了。陆庸没问是什么快递，但沈问秋直接把快递盒子放在客厅的桌子上拆开。

大箱子里面还有个小箱子，大箱子是新的，小纸箱是旧的，外面还贴着一张泛黄的快递单，写着沈问秋的名字，时间是五年前。

沈问秋说："我家破产以后搬家，我整理了很多行李寄到租住的地方去，结果寄丢了好几件。没想到有一天还能找回来。"

沈问秋在被联系上时，就隐约有所察觉，一打开小纸箱，果不其然，最上面就放着一个包着布书衣的厚厚日记本。

陆庸一眼就认出来了，他再熟悉不过了，这是记录了他整个青春时代的日记本。

沈问秋把这本日记本拿出来，说："喏，当年我没舍得扔了，偷偷留着。"

他把日记本放下，小纸箱里还有别的东西。沈问秋抬头看了看陆庸，又低头，自箱子里拿出另一个如砖头似的笔记本。

陆庸问："这是什么？"

沈问秋说："我大学时候做的剪贴本。"

陆庸走到沈问秋身边，沈问秋把本子翻开给他看。

里面是沈问秋从各处收集来的陆庸的信息，包括陆庸的论文，陆庸的新闻，陆庸在社交网络上的照片，等等。

全都是陆庸。

完全是头号"迷弟"。

沈问秋不好意思地摸摸鼻子："我那时原本想，我一定要做出点事业，才好再去见你。没想到直接破产了，就再也不好意思去找你。弄丢这个本子以后，我也没有再做过新的了。"

陆庸高兴得不知所措，舌头都要打结了："没关系，我觉得做得很好，我们把这两个本子都带去吧。"

沈问秋答："好啊。"

两人拿回了自己那一本，再递给彼此。

轻飘飘，又沉甸甸。

九点多了。该出发了。

抵达机场也早，他们在候机室等待，还要一个半小时才登机。

今天的天气极好——晴，万里无云，天空蓝得发紫。

沈问秋坐在陆庸身畔，在此平凡得毫不起眼的时刻，因着片刻的遐思，感觉落地窗外洒进来的阳光像是灌满了他的心窝。

好暖和。

他不渴望大富大贵，不渴望建功立业，他希望他们都能平安健康，平平淡淡地度过未来的每一个和此时此刻一样的瞬间。

活着，好好地活着。

一放松下来，因为昨晚没睡好，他开始困了，便闭上眼睛睡觉。

他梦见自己坠落在江水里的时候，有什么东西拉着他的脚似的，让他不停地往下沉。陆庸游过来，这次，他没有挣扎，而是握住了陆庸的手，被陆庸拉上了岸。

"小咩，醒醒。"

陆庸温柔地把他叫醒。

沈问秋打个哈欠。

"走吧。"

"该起飞了。"

三年后。

在拿到国家科学技术进步奖之后，陆庸的公司产业突飞猛进。在沈问秋的调查和建议下，他们收购了几家小公司，进行了废电池钴产品产业链的战略整合，还与数家政府机构和大型企业建设起以电子废弃物循环利用、报废汽车与废钢的循环利用、稀有金属工业废料循环利用、废五金的循环利用等产业为核心的矿产循环产业线。

在第二年公司的净利润就涨了三分之一，第三年翻了一倍，到今年，单看财务报表，与沈问秋来的那一年比起来已是四倍的差距。今年总公司的净利润足有三亿。

完全可以说是业绩腾飞。

陆庸在积累十年之后，厚积薄发，于这短短数年之间，一口气从行业上游冲到了最前列，已是当之无愧的龙头。去年老会长退休，准备颐养天年，不再操劳，经过重新投票选举，陆庸以压倒性的票数直接当选新的华国废品能源回收协会的新会长。

他本人这两年各种各样的奖都拿了很多，被评为这评为那，初中高中大学母校和老家政府都拿他当榜样来进行宣传。

他的大学母校还邀请他做名誉教授，参与活动，假如有空的话，给学弟学妹们开一两节讲座也好。

陆庸欣然允诺。他很乐意去开讲座，要是能多哄……不是，是鼓励到几个学弟学妹也愿意投身于此行业可是好事，众人拾柴火焰高嘛。他唯一担心的是自己会不会讲得太无聊，显得枯燥累人，反而劝退了其他有志青年。

最后稿子还是沈问秋给他写的。沈问秋特意给他加了好几段开玩笑的内容，陆庸一本正经地念完，惹得哄堂大笑，他自己则反应迟钝地过了好几句才意识到，停下来，忍不住笑起来，于是下面的学生们再次跟着笑。

陆庸还要和他们好声好气地解释说："这份稿子其实是我秘书写的，

因为我写的东西很无聊，我不想无聊到你们。之前我也读过很多遍，不过我都没发现原来这段会惹人笑。"

沈问秋坐在第一排看他，快笑死了，带头给他鼓掌。

他们去演讲了两回，效果都很不错，座无虚席。沈问秋觉得是因为陆庸讲得好，陆庸觉得全赖沈问秋稿子写得紧凑有趣。以至于这两年校园招聘都比往年更加顺利，招到了不少好苗子，可把丁老师给乐坏了。

如今两个人在公司分工明确。

沈问秋已经完全上手了，他来管理公司财务，盯紧国家政策和风向，联系各大公司，拓展业务，扩大客户范围。在这方面，沈问秋的脑瓜子可比科研脑的陆庸要好多了。

如此一来，陆庸才分出了更多的时间，亲自紧抓科研，还有参加各种活动。陆庸时常觉得，假如没有沈问秋在，他就算在这个能飞的时间点上，大概也是飞不起来的。

他其实更爱闷头办事，先前一直没想过要主动去申奖，想要细水长流地经营公司，一方面感觉时机未到，另一方面认为自己还不够格。可正是因为沈问秋的到来，催化了他进一步的计划。

沈问秋觉得自己对于陆庸来说是在 1 上面加了 0.00001，但陆庸说是 1 加 1，最后效果却远大于 1 加 1。还有人不知道他们的交情，私下偷偷来挖沈问秋的墙脚，希望他跳槽过去，问他在陆庸这里是什么薪酬。

沈问秋淡定说："他预支了我一个亿。"

猎头："告辞。"

沈问秋回头当笑话讲给陆庸听，补充说："还有无限额的尊重和信任，以及永不抛弃。"

沈问秋作为副总，工作办得好，陆庸以业内正常偏好的待遇给他分红和股份——这是陆庸深思熟虑过后才给出的。只是按普通的给好像不够，但要是给太多似乎又不尊重沈问秋的劳动，反而让他像是全靠走后门一样。

沈问秋现在想想四年前的自己都觉得无法想象，那时他欠着一个多亿，没想要还，成日不是打游戏就是虚度时间。就是陆庸刚雇他的时候，他拿着一个月四五千的助理工资，也完全不认为自己这辈子能靠工作把债务都还上。

而现在，其实就算陆庸不帮他还，他干个十来年，好像也能还清。他甚至已经把爸爸留下来的债务也还了三分之一了。真像做梦一样，一切显得如此不可思议。

今年赶上他们高中母校建校百年校庆。学校联系了陆庸，邀请陆庸作为成功校友，回校参加校庆活动，接受校报采访，再给小朋友们说点什么，鼓励他们学习。

陆庸高兴地同沈问秋说："我们正好可以回去看看。"

转眼到了国庆。

两人一起回了老家母校，去参加校庆活动，不过拿了邀请函的是陆庸。沈问秋羞于出面，不打算暴露自己也是该校毕业生的事情，还是在陆庸身边做做助理工作，尽量低调，降低自己的存在感。

他们都已经有十多年没回母校了。

母校相比他们记忆里的样子变化很大很大，盖起了新的教学楼和科技楼，还建起了室内体育馆，招生和班级也更多了，等等。他们以前用过的教学楼已经明显能看出老旧，不过还有学生在用，没到要拆的时候。

陆庸和沈问秋最近有空，所以提前两天回了老家。他们到得早，活动还没开始，于是他们打算先逛逛学校。

学生们正在上课，从窗户飘出朗朗的读书声。

沈问秋顿时有种梦回学生时代的错觉。这条小路倒是没变，与以前一样，他们曾经并肩走过无数次，边走边说笑，陆庸就是在这里与他多次畅谈未来梦想。

光透过树叶缝隙，斑驳落在他们身上。

沈问秋说："还记不记得我们以前一边走在这条路上一边说过好多傻话。"

陆庸想起什么，轻笑了一声："是，当时他们都笑话我，只有你听我说话。我很怕你听起来觉得无聊。"

沈问秋："不过那时候我也没想到我们那些傻话居然都能实现。"

再去他们以前念书的教室。在五楼，地砖和楼梯都充满了年代感，楼梯上镶嵌着防滑的金属条，上面刻着"建于 2000 年"的字样，他们读书的时候还是最新的，现在已经旧了。

学生们正在上课，他们只是在门口看了看。

沈问秋小声地说："等放学了，我们再来，我想坐一下我们以前的位置。"

陆庸说："好。"

话音刚落，下课铃突兀地响起来。两人不打算跟那么多学生正面相遇，于是折身离开。

才走到半路，迎面而来一位戴着眼镜、盘起花白头发、面容严肃的中年女人。一个学生跑过去，她柳眉倒竖，大声教训道："说了多少次了！不要在走廊上跑来跑去！"

然后双方看见彼此，都不由得放慢脚步，盯着脸慢慢地皱起眉头。

沈问秋迟疑地说："……董老师好？"

陆庸则是比较笃定地说："董老师，好久不见。"

是他们高中时代的化学课老师兼班主任。真是太巧了。

董老师愣了愣，如冰山融化般，和蔼可亲地笑起来，惊喜不已地问："陆庸？沈问秋？你们回来了啊？怎么提早过来了？我之前听说你们要来，但以为会是校庆那天。正好，走，去我办公室坐坐，我给你们泡两杯茶喝。"

陆庸和沈问秋两个人是他们学校老师时常讨论的对象，无论是在学生时代，还是毕业以后。

两人的发展恰好是两个极端——

陆庸是寒门出身，却白手起家，一步步成了社会上的成功人士，已经做上这代表那代表，是行业的领头人，他的工作也很有社会意义。

而沈问秋呢，则是一手好牌打烂的典型。老师时而还要举这个反面例子来教育学生要好好学习，有自制力，磨炼自己，不能沉迷于享乐当中。

不过前两年，董老师隐隐约约听说这对高中时的铁哥们儿和好了。

有人说沈问秋在陆庸的公司工作，洗心革面、浪子回头，于是沈问秋又成了另一种正面案例。从高峰上摔下去的多，但从低谷爬上来的少。

陆庸跟沈问秋一起去了董老师的办公室。

桌上厚厚一沓考卷，董老师边批改边跟他们说话："怎么提前过来了啊？"

陆庸说："有空正好来看看。"

他是个就爱狗拿耗子多管闲事的人，说："好像打搅您工作了，反正我们也没事，帮您一起改作业吧？"

沈问秋侧目。

董老师说："行啊。"

沈问秋再侧目。

那，陆庸都在改作业了，他空手坐在一边玩手机也不合适，于是一起改作业。

沈问秋没什么不耐烦，因为知道陆庸就是这样外冷内热的人。

董老师看看他们俩，笑起来："我记得高中的时候，我就经常让你们帮忙改作业、记成绩，你俩都是既细心也热心，从不出什么差错。"

陆庸不禁想起年少时的事，其实那会儿他还很孤僻，没多主动，他会

.261.

去帮忙都是因为沈问秋在。

初中时班上老师就很不喜欢他，因为他阴沉，还总闹事——只是不喜欢被欺负而反抗罢了——那个老师非常讨厌，时常针对他，甚至在背后评价他是"会咬人的狗不叫"。

上了高中，因着沈问秋的原因，虽然他还是不爱与人交往，可沈问秋做什么他都陪在旁边，不知不觉之间，竟然还成了老师眼里听话积极的好学生。其实他觉得自己只是分得了从沈问秋身上溢出来的丁点善良阳光而已。

下课铃响起。

走廊瞬间从安安静静变成吵闹喧嚣。

有学生来办公室，跟董老师卖可怜："老师，我再也不敢了，把我的小说还给我吧……"

董老师板着脸说："不行。你期中考试成绩出来以后有进步，我再还你，哪有成天上课看小说还想进步的？"

还在一边低头改作业的陆庸突然被提及："喏，看看那边那个学长，他读书的时候上课从不看小说，毕业以后果然非常有成就。"

陆庸很是尴尬，腼腆地说："我，我也不算非常有成就，才刚开始呢……"

沈问秋憋笑，等学生走了，才跟他小声说："对啊，你从不上课看小说、打游戏，但你上课搞发明、画图纸。"

那就是陆庸的游戏，但对老师来说，看到陆庸草稿纸上是各种公式数字，一直以为是陆庸课听够了在自主做课外习题，看见了睁一只眼闭一只眼，不会骂他。

董老师跟他们闲聊了一下工作生活，越说越感动，拉着沈问秋语重心长地说："以前班上你是我最喜欢的学生，知道你自暴自弃的时候我可惋惜了，幸好你有陆庸这么好的朋友。像他这样好的朋友世上难找，你可要珍惜，不要辜负他，以后好好过日子呀。"

沈问秋叠声说："是，是。"

沈问秋和陆庸跟老师叙旧一番，重新加上各种联络账号，熬到学生们下午放学回家，才从办公室出去，想去老教室看看。

走廊上还有没走的学生在，沈问秋听见身后有人跟着，回头看，是两个女孩子，正在对他们指点说笑。

沈问秋不太自在，陆庸问："怎么了？"

沈问秋："那边的小孩子在看我们。"

陆庸也回头看了那两个小女孩一眼，他长得凶，把人吓跑了，又有点把他郁闷到，说："我有这么凶吗？"

沈问秋："哈哈哈哈。是威严啦。"

两人走到教室门口。

教室里空无一人。

墙重新粉刷过了，黑板换了，使用了更先进的投影仪、电脑等电子设备，桌子全部被换过了。都十多年了，他们以前坐过的桌子椅子早就烂了。

沈问秋找到自己当年的座位，坐下来，陆庸也在他旁边的位置落座。

好狭窄。而且，已经不是同一张桌椅了。

这时，有学生回来了。

他们赶紧站起来，沈问秋说："走吧。我们去操场逛逛。"

篮球场都被占满了。

这是学生们在繁重学业之外所余无几的休闲娱乐。沈问秋以前也爱打球，还爱买球鞋、运动服，他臭美得很，袜子也要配套，务必要帅气好看。

孩子们正在打球，时不时地掀起一阵欢呼。

陆庸多看了两眼，沈问秋拉他一下："你看什么呢？"

陆庸转回来，说："我看他们穿着篮球服，我就想到你好久没穿过了。我以前很喜欢看你穿篮球服。"

沈问秋惊讶："啊？"

陆庸解释说："你高中时候那种意气风发的样子格外让人向往，像是会发光一样。"

沈问秋："那我们有空，以后去打球。要是有空的话。"

两个人在学校食堂吃了顿晚饭。吃完还不回宾馆，再去压操场。

天一黑，看不见人了，他们自觉好像回到了少年时代，偷偷摸摸地在黑黢黢的地方聊天散心。

陆庸感叹说："要是能回到学生时代就好了。"

沈问秋却说："我不想，我想到那无穷无尽的考试卷就要做噩梦。还是现在好。"

对高中学生来说，只要不让他们上课，干什么别的都行。

听说今天下午有两节课可以不上，全体高三学生组织去听一个演讲，大家都很期待，不是期待演讲，是期待不上课。演讲者陆庸似乎是他们学校的优秀毕业生，现在是社会成功人士、知名企业家、环保行业先锋，各种什么主席、副主席的头衔挂满一身，听上去金光灿灿。

在网上可以查到陆庸的照片。

所以大家很快发现今天出现在教学楼走廊的大叔就是陆庸。

下课期间。

陆思航跟他的好朋友沈檬聊天时提起："我小时候认识陆庸哦，他家以前跟我家住一条街，我有时候会看到他。"

但记忆里没有太多好印象，毕竟是垃圾站，气味有点大，跟小伙伴玩闹着路过时都会绕开走。他依稀有个印象——只有一只手臂的高大强壮的男生拖着沉重的车像是一头牛一样一步一步扎实地在爬坡。

当时他好像在读幼儿园，妈妈还对他说："看看，多辛苦啊，宝宝以后要好好读书哦，不然以后就要像这个哥哥一样辛苦。"

后来他才知道邻居家那个哥哥成绩其实很好。

陆思航又说："他读书的时候成绩就很好。"

沈檬说："是吗？不过你有没有看到他身边那个男人。"

"那个男生我见过的，是他的朋友吧，小时候他就经常去找陆庸。"

陆思航也记得沈问秋，毕竟，沈问秋长得太好看了，不只是长相，从头到脚打扮得也非常漂亮，与那条破旧的小巷子格格不入。最重要的是，他曾经请附近的小朋友们吃过零食！他不记得叫什么了，只记得是个善心漂亮的大哥哥。

陆思航想起件事，刚才聊到陆庸时他就想起来了，他说："等下你陪我去请个假行不行？我想回家一趟找个东西。"

沈檬说："好。"

办公室。

老师询问他具体是回家拿什么，陆思航答不清楚："拿一封信。"

老师问："什么信？"

陆思航说："下午要来我们学校演讲的陆先生，我家里好像有一封寄给他的信，十多年前的了，我想回去找找。"

老师："……"

不相信，不批准。

陆思航跟沈檬抱怨："我说的都是真的啊，我记得那封信。当时我还小，从我家的信箱里翻出来就拿去玩了，都被我拆开了。请帖很漂亮，我当时不识字，还以为是贺卡，就放进了我的盒子里面，后来长大以后翻看的时候才发现放了一张奇怪的卡片。我想，大概是邮递员投错投到我家来了。我记得好像上面写的年份和他们的年纪正好对得上。"

陆思航惆怅地说："可惜了，不能回家去拿。我还觉得挺神奇的呢。"

沈檬说："我们借个通行证，中午偷偷回你家拿吧。"

陆思航犹豫地说："我家有点远啊，我怕来不及赶回来。"

沈檬说："可是错过这一次，说不定就没有下一次了。走吧，我陪你去，就算迟到扣分处罚也有我陪你。"

于是两个人一起往陆思航家里赶，一路能奔跑，就不走路，两个人气喘吁吁地到了家。

父母都去上班了，家里没有人。他们翻箱倒柜地找起来。

找了半个多小时。

陆思航都要怀疑是不是自己记忆错乱的时候，终于发现了那张薄薄的请帖卡。现在看来款式有点老土了，但是用的纸很好，字体还是烫金设计。

陆思航说："就是这个。"

被邀请人名字写的是陆庸，邀请者的名字写的是沈问秋，落款是2002 年。

沈檬啧啧两声，说："不知道为什么，我就是感觉'沈问秋'应该就是那位陆先生身边陪着的男人，这个名字跟他的相貌就很相称。"

陆思航担心地说："也不知道他当时没收到请帖，有没有去朋友的谢师宴。"

卡片里还夹着另一张小小的卡片，上面写着"道歉卡"三个字，钢笔写的。

陆思航把道歉卡夹进请帖里，再随手拿了本放在家里的旧课本，把请帖夹进去，然后拿着书，跟沈檬一起往学校赶去。

当然迟到了，还被抓到是住校生装通校生逃出去，连记两过，扣两分纪律分。估计到时候要被老班骂死了，他想。

才进学校大门，上课铃响了。

他们回到教室，教室里已经没有人了，大家都去大礼堂听演讲了。

两个一起闯祸的男孩子硬着头皮偷偷摸摸地去大礼堂，班主任瞪了他们一眼，显然是要秋后算账。

演讲结束，众人鼓掌，然后散场，各回各教室。

陆庸正在整理讲桌上的演讲稿，按顺序放好。沈问秋去洗手间了。

这时，两个面容青涩的学生走过来，走在前面那个腼腆一些，后面的看着胆子更大，正在说："你怕什么啊？去啊。"

是找他有事吗？陆庸想。他尽量让自己看上去没那么凶，温和地问："有什么事吗？小同学。"

陆思航紧张得满脸通红："我，我以前跟你住在一条街上！"

陆庸疑惑：是要签名？套近乎？

说完，男生掏出一本书递过去。

陆庸看一眼，这不是高中课本吗？

但他还是接了过去，问："这是给我的吗？"

陆思航结结巴巴说："课本不是给你的，课本里面的东西是你的。"

课本一翻开，里面放着一张请帖。尽管沈问秋不在他身边，但无需确认，他能确定这是什么。

陆庸停滞了好几秒，才把请帖拿出来，深深地看着。

陆思航问："是你的吧？寄错了。对不起哦。"

陆庸说："没关系。"

他看上去那么坚硬冷酷，却不知不觉地红了眼眶，眼睛专注地看着请帖，打开，还看到了里面的道歉卡。

他早就原谅了沈问秋，但隔了这么多年，他才知道沈问秋当时就跟他道歉了。

他该早点去找沈问秋的，为什么那么执拗呢？

陆庸手足无措，一时之间，也不知该如何安置这份迟到的道歉。

陆庸又慌张地对两个小孩道谢："谢谢，谢谢。"

他掏出钱包："哦，得谢谢你……"

小男生赶紧拒绝，脸红地说："没关系，没关系，不用给钱，也怪我当时乱拿没有发现寄错了。叔叔你收到就行，我先回去上课啦。"

两个男生有说有笑地离开了。

陆庸看着他们的背影，总觉得像看见了当年的他与沈问秋。从洗手间回来的沈问秋与他们擦肩而过，像自幻影中出来似的，真实地朝他走来。

沈问秋发现他的神色不太对劲，问："怎么了？"

陆庸把请帖给沈问秋看："刚才那个孩子给我的，说是寄错寄到他家了。"

沈问秋："……"

陆庸看着沈问秋低着头，珍惜地摸摸请帖，嘀咕："都迟到十三年了。"

陆庸反驳："不算晚。反正我一直在这儿。"

沈问秋没抬头，过了好一会儿，才吸吸鼻子，说："虽然过了十三年，但这张道歉卡还有效的。一辈子都有用。我们永远都是好朋友。"

入职公司的第七年。

在进行公司今年的例行体检时，沈问秋被查出腹腔内有一颗肿瘤，检查结果出来的当天沈问秋就被陆庸火急火燎地打包送去住院，连他看到一半的策划案都不许他带上。

他这些年大病小病其实一直没断过，都是无家可归那段时间作出来的病根。他有胃病、腰疼、肩颈毛病，等等，还有缠绵不绝、没法根治的抑郁症，吞药片如家常便饭。

几年前他因为胃溃疡也进过一次医院，从那以后陆庸就不许他在应酬时喝酒，他也就不喝了。

烟早就戒了。

腰和肩膀有在定期做针灸和推拿，感觉缓解了许多。

他现在每餐吃到七分饱，多吃蔬菜和蛋白质，饭后散步，每周抽一天空健身，还觉得自己活得特别健康呢，怎么就长了个肿瘤呢？真是奇怪了。

总不能是老天爷瞧他日子过得太舒服就看不过眼，非要折腾他一下吧？

他跟陆庸一起与医生讨论自己的病情，手术安排在三天之后，到时候摘除了肿瘤以后切片查看是恶性还是良性，再做后续治疗。

沈问秋自己挺淡定的，毕竟都是死过一次的人了，而且他没觉得有什么不舒服的，倒是陆庸紧张得要死。

陆庸把所有活动都给推了，就在医院陪护。

沈问秋没逞能说什么不用你陪，他生病，正是脆弱的时候，有人陪着会好很多。

他记得自己无家可归的那几年，进过几次医院，都是民警同志来看他一眼，哪有别人这样关心他。

有人关心自己是好事，他才不要装坚强，总对人说不需要帮忙不需要帮忙，次数多了，人家就以为你真的不需要关心了。他可不做那种傻事。

沈问秋就当是休假了，手术前三天都在单人病房跟陆庸一起看电视。自打工作越来越忙以后，他们已经挺久没有好好休息过了。

陆庸现在越走越高，可谓是平步青云，他都不需要去钻营，各种头衔就自己送上门来。如今的他，不但是手握集团企业的总裁、环保协会会长，还是残联副主席，两所大学的荣誉教授，天南地北地跑。他已经挑拣过了，尽量少去或者不去面子活动，但还是忙得脚不沾地。

沈问秋则驻扎在总部公司，偶尔跟他一起出差，但大部分时间都留守公司，等陆庸回来。

说起来，他们的工作类型与两人性格倒是截然相反。

话题扯远了。

说回沈问秋的病情上。

现在有一个问题，也是困扰他们好几回了的问题。

手术需要全身麻醉，这种病人完全失去意识的情况，需要病人家属签字同意。

但是沈问秋没有家属，陆庸在法律上来说跟他也只是陌生人关系而已。

真麻烦。

陆庸让公司的法律顾问帮忙草拟了一份委托书，沈问秋作为委托人，委托他作为朋友帮忙签手术同意书。

手术顺利进行。

肿瘤切片结果也是良性。

虚惊一场。

众多朋友过来探望沈问秋，来了一拨又一拨，柜子旁边堆满了大家给他送的慰问礼物。

陆庸煲了鸽子汤，喂他喝。

沈问秋像个小朋友一样开开心心地拆礼物，喝一口汤，说："你看，生病也不是全都是坏处，这不骗了好多东西？"

陆庸知道沈问秋是在苦中作乐，但还是生气，他见不得拿生病开玩笑："不好，我希望你永远别生病，你要什么我会买给你的。"

沈问秋："好了好了，我开玩笑呢。老正经。看看你，总是皱眉，所以川字纹才越来越重了。不过我觉得也挺好看，威严。"

"大庸，你要好好保重身体，我也要好好保重身体。我们要少生病，要按时吃饭，不要暴饮暴食，多做运动，保持充足的睡眠，按时检查身体，这样才能活得更久。我们要一起活到一百岁，好不好？"

"小咩，一百岁有点难吧？我国男性的平均年龄是七十三岁。我觉得还是定八十岁为目标比较切实一些。"

"你又来了，你这个人总在需要浪漫的时候讲究科学！我就要一百岁。"

"好，好，目标的话，定几岁都可以，一百岁就一百岁。我们努力一起活到一百岁。"

他们约定好了，要携手将献给二手回收事业的"情书"继续书写下去。

今年的年会日子是沈问秋定的。

他看过皇历，这天宜订盟、祈福、纳采，是个好日子。家里的内勤陆庸一把抓，公司的内勤则由沈问秋一把抓，所以，也是由沈问秋来筹办这场年会。

同时，也是沈问秋祛病复出后的首次活动。

H城离他老家十万八千里，公司的人多不知道他的旧事，即使偶有听说，也并不清晰，以为事情不算严重，所以只是感慨沈副总遭逢大难仍自强不息云云。沈问秋在此地俨然如新生，打一开始就是个可靠稳重的形象。

像是扎根在此地，几年下来，沈问秋已经长进公司，牢固不可撼动。

先前他生病时，公司里与他关系比较近的同事、下属都来探病，他一回到公司，人人都来祝贺，还说："副总您可终于回来啦，您不在这段日子，陆总天天黑着脸，低气压。"

沈问秋问："他骂你们啦？"

一人答："那倒没有，就是怪吓人的，一副您要是有个三长两短，他也恨不得跟着去了的样子。您看，您一回来，陆总马上阳光灿烂。哈哈哈哈。"

人家当个玩笑说出来，沈问秋也笑，说："哪至于啊？"

沈问秋不是头一年给公司筹办年会。

他们公司员工不算特别多，也不少，七八成是老员工，其中有两成是残疾人。因为陆庸自己是残疾人，将心比心，知道残疾人就业困难，还在一些残疾人可以胜任的岗位上尽量招收残疾人。一直以来都是这样干的，即便是在他还没有加入残疾人权益保障协会之前。而这一部分残疾员工对公司也格外忠诚，但凡入职的，至今没有人离开。

他们公司的利润也不是很高，统筹收支后定下的员工们的工资也称不上很高，在业内仅仅属于平均偏上水平，但福利待遇很好，工时、放假和工作环境也严格遵循国家标准。以前有人想在他这儿挖墙脚，挖不走，问他到底是给了怎样的待遇才让人如此忠诚。

陆庸不明所以，他并不自夸有多仁厚，也不觉得自己是个大圣人，不知为何，他只是按照规定办事，信守诺言，略微让利，不太自私，却被各路同行衬托得成了个难得一见的好老板。

年会当天。

酒店。

陆庸以及各部门的经理先上台作今年一年的工作总结与来年一年的工作展望。

这个稿子不是沈问秋写的，是陆庸自己写的。他写得很认真，下班以后带回家，反反复复地写了半个月，边写边与沈问秋讨论，让沈问秋有一种在与陆庸一起垒砖盖房的错觉。

有时，他觉得陆庸很狂，因为陆庸敢去想别人不敢做的设想，设想十年后、二十年后；有时，他又觉得陆庸谨慎，因为在落实每一步时，他都会反复思量、小心翼翼，从不会认为自己能一口吃成胖子。

陆庸往前走的每一步都是审慎稳固的，像一块坚石、一座大山，是那样可靠，把他从飘浮不定的半空中拉下来，叫他也落定，脚踏实地地一道前进。

之后是各部门自己组织的表演。今年沈问秋也准备了一个节目，他要上台弹钢琴。

出院以后，陆庸的爸爸为了祝贺他，送了一架三角钢琴给他当礼物，平时下班回家弹弹琴，陶冶情操。沈问秋感觉自己有八百年没有玩过这种"少爷羔子"的兴趣爱好了，到手就连着弹了几天琴，弹得不怎么样，磕磕绊绊，但他很高兴。

陆庸还把办公桌搬到了旁边，他弹琴时，陆庸就在一旁办公。

沈问秋好笑地问："你不躲着就算了，还特地守在这里干吗？不嫌弃吵啊？还是要来监督我，怕我半途而废？我又不是琴童，也不考级，我就弹着玩儿。"

"我知道。"陆庸说，"我就是看你开心，我也开心。"

于是，在练了一个多月的琴以后，沈问秋穿着一身燕尾服上台，刚一亮相，就引起了众人的一阵欢呼和掌声。

陆庸听见大家都在夸沈问秋，还有人吹口哨呢。

"哇，沈副总今天真帅啊！"

"副总亲自为我们表演，大家鼓掌鼓掌！"

"没想到沈副总还会弹钢琴，多才多艺呀！"

陆庸转头，笑着说："嗯，他会的可多了，围棋、唱歌也学过，还练过射箭和马术。问秋以前参加过钢琴比赛的。"

丁念："是吗？拿奖了吗？"

陆庸笑意更深："没有。"

他记得是去沈家吃饭的时候听沈叔叔讲的小咔的糗事。那会儿流行让孩子学钢琴，沈家也不例外，沈问秋学得还算不错，但是参加比赛都没拿到奖，那会儿他练琴练得天天哭，于是放弃。沈问秋打小娇气，学什么都是这样，学得不错，但挨不住深入研究的苦。

就是这样的沈问秋，这几年跟他一起，不管多么辛苦的工作都没有听见沈问秋说过一句怨言。

陆庸仰起头，看着台上快乐弹琴的沈问秋，不由自主地微微笑起来。其实就算他是外行，都能听出来沈问秋弹得不怎么样，但是，这乐声听上去是那样轻松快乐。

穿着燕尾服的沈问秋一如当年那个养尊处优的小少爷，光落在他身上，让他看上去像是本来就熠熠生辉。不，还是不一样的，不如说，在被苦难打磨过且活过来以后的他，有了一种以前没有的感觉。

沈问秋的眼角眉梢都是笑意舒展的，他独坐在台上，脊背肩膀也很放松，嘴上好像还在跟着自己弹的音乐而轻轻哼唱着，并不在乎别人的评价，只是在享受这一刻的音乐。于是，音符也显得如此俏皮轻快。

听上去可真舒服，让人听了也忍不住跟着微微笑起来。听得出来，他已经跟自己的人生和解了。

一曲罢了。

沈问秋下台，回到陆庸身边，没马上在自己的座位坐下，而是带几分骄矜地抬了抬下巴，神采飞扬地问："我弹得怎么样？我觉得今天我超常发挥。"

等他坐下后，陆庸才靠到他的耳边，说："他们都说你今天是白马王子。"

沈问秋哈哈笑两声，毫不羞耻地接受了这份恭维，回："那你是黑马王子。"

身边正好因为下一个上台的节目而响起一片稀里哗啦的掌声。

年会过后不久就是新年。

他们公司从大年二十八开始放假，大年初八回来工作。

与往年一样，陆庸与沈问秋两个人也带上了一车年货，去乡下跟陆庸的爸爸一道过除夕。沈问秋还亲自下厨，做了红烧鱼跟板栗烧鸡。

大年初一一早，沈问秋带着一大篮子的祭品去父母的陵园进行扫墓跟祭拜。

他就是在最落魄潦倒的那几年都没有落下过这件事。不过当时过来，总觉得心虚惭愧，甚至不敢去看墓碑上父母的照片，一对上，就觉得父母在用指责担忧的目光看自己。

现在不会了，沈问秋还敢大大方方地拿一块棉抹布去揩拭照片。他记得当初爸爸的尸体从手术室里被推出来时，他其实没有哭，看到爸爸脸上有两块小小的污渍，怎么看怎么不顺眼，非得拿纸巾给擦得干干净净才行。

沈问秋蹲在地上，往一个专用的铁盆里烧纸钱，火光在他的眸中摇曳，他轻声说："爸爸，我现在过得很好，你不用担心了。"

"债我都还清啦。你肯定在骂我又笨又傻吧？但要是消除我的记忆，让我再来一次，我想我肯定会再犯一次傻。"

"要不是曾经遇见过那些苦难，也不会有现在的我。"

"我觉得我是这世界上最幸运最幸福的人，我有你们这样好的爸爸妈妈，还有陆庸这样好的朋友。"

陆庸也上了三炷香，说："叔叔，我会好好照顾沈问秋的。"

沈问秋侧头说："我的病好了，我现在可以自己照顾自己啊。"

陆庸："那不一样的。"

虽是冬天，但时近中午，天气晴朗，日光温暖，照在身上让人觉得暖洋洋的。

昨天下过一场雪，陵园的青竹枝叶上还缀着碎星白雪。

离开的路上，陆庸扶了他一把："小心点，别摔跤了。"

沈问秋："嗯。"

沈问秋的内心对陆庸充满了感激。要是没有陆庸，他不会有再世为人的这一天。

而将来的路，他也会继续跟陆庸一起，相互扶持着，一直走下去。

大家好。

我叫皮蛋，请容我先自我介绍一下——

我是一只狗，一只京巴串串小狗，今年三岁，体重 4.62 公斤，有一身雪白柔顺的长毛跟一双黑溜溜的眼睛。

皮蛋是我的新主人给我取的名字，我很喜欢，是不是世界上最可爱的小狗名字呀？

我的主人是沈问秋跟陆庸。

我觉得我是世界上最幸福的小狗。

此话要从两年前说起，当时我还是一只一岁大的小狗。最开始我有过一个主人，主人每天把我关在家里，也不爱带我出去玩，但是没关系，我还是很喜欢他。

有一天，他突然买了很多纸箱子。

我很高兴，他怎么知道我最喜欢纸箱子了？我跳进纸箱子里，然后他一次又一次地把我抱出来，用凶巴巴的语气骂我，让我不准再进去。我只好乖乖地趴在一旁，看着他把一样又一样的东西装进了纸箱子。

全部都装满了，没有任何一个纸箱是留给我的，房间也变空了。我可以快乐地跑来跑去，比以前要宽敞了，真好！

过了两天，他把纸箱都装上了车，我摇着尾巴跟着他旁边，高兴地汪汪叫。

路过的人看见了，嫌弃地说："这只狗是怎么回事，又丑，又吵，又臭。"

反正我听不懂。但是，他坐上车，却没有把我一起带上去。

我傻眼了。我跟在车屁股后面追了两条街，在一个路口追丢了，还被一辆自行车给撞了，我"嗷呜"一声，躲进了旁边的灌木丛中。

我一瘸一拐地走在路边上，嗅我主人的味道，我想找到他，但是无论怎么找都找不到。

有一天，当我能够赶走其他流浪狗独占垃圾桶时，我意识到，我已经是一只没有主人的流浪狗了。

我四处游荡，为了生存而变成凶狠的样子，我的毛发渐渐变得比以前还要粗糙杂乱，牙齿发炎，受过伤的腿也不利索了。

也不知从哪天起，我的肚子开始变大，明明我没有喝多少水，也没有吃下多少东西。我的四肢细瘦如柴，肚子却大得可怕。这让我开始难以进食，不想喝水，也不想吃东西。

我开始意识到，我是不是快要死掉了。

以前我见过死在路边的流浪狗，是被车撞死的，腐烂发臭，苍蝇围绕。我想，我也要变成那个样子了吗？

或许我将会死在明天，我并不觉得多难过。只是，我很想很想再见一次我的主人，要是能见到他的话，我一定会咬他一口。

直到那天。

我遇见了一个男人，那天我爬起来觅食，走了一段路就遇见了人，我想等他离开我再出来。没想到他一直坐在长椅上不走，还抽起了烟。

那是个很好看的男人。

没错，虽然我是一只狗，但我能够分辨人类好看不好看。他明明在笑，可我能感觉出来他很沮丧。

甚至，我还觉得，他同我一样，也快要死掉了。说不上是因为什么。

然后，我就被他发现了，他看到我，饶有兴趣地打量起来。这跟我所见过的大部分人类都不一样，很多人都是用嫌恶的目光看我，恨不得一脚把我踢开，也有人可怜我，却会嫌弃我脏。

他并不嫌弃我，还低声开玩笑说："干吗？我们这么像，你应该亲近我啊。"

我警惕地压下上半身，刨地，冲他汪汪叫唤。他嗤笑一声，说："无聊。"

我跑走了。他看起来很颓丧，他自己都快死掉了，不可能救我。

所以，在他对我伸出手的时候，我因为实在是无法相信人类，害怕再次被伤害，所以对他狂吠起来，掉头一溜烟跑走了。

等到晚上，我饥肠辘辘，身心俱疲地躺在地上，又想起了他，我想，他死掉了吗？

反正我可能会死在这个晚上了。

很可惜，那天晚上我没有死掉。当第二天的晨光照下来，我再次醒过来，拖着我病恹恹的身体四处寻找生机。我总想起那个男人，每次看到他，发现他还活着，我都会躲起来偷偷看他一会儿。

直到某一天，我察觉到不对劲，警醒起来，远远地，我就看到几个保安拿着棍子、铁笼、袋子等东西走过来。这些东西我很熟悉，我经常遇见像他们这样的人，会把我抓起来杀掉！

我本来想要逃走，我也应当能够逃走，但是我病得太重了，实在是没有力气，跑到半路我就被抓住了。

我被绳子捆住脖子和后腿，动弹不得，连嘴巴都被胶布贴住了，只能倒在地上"呜呜"地挣扎。我知道我快死了，但我不想被杀死。

这时，我看到了一双穿着皮鞋的脚停留在我的面前，问："这是怎么回事……哦，清理流浪狗啊。可以理解……但这只小狗看上去很虚弱啊。"

"这样吧，把它给我好了。"

他解开了绑在我腿上的绳子，还拆掉了我嘴上的胶布。我当然不肯就范，濒死的我也不知道是从哪儿冒出来的力气，疯狂地挣扎起来，挠他的手，咬他，但他在手上戴了厚厚的手套，任由我咬，静静地看着我，说："不怕，不怕，我不会打你的。"

他是个很强壮的人类，皮肤偏黑，目光明亮，力气极大，一只手的触感不太对，我能闻出来，是金属的味道，特别的气味。我打不过他，他又对我这么温柔，除了屈从，我还能有什么别的办法呢？没有了。

他很厉害，我承认在食物链中，他在我之上，我得服从他。

我松开了牙齿，呜咽着，有点不服气，被他抱进了怀里。他的衣服干净柔软，还带着一股香味，非常暖和，或许就这样被拥抱着死去其实也不错。

他摸摸我，认真地注视着我，对我说："你看上去好可怜，像小咩一样。"

"这大概是上天注定让我救你吧。要努力活下去哦。"

然后他抱着我离开了，他带我去了他的家。

我在他怀里见到了之前我见过的那个男人，他看上去还是很瘦很不健康，跟我一样，病得更厉害了。原来他们是朋友啊。

救了我的男人说："小咩，能不能帮我拿一下杂物间的纸箱，我就不脱鞋进屋了。我带他去宠物医院看看。"

那个人问："哪儿来的狗？"

他说："我回来的时候正好遇见保安在抓这只狗，是被人弃养的流浪狗吧，打算打死，我就把它要过来了。"

那个人去拿了个纸箱过来，说："我跟你一起去医院吧。"

一个小小的纸箱，刚刚好能把我放进去，皮肤黝黑的男人不费劲地抱着纸箱。

那个病重的男人则说："你可真是个好人。"

"小咩，你是在夸我，还是在讥讽我？"

"夸你呢！"

我抖了抖耳朵，没抬头看他们，但我能感觉出来，他们之间的气氛并不算多愉快。

之后他们带我去了医院，我被放在检查桌上，救我的男人一直陪着我。我是只聪明的小狗，我知道他们是想要救我，所以我没有挣扎，间或从喉咙底咕噜出几声克制不住的哀鸣。

我听见医生在对他说:"你确定要治疗是吧?腹水整个疗程下来很贵的。"

男人说:"治吧。"

男人摸摸我的头:"加油哦,小狗,一定要努力活下去啊。我不会放弃你的,你也不要放弃你自己好不好?"

他好像是在对我说,又好像是在对别人说。我很喜欢他抚摸我,他的手掌宽大温暖,摸起来好舒服。

之后,我住在了医院,他每隔两三天过来看我一次。有时那个瘦男人会来,有时不会。再然后有一段时间,他们都没有来过,只不过医生也没把我赶出去,每天还会给我拍视频拍照片。

我窝在小小金属格子里面,每天翘首以盼,期待着他会来看我。我活下来了,也变得健康起来,我觉得我现在不是一只又脏又臭的小狗了,照顾我的人还夸我可爱。

他们为什么还不来呢?难道是又不要我了吗?我再一次对人类抱有期待,我想要是这一次也被抛弃了的话,那我还不如真的去死好了。

我的身体渐渐好了起来,变得轻松了许多,我的叫声变得响亮了,眼睛变清楚了,腿脚也利索了。

终于,在漫长的等待之后。

有一天,我再次见到了那两个男人,他们又是结伴一起来的。但是,和以前不太一样了。

很神奇!我一见到那个瘦弱苍白的男人就竖起了耳朵!我差点没能认出他来,他看上去变了好多,尽管模样没有变,但是他身上的味道完全变了!

已经不是死气沉沉的味道,像是发了一场大病以后,终于慢慢好转,重新有了活气。这让他看起来更好看了。

他在我的笼子前弯下腰,对我笑了笑,又回头跟那个男人说:"大庸,他现在变得好看多了，好可爱，真的救活了。"

我知道他是在夸我！我高兴地摇起了尾巴。

皮肤偏黑的男人把我抱了起来，我不停地在他怀里拱来拱去，用我的小脑袋去蹭他的脖子下巴，我还想舔舔他的脸。皮肤偏黑的男人感到很无奈，按住我，说："可以了可以了，别舔了别舔了。"

他身边那个瘦弱的男人却笑了起来，哈哈大笑，声音明亮，我觉得我喜欢他的笑声。

但他只站在一旁，看着我，一副想抱我又怕被我咬的样子。我有这么凶吗？我觉得我的脾气现在又变得很温顺啦，我是一只很乖的小狗。

偏黑男人问他："你要抱一下它吗？"

瘦弱男人点点头："我试试看吧……"

他对我伸出手，快碰到我时，我把自己的小鼻子主动探了过去，然后舔了一下他的手指，他下意识地缩回了手，然后自己先笑了起来，说："什么啊，我还以为他要咬我呢，没想到是舔了我一下。"

偏黑男人说："你不是打小就招小猫小狗喜欢吗？为什么会觉得他会咬你？我觉得很多小动物都是通人性的，它们知道谁是好人，谁是坏人。小咩，你是好人，它会喜欢你的。"

他再次伸出手，稳稳地把我接过去，我也舔了舔他的下巴。其实我还一直没有洗澡，他把脸贴在我的身上，怀念地蹭了蹭，说："雪糕也是白毛的。"

雪糕是谁？我"汪"了一声，他摸摸我，笑了笑，没再说什么。

他抱着我离开了医院，他很瘦，但是怀抱也很温暖。手有点冰，让我忍不住想贴上去，帮他暖和暖和。

我甚至有了一个毛茸茸的舒服的小狗窝，就放在车后座上，我乖巧地团在里面，好舒服，眨巴眨巴眼睛。

"小咩，我可以收养它吗？"

"为什么不可以啊？你想养就养呗。"

"因为你不是跟我住在一起吗？我怕你觉得不太方便。"

"没事，我也挺喜欢的。大庸，我们给它取个名字吧，怎么样？你说叫什么好？"

"我不知道，你来取吧，给你取。"

"那我想想……叫皮蛋怎么样？我还记得我第一次见到它的时候，他身上裹着一层泥巴，哈哈。"

他们开始用"皮蛋"这个称呼不停地叫我，叫了很多次以后，我明白了，这是我的新名字。至于我的旧名字，我忘记了，也不必再记起来。

从这一天起，我又成了一只快乐的小狗。

我从他们的交谈中得知他们俩的名字，那个皮肤偏黑的男人叫陆庸，瘦弱的男人叫沈问秋。

每天，我都会向他们娇里娇气地汪汪叫，摇尾巴，转圈圈，除此以外，我也不知道还能用什么来表达我对他们的感激和喜爱。

他们早上出门的时候，我会跟到门口，依依不舍地在门口蹲一会儿再回去自己玩；他们快下班了，我又会冲到门口第一个迎接他们。一打开门，我就要在他们的脚边蹦跶、蹭来蹭去，一定要让陆庸跟沈问秋两个人之中的一个抱抱我才满意。

有时，半夜我会被吵醒，我会看到陆庸偷偷起床，到书房里，开一盏夜灯，披着件衣服，在电脑上敲敲打打。

我会趴在他的脚边陪他，他则摸摸我，或者给我一块肉骨头吃，同我说："嘘，不要吵小咩睡觉，乖乖。"

我抱着肉骨头啃得津津有味，真好吃。

他们俩对我来说，也是世界上最好的主人了，每天都会把我喂得饱饱的，给我梳毛，带我散步，把我抱在怀里抚摸，还会叫我"小乖乖""小可爱"。

我觉得我就是世界上最幸福的小狗。

我有疼爱我的主人。

我也希望，他们俩可以永远情同手足，做彼此的知心好友。